JE VEUX VIVRE

L'auteur

Jenny Downham est née en 1964. Elle a été actrice dans des hôpitaux et des foyers pour jeunes. *Je veux vivre* (éditions Plon, 2008) est son premier roman. Il a connu un immense succès en Angleterre, aux États-Unis et en Hollande.

Toi contre moi paraît en 2011 chez le même éditeur. Elle vit aujourd'hui à Londres avec ses deux jeunes fils.

JENNY DOWNHAM

JE VEUX VIVRE

*Traduit de l'anglais
par Aleth Paluel-Marmont*

PLON

Titre original
BEFORE I DIE

Loi n° 49 956 du 16 juillet 1949 sur les publications
destinées à la jeunesse : juin 2011

À Louis et Archie,
avec tout mon amour.

Un

J'aimerais avoir un petit ami. J'aimerais qu'il vive sur un cintre dans ma penderie. Je pourrais l'en sortir quand je voudrais et il me regarderait comme les garçons regardent les filles dans les films, comme si j'étais belle. Il parlerait peu mais respirerait très vite en ôtant sa veste de cuir et en déboutonnant son jean. Il porterait un caleçon blanc et serait si sublime que je m'en évanouirais presque. Alors il me retirerait mes vêtements. Et murmurerait : « Je t'aime, Tessa. Je suis fou de toi. Tu es belle. » Voilà exactement ce qu'il dirait en me déshabillant.

Je m'assieds et allume la lampe de chevet. Je trouve un feutre, mais pas de papier, alors j'écris sur le mur derrière moi : « *Je veux sentir le poids d'un garçon sur mon corps.* » Puis je me rallonge, les yeux tournés vers la fenêtre. Le ciel est d'une étrange couleur, rougeoyant et charbonneux à la fois, comme si le jour perdait son sang.

Ça sent la saucisse. Il y a toujours des saucisses, le samedi soir. Avec de la purée, du chou et de la sauce aux oignons. Papa a dû acheter son ticket de loterie, c'est Cal qui a dû choisir les numéros et ils vont dîner tous les deux en face de la télévision, leur plateau sur les genoux. En regardant « The X Factor », puis « Qui veut gagner des millions ? ». Ensuite, Cal ira prendre son bain et se coucher tandis que Papa restera à boire une bière et à fumer jusqu'à ce qu'il soit assez tard pour qu'il ait sommeil.

Un peu plus tôt, il est monté me voir. Il a traversé ma chambre pour ouvrir les rideaux. « Regarde-moi ça ! » a-t-il dit tandis que la lumière inondait la pièce. Ça, l'après-midi, la cime des arbres, le ciel. Sa silhouette se dessinait à contre-jour devant la fenêtre. Debout, les mains sur les hanches, il avait l'air d'un Power Ranger.

« Si tu ne m'en parles pas, comment puis-je t'aider ? » a-t-il dit en venant s'asseoir sur le bord de mon lit.

J'ai retenu ma respiration. Quand on fait ça assez longtemps, on finit par avoir des petites lumières blanches qui dansent devant les yeux. Il s'est penché pour m'effleurer la tête, me masser doucement la peau du crâne du bout des doigts.

« Respire, Tessa », a-t-il murmuré.

Pour toute réponse, j'ai attrapé mon chapeau posé sur la table de nuit et me le suis enfoncé jusqu'aux oreilles. Alors il est parti.

Maintenant, il est en bas, en train de faire frire les saucisses. J'entends la graisse postillonner, la sauce crépiter dans la poêle. Je n'aurais jamais cru pouvoir discerner tout cela du premier étage, mais désormais plus rien ne m'étonne. Cal, qui était parti acheter de la moutarde, enlève son blouson dans l'entrée : j'entends le bruit de la fermeture Éclair. En lui donnant de l'argent, il y a dix minutes, Papa lui a recommandé de ne parler à « personne de bizarre ». Et en son absence, il est resté sur le seuil de la porte du jardin à fumer une petite clope. J'entendais le chuchotement des feuilles tombant à ses pieds sur le gazon. L'automne s'installe.

« Range ton blouson et grimpe voir si Tess a besoin de quelque chose, dit Papa. Il y a plein de mûres : essaie de lui donner envie. »

Cal porte ses baskets, l'air chuinte dans ses semelles tandis qu'il monte l'escalier et entre dans ma chambre. Je fais semblant de dormir mais il n'est pas dupe. Il se penche sur moi et murmure :

« Même si tu ne m'adresses plus jamais la parole, je m'en fiche. »

Je soulève une paupière et rencontre deux yeux bleus.

« Je savais bien que tu faisais semblant, triomphe-t-il avec un large et adorable sourire. Papa demande si tu veux des mûres.

— Non.

— Qu'est-ce que je lui dis ?

— Dis-lui que je veux un bébé éléphant. »

Il rit.

« Tu vas me manquer », dit-il, et il m'abandonne en laissant la porte grande ouverte sur les premières marches de l'escalier.

Deux

Zoey fait irruption sans même frapper à la porte et s'effondre bruyamment au bout de mon lit. Elle me regarde bizarrement, comme si elle ne s'attendait pas à me trouver là.

« Qu'est-ce que tu fabriques ? dit-elle.

— Comment ça ?

— Tu ne descends plus jamais, maintenant ?

— C'est Papa qui t'a téléphoné ?

— Tu as mal ?

— Non. »

Elle me jette un regard suspicieux et se lève pour enlever son manteau. Elle porte une robe rouge archi-courte. Assortie au sac qu'elle a laissé tomber par terre.

« Tu sors ? Tu as rendez-vous avec un garçon ? »

Elle hausse les épaules, se dirige vers la fenêtre et contemple le jardin. En dessinant du bout du doigt un cercle sur la vitre, elle suggère :

« Peut-être que tu devrais essayer de croire en Dieu.

— Moi ?

— Ben oui. Nous tous, d'ailleurs. Tout le genre humain.

— Non, je ne crois pas. À mon avis, il doit être mort. »

Elle se retourne vers moi. Son visage est pâle, couleur hiver. Derrière son épaule, un avion trace sa voie sur l'horizon en clignotant.

« Qu'est-ce que tu as écrit sur le mur ? » demande-t-elle.

Je ne sais pas pourquoi, mais je la laisse lire. Parce que j'ai envie qu'il se passe quelque chose, sans doute. C'est à l'encre noire. Sous le regard de Zoey, les mots se tortillent comme des araignées. Elle lit et relit. Je hais la pitié qu'elle doit ressentir pour moi.

« Ce n'est pas vraiment Disneyland, ton plan, commente-t-elle d'une voix toute douce.

— Je n'ai jamais dit ça, non plus.

— J'avais cru comprendre que c'était l'idée générale.

— Eh bien, ça ne l'est pas.

— À mon avis, ton père s'attend plus à ce que tu réclames un poney qu'un jules. »

C'est surprenant, le bruit de notre fou rire. Ça fait mal, et pourtant j'adore. Rire avec Zoey est décidément un de mes passe-temps favoris, parce que je sais que les mêmes images dingues nous traversent l'esprit au même moment.

« En fait, ce serait un haras qu'il te faudrait », dit-elle, et ça suffit pour nous rendre toutes les deux hystériques.

« Tu pleures ? » demande Zoey.

Je ne suis pas sûre. Je crois, oui. Je gémis comme ces femmes qu'on voit à la télé, dont toute la famille a été anéantie. Je gémis comme un animal qui ronge son propre pied. Je suis soudain submergée par tout ce qui m'arrive. Mes doigts qui ne sont plus que des os, ma peau pratiquement transparente. Les cellules que je sens se multiplier dans mon poumon gauche, où elles s'empilent, telles des cendres remplissant lentement un vase. Je ne pourrai bientôt plus respirer.

« Ce n'est pas grave que tu aies peur, dit Zoey.

— Si, c'est grave.

— Je t'assure que non. Éprouver quelque chose est toujours bien. Quoi que ce soit.

— Imagine deux minutes ce que c'est, Zoey, d'être perpétuellement terrifiée.

— J'imagine, oui. »

Non, elle ne peut pas. Comment pourrait-elle, alors qu'elle a toute la vie devant elle ? Je me camoufle de nouveau sous mon chapeau, juste quelques secondes, parce que ça va me manquer de ne plus pouvoir respirer. Et parler. Et regarder par la fenêtre. Les gâteaux vont me manquer. Et les poissons, j'aime les poissons. J'aime la façon dont leur petite bouche s'ouvre et se referme indéfiniment.

Et là où je vais, on ne peut rien emporter.

Je m'essuie les yeux avec le coin de la couette.

« Fais-le avec moi, dis-je à Zoey.

— Faire quoi ? demande-t-elle, interloquée.

— Ce que j'ai gribouillé sur des bouts de papier, un peu partout. Je vais te mettre la liste au propre pour que tu m'aides à le faire.

— Mais t'aider à faire quoi ? Ce que tu as écrit sur le mur ?

— Oui, et d'autres trucs aussi. Mais cette histoire de garçon est ma priorité. Tu as fait l'amour des quantités de fois, Zoey. Moi, on ne m'a même jamais embrassée. »

Je vois mes mots descendre en elle. Jusqu'au plus profond.

« Pas des quantités de fois, répond-elle finalement.

13

— S'il te plaît, Zoey. Même si je te supplie de me laisser tranquille, même si je suis insupportable avec toi, il faut que tu me forces à le faire. J'ai toute une longue liste des choses que je veux réaliser.

— D'accord, me répond-elle d'un ton naturel, comme si je lui demandais quelque chose d'archifacile, venir me voir plus souvent, par exemple.

— Tu es d'accord ?

— Je viens de te dire que oui. »

Se rend-elle vraiment compte de ce à quoi elle s'engage ?

Je m'assieds dans mon lit et la regarde farfouiller dans le fond de ma penderie. Elle doit avoir un plan. C'est ça qui est sympa, avec Zoey. Elle ferait bien de se dépêcher parce que je me mets à penser à un tas de choses, comme aux carottes, par exemple. À l'air. Aux canards. Aux poiriers. Au velours et à la soie. Aux lacs. La glace, aussi, va me manquer. Et le canapé. Et le salon. Et cette passion que Cal a pour les tours de magie. Et les trucs blancs, le lait, la neige, les cygnes.

Zoey extirpe du fond de ma penderie la robe porte-feuille que Papa m'a offerte le mois dernier. L'étiquette est encore dessus.

« Je vais mettre ça, et toi, tu vas enfiler la mienne, dit-elle en déboutonnant sa robe.

— Tu m'emmènes ? On sort ?

— On est samedi soir, Tess. T'en as déjà entendu parler, non ? »

Évidemment. Évidemment que j'en ai entendu parler.

Cela fait des heures que je ne me suis pas mise à la verticale. Je me sens un peu bizarre, vide, éthérée. En petite culotte, Zoey m'aide à passer la robe rouge.

Empreinte de son odeur. Le tissu est doux et me colle à la peau.

« Pourquoi veux-tu que je porte ta robe ?

— Parce que ça fait du bien, parfois, de se sentir quelqu'un d'autre.

— Quelqu'un comme toi ?

— Peut-être, oui, dit-elle après réflexion. Peut-être quelqu'un comme moi. »

Je me contemple dans la glace : la transformation est géniale. C'est moi, cette fille troublante, aux yeux immenses ? Même mes cheveux font de l'effet, semblent spectaculairement rasés alors qu'ils commencent à peine à repousser. C'est excitant, tout paraît possible. Côte à côte, nous nous examinons, puis Zoey me pousse vers le lit. Elle prend ma trousse de maquillage sur la coiffeuse et s'assied près de moi. Pendant qu'elle pioche un peu de fond de teint du bout du doigt et m'en enduit les joues, je me concentre sur son visage. Elle est très pâle, très blonde, et l'acné la fait ressembler à une sorte de sauvage. Moi, je n'ai jamais eu un bouton de ma vie. La loterie de la vie…

Elle dessine le contour de mes lèvres et remplit l'espace de rouge. Farfouille pour trouver un mascara et me demande de la regarder dans les yeux. J'essaie d'imaginer ce que je ressentirais si je lui ressemblais. Je le fais souvent, d'ailleurs, mais sans jamais vraiment y parvenir. Quand elle m'entraîne de nouveau face au miroir, je suis radieuse. Un peu comme elle.

« Où veux-tu aller ? » demande-t-elle.

Dans une foule d'endroits. Le pub. Une boîte. Une soirée chez des gens. Je voudrais une grande salle sombre où l'on peut à peine bouger tant les corps se frôlent. Je veux entendre un millier de chansons avec la sono à plein tube. Je veux danser si vite que mes cheveux repoussent et que je me prenne les pieds dedans. Je veux que ma voix retentisse assez fort pour couvrir le rythme lancinant des basses. Je veux avoir trop chaud et croquer des glaçons pour me rafraîchir.

« Allons danser, dis-je. Et trouver des garçons avec qui faire l'amour

— Très bien. »

Elle ramasse son sac et me pousse vers l'escalier.

Papa sort du salon, monte quelques marches. Il feint d'aller aux toilettes et d'être tout surpris de nous rencontrer.

« Tu es debout ? C'est un miracle ! »

Puis, en s'inclinant pour lui signifier à contrecœur son respect, il demande à Zoey :

« Comment as-tu réussi ?

— Elle avait juste besoin d'une petite motivation, sourit Zoey en fixant le sol.

— C'est-à-dire ? »

Je m'avance et le regarde droit dans les yeux :

« Zoey m'emmène faire du pole-dancing.

— Très drôle.

— Non, c'est vrai. »

Il secoue la tête et se frotte le ventre en petits cercles. Il m'attendrit, parce qu'il ne sait vraiment pas comment réagir.

« Je plaisante, on va juste en boîte. »

Il consulte sa montre comme si cela pouvait lui donner une information supplémentaire.

« Je veillerai sur elle », promet Zoey.

Elle a l'air si gentille et si saine que, même moi, je la crois presque.

« Non, dit Papa. Il faut qu'elle se repose. Pas question d'une salle enfumée et bruyante.

— S'il fallait qu'elle se repose, pourquoi m'avoir appelée ?

— Je voulais que tu viennes lui parler, pas que tu l'emmènes !

— Ne vous inquiétez pas, rit-elle. Je vous la rendrai. »

Je sens tout mon bonheur s'évanouir parce que je sais que Papa a raison. Si je sors en boîte, il me faudra une semaine de sommeil pour m'en remettre. Quand je dépense trop d'énergie, je dois toujours payer la facture après.

« Bon, tant pis, dis-je. Ce n'est pas grave. »

Zoey m'agrippe le bras et me tire jusqu'en bas de l'escalier.

« J'ai la voiture de ma mère, lance-t-elle. Je la ramènerai vers trois heures. »

Papa proteste, c'est trop tard, minuit au plus tard, répète-t-il plusieurs fois pendant que Zoey cherche mon manteau dans le placard de l'entrée. Sur le seuil de la porte, je lui crie au revoir mais il ne répond pas. Zoey claque la porte derrière nous.

« Minuit, ça va, lui dis-je.

— Écoute, ma belle, répond-elle en se retournant vers moi, si tu as l'intention de mener ton plan à bien, il va falloir apprendre à violer quelques règles.

— Mais ça m'est égal de rentrer à minuit. Inutile de l'inquiéter.

— Qu'il s'inquiète ! Aucune importance. Ça ne porte pas à conséquences pour quelqu'un comme toi ! »

Je n'avais jamais envisagé la chose sous cet angle-là.

Trois

Bien sûr, nous entrons facilement au club. Il n'y a jamais assez de filles pour tout le monde le samedi soir et Zoey a un corps de déesse. Les videurs la reluquent avec envie en nous faisant signe de dépasser toute la queue. Elle esquisse un petit pas de danse à leur intention et ils nous suivent des yeux tandis que nous traversons le hall jusqu'au vestiaire. « Bonne soirée, mesdemoiselles ! » lancent-ils. Nous n'avons même pas à payer. C'est la maison qui invite.

Après avoir déposé nos manteaux au vestiaire, nous allons au bar et commandons deux Cocas. Zoey tire une gourde plate de son sac et ajoute au sien une rasade de rhum. Tous les étudiants de sa fac font ça, dit-elle, ça réduit le coût des sorties. Pour moi, interdiction absolue de boire et je m'y tiens : cela me rappelle trop la radiothérapie. Un jour, je me suis cuitée entre deux séances de rayons avec une mixture d'alcools chipés dans le placard de Papa et maintenant les deux choses sont liées dans ma tête. L'alcool a pour moi le goût de l'irradiation de tout mon corps.

Nous nous adossons au bar pour inspecter les lieux. La salle est déjà pleine à craquer, la piste de danse bondée de corps excités. Les spots balayent leur pinceau de lumière entre les seins, les culs, le plafond.

« À propos, j'ai des préservatifs, dit Zoey. Ils sont dans mon sac. Tu en prends quand tu en as besoin. Tu te sens bien ? ajoute-t-elle en m'effleurant la main.

— Ouais.

— Tu paniques pas ?

— Non. »

Toute cette salle allumée par la fièvre du samedi soir est exactement ce qu'il me fallait. J'ai attaqué ma liste et Zoey est d'accord pour m'aider. Ce soir, je vais pouvoir cocher le premier mot : sexe. Et je n'ai pas l'intention de mourir avant d'en avoir fait autant avec les neuf autres.

« Tiens, qu'est-ce que tu penses de celui-là ? » me demande Zoey en me désignant un garçon.

C'est un bon danseur, il se balance les yeux fermés comme s'il était seul, comme s'il n'avait besoin de rien d'autre que de musique.

« Il vient toutes les semaines. Je ne sais pas comment il se débrouille pour qu'on le laisse fumer son shit ici. Il est mignon, non ?

— Je ne veux pas d'un drogué.

— Qu'est-ce que tu racontes ? dit Zoey en fronçant les sourcils.

— S'il est défoncé, il ne se souviendra pas de moi. Je ne veux pas non plus d'un type bourré. »

Zoey claque bruyamment son verre sur le bar.

« J'espère que tu ne t'attends pas à tomber amoureuse, quand même ? Ne me dis pas que c'est sur ta liste, ça aussi ?

— Pas vraiment.

— Encore heureux, parce que, je suis désolée de te le rappeler, mais le temps joue contre toi. Allez, viens, au travail ! »

Elle m'entraîne vers la piste, assez près de Stoner Boy[1] pour qu'il nous remarque, et nous nous mettons à danser.

Et tout va bien. J'ai l'impression de faire partie d'une tribu, tout le monde bouge et respire au même rythme. Les gens se regardent, se repèrent les uns les autres. Personne ne pourra m'enlever ça. Être ici, en train de danser un samedi soir, et d'attirer le regard d'un garçon sur moi, moi dans la robe rouge de Zoey. Il y a des filles qui ne connaîtront jamais ça. Même pas ça.

Je sais comment cela va se passer maintenant parce que j'ai énormément de temps pour lire et que je connais tous les scénarios. Stoner Boy va se rapprocher pour nous examiner de plus près. Zoey ne va pas le regarder, mais moi, oui. Je le fixerai une seconde de trop et il se penchera vers moi pour me demander mon nom. « Tessa », dirai-je, et il le répétera : le cinglant du T, le sifflement des deux S, le A plein d'espoir… Je hocherai la tête pour lui signifier à quel point je suis heureuse que mon nom résonne de façon si nouvelle et harmonieuse, prononcé par lui. Alors il tendra les bras, paumes vers le ciel, comme pour dire : « *Je me rends, comment résister à tant de beauté ?* » Je sourirai, faussement timide, et baisserai les yeux. Pour lui faire comprendre qu'il peut oser un pas de plus, je ne mords pas, je connais les règles du jeu. Il me prendra dans ses bras et nous danserons enlacés, ma tête posée sur sa

1. *Stoner* : habitué de la défonce.

poitrine, moi écoutant battre son cœur, le cœur d'un inconnu.

Mais ce n'est pas du tout comme ça que les choses se passent. J'avais oublié trois choses. D'abord que les livres n'ont rien à voir avec la réalité. Ensuite, que je n'ai pas assez de temps devant moi pour flirter. Zoey, elle, s'en souvient. Zoey, le troisième élément que j'avais négligé… Et la voilà qui s'approche.

« C'est mon amie, hurle-t-elle au garçon par-dessus la musique. Elle s'appelle Tessa. Je suis sûre qu'une bouffée de ton joint lui ferait plaisir. »

Il sourit, tend le joint, nous jauge toutes les deux, son regard s'attardant sur la longueur des cheveux de Zoey.

« C'est de l'herbe pure », chuchote Zoey.

Quoi que ce soit, c'est dense et âcre à l'arrière de ma gorge. Je tousse, j'ai la tête qui tourne. Je le passe à Zoey qui inhale longuement, puis le rend au garçon.

Nous sommes à l'unisson tous les trois maintenant, et dansons ensemble au rythme des basses qui scandent nos pas et le battement du sang dans nos veines. Des images kaléidoscopiques vacillent sur les écrans vidéo des murs. Le joint circule de nouveau entre nous.

Je ne sais pas combien de temps cela dure. Des heures peut-être. Ou des minutes. Tout ce que je sais, c'est qu'il ne faut pas que je m'arrête. Si je continue à danser, les sombres recoins de la salle ne me paraîtront pas plus menaçants, le silence entre les pistes ne sera pas plus assourdissant. Si je continue à danser, je verrai de nouveau les bateaux sur la mer, je mangerai des coques et des bulots, et j'entendrai le crissement de la neige quand on est la première personne à la fouler aux pieds.

Un peu plus tard, Zoey me tend un joint tout neuf en marmonnant : « Tu es contente d'être venue ? »

Je m'arrête pour tirer une taffe, reste bêtement immobile une seconde de trop, oubliant de danser. Et ça y est, le charme est rompu. J'essaie de me cramponner, de retrouver un peu d'enthousiasme mais j'ai l'impression qu'un vautour est perché sur ma poitrine. Zoey, Stoner et tous les autres danseurs me paraissent lointains, irréels, comme un programme de télé. Auquel je ne m'attends plus à participer.

« Je reviens tout de suite », dis-je à Zoey.

Dans le silence des toilettes, je m'assieds sur la cuvette et contemple mes genoux. Il suffirait que je retrousse un tout petit plus cette minirobe rouge pour voir mon estomac. J'ai encore des ecchymoses sur l'estomac. Sur les cuisses aussi. J'ai beau m'enduire de crème, ma peau est sèche comme celle d'un lézard. Et l'intérieur de mes bras hanté de trous d'aiguilles.

Je fais pipi, m'essuie, redescends ma robe. Quand je sors, Zoey est là, qui m'attend près du sèche-mains. Je ne l'ai pas entendue entrer. Ses yeux sont plus sombres que d'habitude. Je me lave très lentement les mains. Consciente de son regard sur moi.

« Il a un ami, dit-elle. Qui est encore plus beau que lui, mais tu peux le prendre puisque c'est ton grand soir. Ils s'appellent Scott et Jake et nous partons chez eux. »

Je m'appuie sur le bord du lavabo pour scruter mon visage dans la glace. Mes yeux sont bizarres.

« Un des Tweenies s'appelle Jake, dis-je.

— Écoute, répond Zoey qui commence à s'énerver. Tu veux faire l'amour, oui ou non ? »

Du lavabo d'à côté, une fille me lance un coup d'œil furtif. J'ai envie de lui expliquer que je ne suis pas ce

23

qu'elle imagine. Que je suis très gentille, en fait, qu'elle m'aimerait sûrement. Mais on n'a pas le temps.

Zoey m'entraîne hors des toilettes et me remorque en direction du bar.

« Ils sont là. Le tien, c'est celui-là. »

Elle m'indique un garçon, les mains plaquées sur l'aine, les pouces glissés dans sa ceinture. Il ressemble à un cow-boy scrutant l'horizon. Il ne nous voit pas arriver et je stoppe net.

« Je ne peux pas !

— Mais si, tu peux ! Vis à cent à l'heure, meurs jeune, sois un ravissant cadavre !

— Arrête, Zoey ! »

J'ai le visage en feu. Il n'y a pas moyen de trouver un peu d'air, ici ? Où est donc la porte par laquelle nous sommes entrées ?

Zoey me jette un regard hargneux :

« C'est toi qui m'as demandé de t'aider. Qu'est-ce que je suis censée faire maintenant ?

— Rien. Tu ne fais rien.

— Tu es pathétique ! » m'assène-t-elle en hochant la tête, puis elle traverse à grandes enjambées la piste de danse et se dirige vers l'entrée.

Je me précipite derrière elle et la vois sortir mon ticket de vestiaire.

« Qu'est-ce que tu fais ?

— Je vais prendre ton manteau et te trouver un taxi pour que tu puisses foutre le camp chez toi.

— Tu ne peux pas aller toute seule chez ces garçons, Zoey.

— Tu me connais mal ! »

Elle pousse la porte et jette un coup d'œil dans la rue. Tout paraît calme maintenant que plus personne ne fait la queue et il n'y a aucun taxi en vue. Le long du trottoir, quelques pigeons picorent un emballage de poulet rôti.

« Je t'en prie, Zoey, je suis fatiguée. Tu ne veux pas me reconduire ?

— Tu es tout le temps fatiguée, répond-elle avec un haussement d'épaules.

— Arrête d'être si méchante !

— Arrête d'être si chiante !

— Je ne veux pas aller chez des garçons que je ne connais pas. N'importe quoi peut arriver.

— J'espère bien ! Ce qui est sûr en tout cas, c'est que, si on n'y va pas, il ne se passera strictement rien. »

Je reste bêtement hésitante, terrorisée, tout à coup.

« Je veux que ce soit parfait, Zoey. Faire l'amour avec un type que je ne connais même pas ne fera de moi qu'une salope. »

Zoey se tourne vers moi, les yeux brillants :

« Non, pas une salope, un être vivant. Mais si tu pré-fères prendre un taxi et rentrer chez Papa… »

Je m'imagine grimpant dans mon lit, respirant l'air renfermé de ma chambre toute la nuit, et me réveillant demain sans que rien ait changé…

Zoey a retrouvé son sourire :

« Allez ! Tu vas pouvoir barrer la première chose de ta putain de liste. Je sais que c'est ça que tu veux. Dis oui, Tessa. Allez…

— D'accord.

— Hurrah ! »

Elle m'attrape par le bras et m'entraîne dans le club :

« Maintenant, envoie un message à ton père pour lui dire que tu passes la nuit chez moi, et hop, c'est parti ! »

Quatre

« Tu n'aimes pas la bière ? » demande Jake.

Il est debout, appuyé contre l'évier de sa cuisine et moi tout près de lui. Trop près. Exprès.

« J'avais juste envie d'un peu de thé. »

Il hausse les épaules, fait tinter sa bouteille contre ma tasse et boit au goulot, la tête en arrière. Je remarque sur sa gorge une petite cicatrice blanche, une fine zébrure sous le menton, souvenir d'un lointain accident. Il s'essuie la bouche sur sa manche et s'aperçoit que je l'observe.

« Ça va ? dit-il.

— Ouais. Et toi ?

— Ouais.

— Tant mieux. »

Il me sourit. Il a un joli sourire. Je suis contente. Ce serait tellement plus difficile s'il était laid.

En nous ouvrant la porte de chez eux il y a une demi-heure, lui et son copain, Stoner Boy, ont échangé un sourire entendu. Ils semblaient se congratuler d'avoir marqué un point et Zoey leur a conseillé de ne pas faire les malins trop vite mais nous sommes quand même entrées et elle a laissé Stoner Boy lui retirer son manteau.

De plus en plus défoncée, elle riait à ses plaisanteries, acceptait les joints qu'il roulait pour elle.

Je les aperçois, tous les deux, dans la pièce à côté. Ils ont mis de la musique, une sorte de jazz langoureux, éteint les lumières et ils dansent, bougeant lentement l'un contre l'autre en faisant du surplace. Zoey a une main en l'air pour tenir son joint, l'autre dans le bas du dos de Stoner Boy, glissée dans son pantalon. Stoner la tient enlacée entre ses deux bras : on a l'impression qu'ils s'aident mutuellement à tenir debout.

Je me sens tout à coup bien raisonnable à siroter mon thé, là, dans la cuisine. Il serait temps que je passe aux actes. Tout ça, c'est pour moi, après tout.

Je finis ma tasse, la repose sur l'évier et me rapproche de Jake. Le bout de mes chaussures touche les siennes.

« Embrasse-moi », dis-je, ce que je trouve ridicule à peine l'ai-je prononcé mais ça n'a pas l'air de le gêner, lui. Il pose sa bière et se penche sur moi.

Nous nous embrassons tout doucement, nos lèvres s'effleurent, son souffle se mêle au mien. J'ai toujours su que j'embrasserais bien. J'ai lu tous les magazines, tous les articles qui vous expliquent comment ne pas se cogner le nez, éviter l'excès de salive, où mettre ses mains pendant ce temps-là. Mais je n'avais pas imaginé ce que j'éprouve maintenant, le léger picotement de son menton frottant le mien, la douceur de ses mains explorant mon dos, l'ardeur de sa langue parcourant mes lèvres et l'intérieur de ma bouche.

Nous nous embrassons longuement, de plus en plus étroitement serrés, arqués l'un dans l'autre. C'est un tel soulagement d'être avec quelqu'un qui ne sait rien de moi. Mes gestes s'enhardissent, ma main descend le long de son dos et s'arrête pour le caresser à l'orée des fesses. Il a l'air si bien portant, si solide.

J'ouvre les yeux pour voir s'il aime ça mais mon regard est attiré par la fenêtre derrière lui, la cime des arbres dans l'obscurité de la nuit. Deux petites branches sombres tapotent sur le carreau, on dirait des doigts humains. Je referme vite les yeux et me blottis contre lui, assez près pour sentir la fermeté de son désir à travers ma petite robe rouge. Un gémissement s'échappe du fond de sa gorge.

« Montons dans ma chambre », dit-il.

Il tente de m'entraîner vers la porte mais je pose une main sur son torse pour le tenir à distance, le temps de réfléchir.

« Allez, viens, insiste-t-il. Tu en as envie, non ? »

Je sens mon cœur battre jusqu'au bout de mes doigts. Il me sourit et, oui, j'ai envie. N'est-ce pas pour ça que je suis venue ?

« OK. »

Sa main est chaude, ses doigts enlacent les miens tandis qu'il me guide à travers le salon vers l'escalier. Zoey est en train d'embrasser Stoner Boy. Elle a le dos contre le mur et une jambe tendue entre celles du garçon. Ils nous entendent passer et se retournent tous les deux. Ils ont l'air débraillés et excités. Zoey me regarde en tortillant sa langue qui scintille comme un petit poisson au fond d'eaux caverneuses.

Je lâche la main de Jake pour prendre le sac de Zoey sur le divan. Je farfouille dedans, consciente de leurs regards, du sourire qui s'ébauche sur le visage de Stoner. Jake attend, adossé au chambranle de la porte. Est-ce qu'il leur fait signe que c'est gagné ? Je n'ose pas regarder. Je n'arrive pas non plus à trouver les préservatifs, est-ce une boîte ? un paquet ? Je ne sais même pas vraiment à quoi ça ressemble. Dans mon embarras, je décide de prendre tout le sac. Zoey n'aura qu'à monter si elle a besoin de quelque chose.

« On y va », dis-je.

En suivant Jake dans l'escalier, je me concentre sur le balancement de ses hanches pour maintenir ma bonne humeur. Je me sens un peu bizarre. J'ai la tête qui tourne et vaguement mal au cœur. Je n'aurais pas imaginé que grimper des marches pour monter dans la chambre d'un garçon me rappellerait un couloir d'hôpital. Peut-être suis-je simplement fatiguée. J'essaie de me rappeler les consignes quand on se sent nauséeux : respirer de l'air frais chaque fois que c'est possible, ouvrir une fenêtre ou sortir si on peut. Trouver des distractions pour oublier le traitement, s'occuper, peu importe à quoi, l'essentiel est de penser à autre chose.

« Entre », dit-il.

Sa chambre n'a rien de particulier. C'est une petite pièce avec un bureau, un ordinateur, des livres éparpillés par terre, une chaise et un lit d'une personne. Sur les murs, quelques posters en noir et blanc, des musiciens de jazz pour la plupart.

Il me regarde regarder sa chambre.

« Pose ton sac », dit-il.

Il retire un peu de linge sale du lit et le jette par terre, retape la couette, s'assied et m'invite d'un geste à le rejoindre.

Mais je ne bouge pas. Pour m'asseoir sur ce lit, il faut que la lumière soit éteinte.

« Tu peux allumer la bougie ? »

30

Il se lève, cherche des allumettes dans un tiroir, allume la bougie, éteint la lumière et se rassoit.

Comme celui de mes rêves, il me déshabille des yeux, sa respiration s'accélère, il me désire. Le moment est arrivé, mon moment. Mais mon cœur bat la chamade. Le seul moyen de m'en sortir sans passer pour une demeurée totale est sans doute de faire semblant d'être quelqu'un d'autre. Je décide d'être Zoey et commence à déboutonner sa robe.

Il me couve des yeux : un bouton, deux boutons. Il passe sa langue sur ses lèvres. Trois boutons.

« Laisse-moi faire », dit-il en se levant.

Ses gestes sont prestes. On sent que ses doigts ont déjà fait ça. Un autre soir, avec une autre fille. Quatre boutons, cinq, la petite robe glisse de mes épaules à mes hanches, puis tombe par terre et se love en forme de baiser autour de mes pieds. Je reste debout devant lui, en soutien-gorge et culotte.

« Qu'est-ce que c'est que ça ? demande-t-il en découvrant la peau de ma poitrine toute plissée.

— J'ai été malade.

— Qu'est-ce que tu as eu ? »

Je lui coupe la parole en l'embrassant.

Mon odeur est différente maintenant que je suis presque nue, une odeur chaude et musquée. Son goût à lui aussi a changé, un mélange de fumée et de quelque chose de sucré. La vie, peut-être.

« Tu ne te déshabilles pas ? » dis-je avec ma meilleure voix de Zoey.

Il enlève son T-shirt et reste sans défense l'espace d'un instant, les bras levés et le visage caché : je contemple son buste étroit criblé de taches de rousseur, l'éclat sombre de ses aisselles. Il balance son T-shirt et se remet à m'embrasser. Il essaie de déboucler sa ceinture d'une seule main, sans regarder, mais n'y arrive pas. Il s'écarte, sans me quitter des yeux, tout en cherchant à tâtons le bouton et la fermeture Éclair. Finalement, il enlève son pantalon et, debout devant moi en caleçon, semble hésiter quelques secondes, incertain, presque timide. Ses pieds en socquettes blanches me font penser à d'innocentes pâquerettes et me donnent envie de lui faire un cadeau.

« Je n'ai jamais fait cela, dis-je. Je ne suis jamais allée jusqu'au bout, avec un garçon. »

La flamme de la bougie vacille.

D'abord il ne répond rien, se contente de secouer la tête, incrédule :

« Ça alors, c'est incroyable ! finit-il par dire. Viens là. »

Je me blottis contre son épaule. C'est réconfortant, peut-être que tout va bien se passer, après tout. Il m'enlace d'un bras tandis que son autre main remonte lentement le long de mon dos et me caresse la nuque. Il y a deux heures, je ne savais même pas comment il s'appelait.

Et si on ne faisait pas l'amour ? Si on restait juste serrés l'un contre l'autre et qu'on s'endormait sous la couette ? Peut-être qu'on tomberait amoureux. Que je finirais par trouver un traitement et serais guérie pour l'éternité.

Mais non.

« Tu as des préservatifs ? murmure-t-il. Moi, je suis à court. »

J'attrape le sac de Zoey, renverse tout son contenu par terre, à nos pieds, et il se sert, pose un préservatif sur la table de nuit, prêt à l'emploi, retire ses chaussettes.

J'enlève lentement mon soutien-gorge. C'est la première fois que je suis toute nue devant un garçon. Il me regarde comme s'il avait envie de me dévorer et ne savait pas par quel bout commencer. J'entends les battements de mon cœur. Il bande tellement qu'il a du mal à retirer son slip. Je retire ma culotte et me mets à frissonner. Nous sommes nus tous les deux. Adam et Ève.

« Tout va bien », me dit-il en prenant ma main pour m'attirer sur le lit.

Il tire la couette et nous nous étendons. Le lit me fait penser à un bateau, une tanière, un endroit où se cacher.

« Tu vas adorer », promet-il.

Nous commençons à nous embrasser, d'abord très lentement, ses doigts soulignant paresseusement le tracé de mes os. J'aime ça, notre douceur l'un envers l'autre, notre lenteur à la lueur de la bougie. Mais ça ne dure pas longtemps. Ses baisers deviennent plus impératifs, sa langue plus vive et entreprenante comme s'il ne pouvait se rassasier. Ses mains aussi sont de plus en plus pressantes, insistantes. Qu'est-ce qu'il cherche exactement ? Il répète : « Oui, oh oui » mais je ne crois pas que cela s'adresse à moi. Il a les yeux fermés, la bouche pleine de mes seins.

« Regarde-moi, lui dis-je. J'ai besoin que tu me regardes.

— Quoi ? dit-il en relevant la tête.

— Je ne sais pas ce que je dois faire.

— Tu fais très bien. »

Ses yeux sont si sombres qu'il en est méconnaissable. C'est devenu quelqu'un d'autre. Même plus le presque étranger qu'il était pour moi il y a quelques minutes.

« Tout va bien », assure-t-il avant de se remettre à m'embrasser le cou, les seins, le ventre jusqu'à ce que son visage s'enfouisse de nouveau hors de mon champ de vision.

Sa main suit le même chemin et je ne sais pas comment lui demander d'arrêter. Je m'éloigne de lui d'un coup de hanches mais il n'en tient pas compte. Ses doigts tremblent entre mes jambes et la surprise me coupe le souffle parce que personne ne m'a jamais fait ça.

Qu'est-ce que j'ai qui déraille pour que je ne sois même pas capable de faire l'amour ? Je pensais que je saurais comment me comporter, ce qui allait arriver. Mais les événements m'échappent, c'est plutôt Jake qui m'oblige à tenir mon rôle.

Je me cramponne à lui et lui tapote le dos comme s'il était un chien que je ne comprends pas.

Il remonte vers le haut du lit et s'assied.

« Tout va bien ? »

J'acquiesce d'un hochement de tête.

Il tend le bras vers la table de nuit, prend le préservatif et l'enfile rapidement. On sent l'expert.

« Tu es prête ? »

J'acquiesce de nouveau. Ce serait mal élevé de refuser.

Il s'étend, écarte mes jambes d'un mouvement de la sienne, se couche sur moi, m'écrase de son poids. Tout à coup, je le sens à l'intérieur de moi, je vais enfin comprendre pourquoi on en fait tant d'histoires. C'est ce que je voulais.

Pendant que les chiffres rouges de son radio-réveil passent de 3 heures 15 à 3 heures 19, j'ai le temps de remarquer un tas de choses. Que ses chaussures gisent près de la porte. Que la porte n'est pas bien fermée. Qu'il y a une ombre bizarre dans un coin du plafond, une ombre en forme de visage, qui ressemble à un gros monsieur que j'ai vu un jour jogger dans notre rue, tout transpirant. Ou à une pomme. Je me dis que je serais bien à l'abri cachée sous le lit, ou la tête posée sur les genoux de ma mère.

Il se hisse sur les bras, bougeant lentement au-dessus de moi, le visage tourné vers le côté, les yeux fermés serré. Et voilà. Ça y est. Cela arrive pour de bon. Je suis en train de faire l'amour.

Quand c'est fini, je reste étendue sous lui, je me sens toute petite, je n'ai pas envie de parler. Nous restons quelque temps immobiles, puis son corps roule sur le côté et il me dévisage attentivement.

« Quoi ? Qu'est-ce qu'il y a qui ne va pas ? »

Je ne peux pas le regarder, je préfère me rapprocher, m'enfouir contre lui, me cacher dans ses bras. Je sais que je dois paraître ridicule. Je renifle contre lui comme un bébé, sans pouvoir m'arrêter. C'est terrible.

« Chut… » murmure-t-il en me caressant doucement le dos, puis il finit par m'écarter pour scruter mon visage.

« Qu'est-ce qui se passe ? Tu ne vas pas prétendre que tu ne voulais pas, n'est-ce pas ? »

Je m'essuie les yeux avec un coin de la couette et m'assieds au bord du lit, jambes pendantes, en lui tournant le dos, les yeux fixés sur mes vêtements éparpillés par terre, comme autant d'ombres étrangères.

Quand j'étais enfant, je montais souvent à cheval sur les épaules de mon père. J'étais si petite qu'il devait maintenir fermement mes deux jambes pour m'empêcher de chavirer, mais ainsi perchée je devenais si grande que je pouvais balayer d'une main les feuilles des arbres. Voilà quelque chose que je ne pourrais jamais raconter à Jake. Cela ne l'intéresserait pas. Je crois que les gens sont insensibles aux mots. Insensibles à tout, d'ailleurs, peut-être.

J'enfile mes vêtements en vitesse. La robe rouge paraît plus courte que jamais, je tire dessus pour essayer de cacher mes genoux. Comment ai-je pu sortir dans une boîte de nuit attifée comme ça ?

Je mets mes chaussures et rassemble les affaires de Zoey dans son sac.

« Tu n'es pas obligée de partir », dit Jake, en se redressant sur un coude.

Sa poitrine paraît pâle à la lumière vacillante de la bougie.

« Je préfère. »

Il se laisse retomber sur l'oreiller, un bras ballant vers le sol, ses doigts effleurant la moquette, et secoue très, très lentement la tête.

En bas, Zoey dort sur le divan du salon. Stoner Boy aussi. Ils se tiennent enlacés, leurs visages tout près l'un de l'autre. Je déteste que tout aille si bien pour elle. Elle lui a même piqué sa chemise, dont les petites rangées de boutons nacrés me font penser à la maison en sucre des contes pour enfants. Je m'agenouille près d'eux et effleure légèrement le bras de Zoey. Sa peau est chaude. Je la caresse jusqu'à ce qu'elle soulève une paupière. Elle me dévisage en clignant des yeux :

« Salut, murmure-t-elle. C'est déjà fini ? »

Je lui fais signe que oui, sans pouvoir m'empêcher de sourire, ce qui est surprenant. Elle se dépêtre des bras de Stoner, s'assied et inspecte le sol.

« Y aurait pas un peu de came qui traînerait par là ? »

Je trouve la boîte qui contient l'herbe, la lui tends et vais me servir un verre d'eau fraîche à la cuisine, persuadée qu'elle va me suivre mais elle ne le fait pas. Comment lui parler en présence de Stoner ? Je bois, pose mon verre sur l'égouttoir et retourne au salon m'asseoir aux pieds de Zoey. Elle est en train d'humecter une feuille Rizla, elle la colle à une autre, lèche l'autre côté, fixe le tout, déchire les deux bouts.

« Bon, alors comment ça s'est passé ? demande-t-elle.

— Très bien. »

Éblouie par un rayon de lumière qui filtre entre les rideaux, je n'aperçois que l'éclat de ses dents.

« Ça t'a plu ? »

J'imagine Jake là-haut, la main traînant par terre.

« Je ne sais pas. »

Zoey tire sur son joint, me dévisage avec curiosité, exhale la fumée.

« Il faut que tu t'habitues. Un jour, ma mère m'a dit que faire l'amour ne procurait que trois minutes de plaisir. J'ai trouvé que c'était vraiment peu ! Très peu pour moi. Pour moi, ce serait beaucoup plus. Et ça l'est. Si tu leur fais croire qu'ils sont de fabuleux amants, eh bien, d'une manière ou d'une autre, les choses tournent bien. »

Je me lève et entrouvre un peu plus les rideaux. Les réverbères sont toujours allumés, ce n'est pas encore le matin, loin de là.

« Tu l'as planté là, comme ça ? demande Zoey.

— Ben oui.

— Ça ne se fait pas… Tu devrais y retourner et recommencer.

— Je n'ai aucune envie.

— De toute façon, on ne peut pas partir maintenant. Je suis complètement défoncée. »

Elle écrase son joint dans le cendrier, retourne s'installer contre Scott et ferme les yeux. Je l'observe longuement, regarde sa poitrine monter et descendre au rythme de sa respiration. Une guirlande de lumières le long du mur projette un joli halo sur la moquette. Il y a aussi une petite carpette ovale, avec des vagues bleues et grises, comme la mer.

Je retourne à la cuisine et branche la bouilloire. Une feuille de papier traîne sur le plan de travail. Quelqu'un a écrit : *Fromage, beurre, haricots, pain.* Je m'assieds sur un tabouret et ajoute à la liste : *Chocolat au caramel au beurre, six Creme Eggs.* J'adore ces œufs de Pâques qui ressemblent tellement à de vrais œufs. Dans deux cent dix-sept jours, ce sera Pâques.

Peut-être n'est-ce pas très réaliste, comme commande… Je barre les œufs de Pâques et écris à la place *Chocolat Père Noël, celui en papier rouge et or avec une cloche autour du cou.* Celui-là, je l'aurai peut-être. Il n'y a que cent treize jours avant Noël.

Je retourne la feuille et écris *Tessa Scott.* Un beau nom de trois syllabes, dit toujours mon père. Si j'arrive à écrire mon nom plus de cinquante fois sur ce morceau de papier, c'est que tout va s'arranger. Je commence à écrire en lettres minuscules, comme la Fée des dents de lait doit écrire en répondant aux lettres d'enfant. Mon poignet me fait mal. La bouilloire siffle. La cuisine s'emplit de buée.

Cinq

Parfois, le dimanche, Papa nous emmène rendre visite à Maman. Nous prenons l'ascenseur jusqu'au huitième étage et c'est toujours un grand moment quand elle nous ouvre la porte et s'écrie : « Bonjour, vous ! » en nous incluant tous les trois dans son regard. Généralement, Papa s'attarde un peu sur le seuil et ils parlent.

Mais aujourd'hui, il a tellement hâte de s'éloigner de moi qu'il est déjà presque retourné à l'ascenseur lorsque Maman ouvre la porte.

« Surveille-la, dit-il en brandissant un doigt dans ma direction. On ne peut pas lui faire confiance.

— Pourquoi donc ? demande Maman en riant.

— Papa lui avait défendu d'aller dans une boîte de nuit, hurle Cal au comble de l'excitation.

— Tiens, cela ne m'étonne pas de ton père, répond Maman.

— Elle y est allée quand même. Elle vient juste de rentrer à la maison. Elle a passé toute la nuit dehors. »

Maman me sourit tendrement.

« Tu as rencontré un garçon ?

— Non.

39

— Je devine que si. Comment s'appelle-t-il ?

— Je n'ai rencontré personne. »

Papa a l'air furieux.

« Typique, ça ! Tout à fait toi ! J'aurais dû m'en douter que je ne recevrais aucun soutien de ta part…

— Calme-toi, dit Maman. Cela ne lui a fait aucun mal, apparemment.

— Mais regarde-la ! Elle est épuisée. »

Tous les trois me contemplent longuement. Je déteste ça. Je me sens lamentable, frigorifiée et j'ai mal au ventre. J'ai mal depuis que j'ai fait l'amour avec Jake. Personne ne m'avait prévenue que ce serait douloureux.

« Je reviens vers quatre heures, dit Papa en se retournant vers l'ascenseur. Cela fait presque quinze jours qu'elle refuse toute analyse de sang, alors appelle-moi s'il y a du changement. D'accord ?

— Oui, oui, ne t'inquiète pas, dit Maman en se penchant pour m'embrasser sur le front. Je vais prendre soin d'elle. »

Cal et moi nous asseyons autour de la table de la cuisine. Maman branche la bouilloire, repêche trois tasses sales dans l'évier, les lave sous le robinet, cherche des sachets de thé dans le placard, sort du lait du Frigidaire, le renifle, et dispose des biscuits dans une assiette.

J'engloutis un Bourbon d'une seule bouchée. Cela me paraît délicieux. Le chocolat bon marché et l'afflux de sucre dans mon cerveau.

« Je t'ai déjà parlé de mon premier petit ami ? demande Maman en posant bruyamment la théière sur la table. Il s'appelait Kevin et travaillait chez un horloger. J'adorais le voir se concentrer avec sa loupe vissée sur l'œil.

— Au fait, tu as eu combien de petits amis, Maman ? » demande Cal en reprenant un biscuit.

Elle se met à rire et fait basculer ses longs cheveux d'un seul côté.

« En voilà une question !

— C'est Papa qui était le meilleur ?

— Ah, votre père ! » gémit-elle en faisant mine de sangloter, la main sur le cœur.

Cal hurle de rire.

Un jour, j'ai demandé à Maman ce qui ne collait pas entre elle et Papa. « C'est l'homme le plus raisonnable que j'aie jamais rencontré », m'avait-elle répondu.

J'avais douze ans quand elle l'a quitté. Pendant quelque temps, elle a envoyé des cartes postales d'endroits dont je n'avais jamais entendu parler : Skegness, Grimsby, Hull. Sur une des cartes, il y avait un hôtel en premier plan. *C'est ici que je travaille maintenant*, écrivait-elle. *J'apprends le métier de chef pâtissière et je deviens obèse !*

« Parfait, qu'elle explose ! Bien fait pour elle », avait commenté Papa.

J'épinglais ses cartes postales sur le mur de ma chambre : Carlisle, Melrose, Dornoch.

Nous vivons dans une petite ferme comme des bergers, écrivait-elle. *Savez-vous qu'on utilise le gosier, les poumons, le cœur et le foie du mouton pour faire le haggis*[1] *?*

Non, je ne savais pas, pas plus que je ne savais qui était « nous », mais j'aimais bien regarder cette photo

---

1. Plat national écossais.

du village John O'Groats et son vaste horizon s'étirant sur l'Estuaire.

Au début de l'hiver, on nous a annoncé ce dont je souffrais. Je ne suis pas sûre que ma mère ait tout de suite compris de quoi il s'agissait car elle a pris son temps pour rebrousser chemin et rentrer. J'avais treize ans lorsqu'elle a enfin sonné à notre porte.

« Tu es ravissante, m'a-t-elle dit lorsque je suis allée lui ouvrir. Pourquoi est-ce que ton père fait toujours des drames avec tout ?

— Tu reviens vivre avec nous ?

— Pas tout à fait, non. »

Et elle a emménagé dans son appartement.

C'est toujours pareil. Je ne sais si c'est par manque d'argent ou parce qu'elle a peur que je me fatigue mais avec elle on finit toujours par regarder un film ou jouer à des jeux de société. Aujourd'hui, Cal a choisi « Le Jeu de la vie ». C'est nul, ce truc, et j'y joue comme un manche, en plus. Je termine la partie avec un mari, deux enfants et un job dans une agence de voyages. J'oublie de souscrire une assurance et lorsque survient une tempête, je perds tout mon argent. Pendant ce temps-là, Cal est devenu une pop star, nanti d'une villa au bord de la mer, et Maman une artiste peintre qui gagne beaucoup d'argent et vit dans une énorme maison. Quand je prends ma retraite, ce qui arrive tôt parce que je continue à tirer des dix, je ne prends même pas la peine de compter ce qui me reste d'argent.

Après, Cal veut montrer à Maman son nouveau tour de magie. Il a besoin d'une pièce qu'il va chercher dans son sac ; pendant ce temps, j'attrape le châle plié sur le dos du canapé et Maman m'aide à l'étaler sur mes genoux.

« Il faut que j'aille à l'hôpital la semaine prochaine, lui dis-je. Tu viendras ?

— Papa ne t'accompagne pas ?

— Vous pourriez venir tous les deux. »

Elle me regarde, embarrassée.

« Pourquoi dois-tu aller à l'hôpital ?

— J'ai de nouveau des maux de tête. On va me faire une ponction lombaire. »

Elle se penche pour m'embrasser, je sens son souffle chaud sur mon visage.

« Ça va aller, ne t'inquiète pas. Je suis sûre que ça va aller très bien. »

Cal revient avec sa pièce.

« Regardez attentivement, Mesdames ! » annonce-t-il.

Mais je n'ai pas envie de regarder attentivement. J'en ai ma claque de voir des choses disparaître.

Dans la chambre de Maman, je soulève mon T-shirt et me contemple dans la glace. Avant, j'avais l'air d'une naine monstrueuse. Ma peau était grise. J'avais le ventre enflé comme une boule de pain qui a trop levé et si je poussais mon doigt dedans, il s'enfonçait, tellement c'était mou. Ce sont les stéroïdes qui font ça. Prednisolone et dexamethasone à haute dose. Deux poisons qui vous rendent grosse, laide et de mauvaise humeur.

Depuis que je n'en prends plus, je me suis mise à rétrécir. Aujourd'hui, j'ai des hanches anguleuses et des côtes saillantes. Tel un spectre, je m'éloigne peu à peu de moi-même.

Je m'assieds sur le lit de Maman et appelle Zoey.

« C'est quoi, exactement, "faire l'amour" ?

43

— Ma pauvre, il t'a vraiment mal baisée, on dirait ? demande-t-elle.

— Non, simplement je ne comprends pas pourquoi je me sens si bizarre.

— Comment ça, bizarre ?

— Seule. Et puis j'ai mal au ventre.

— Ah oui ! Je me souviens de ça. Comme si on avait ouvert un chemin à l'intérieur de toi ?

— Un peu, oui.

— Ça va passer.

— Pourquoi j'ai tout le temps envie de pleurer ?

— Tu prends ça trop au sérieux, Tess. Le sexe n'est qu'un moyen d'être avec quelqu'un, c'est tout. Une façon de se tenir chaud et de se sentir désirable. »

Elle a une drôle de voix, comme si elle souriait.

« Tu es encore défoncée, Zoey ?

— Non !

— Où es-tu ?

— Écoute, il faut que je parte dans deux minutes. Dis-moi quel est le second point de ta liste et on se fait un plan.

— J'ai annulé ma liste. C'était idiot.

— Mais non, c'était drôle ! N'abandonne pas. Tu étais enfin en train de faire quelque chose de ta vie ! »

Je raccroche, compte jusqu'à cinquante-sept et appelle le 999.

Une voix de femme annonce :

« Ici le Service des Urgences ? Quel est votre problème ? »

Je ne réponds rien.

« S'agit-il d'une urgence ? insiste la standardiste.

— Non.

44

— Vous êtes sûre qu'il ne s'agit pas d'une urgence ? Pouvez-vous me donner votre adresse ? »

Je lui donne celle de Maman et lui confirme qu'il n'y a pas d'urgence. Je me demande si Maman va recevoir une facture quelconque. J'espère bien que oui.

J'appelle les renseignements téléphoniques et demande le numéro de S.O.S. Amitiés. Je le compose très très lentement.

« Allô ? dit une voix douce, irlandaise peut-être. Allô ? » répète-t-elle.

Comme j'ai un peu honte de lui faire perdre son temps, je dis :

« La vie n'est qu'un paquet de merde. »

J'entends un petit « Hun-Hun » sortir du fond de sa gorge et cela me fait penser à Papa. Qui a émis exactement le même petit « Hun-Hun » il y a six semaines lorsque le médecin de l'hôpital nous a demandé si nous avions bien compris les implications de ce qu'il nous expliquait. Je me souviens m'être dit qu'effectivement Papa n'avait peut-être pas compris, il pleurait trop fort pour écouter.

« Je suis toujours là », insiste la dame.

J'ai envie de lui expliquer. J'appuie très fort l'écouteur contre mon oreille parce que pour parler de quelque chose d'aussi important il faut vraiment être très concentré.

Mais je ne trouve pas les mots pour le dire.

« Vous êtes toujours en ligne ? demande la voix.

— Non. »

Et je raccroche.

Six

Papa me prend la main.

« Donne-moi la douleur », dit-il.

Je suis couchée sur un lit d'hôpital, en position fœtale, la tête sur un oreiller. Ma colonne vertébrale est parallèle au côté du lit.

Il y a deux médecins et une infirmière dans la chambre mais je ne les vois pas car ils sont derrière moi. Un des médecins est une interne. Elle ne dit pas grand-chose mais je devine qu'elle regarde son patron chercher le bon endroit et l'indiquer à l'encre sur ma colonne. Il nettoie la peau avec un antiseptique. Le produit est très froid. Il commence par là où il va piquer, et frotte en cercles concentriques, puis il étend une serviette sur mon dos et enfile des gants stériles.

« Je vais utiliser une aiguille n° 25 et une seringue de cinq millilitres », explique-t-il à l'étudiante.

Derrière l'épaule de Papa, il y a un tableau accroché au mur. Je ne l'ai jamais vu, celui-là, ils en changent tout le temps dans cet hôpital. Je le fixe intensément. C'est l'une des nombreuses techniques que j'ai apprises au cours des quatre dernières années pour supporter la douleur.

Sur le tableau, c'est la fin de l'après-midi dans une quelconque campagne anglaise, le soleil est déjà bas dans le ciel. Un paysan lutte péniblement contre le poids d'une charrue. Des oiseaux plongent en piqué sur leurs proies.

Papa se retourne sur sa chaise en plastique pour voir ce que je regarde et me lâche la main pour aller inspecter le tableau de plus près.

Tout au fond du champ, une femme court. Elle relève sa jupe d'une main pour aller plus vite.

« *La Grande Peste atteint Eyam*, lit Papa à voix haute. En voilà un joli petit tableau guilleret pour une chambre d'hôpital ! »

Le médecin se met à rire.

« Savez-vous qu'il y a encore trois mille cas de peste bubonique par an ?

— Non, répond Papa. Je ne savais pas.

— Grâce à Dieu, nous avons les antibiotiques, n'est-ce pas ?

— Grâce à Dieu. »

Papa se rassoit et reprend fermement ma main dans la sienne.

La femme du tableau disperse des poulets devant elle en courant et ce n'est que maintenant que je remarque l'expression affolée de son visage.

La peste, le grand incendie et la guerre contre la Hollande, tout cela s'est passé en 1666. Je me souviens l'avoir appris en classe. Des millions de gens s'entassaient dans des charrettes, on jetait les cadavres dans des carrières de pierre à chaux ou des fosses anonymes. Quelque trois cent quarante ans plus tard, tous les témoins de ces événements ont disparu. Les seuls éléments figurant sur ce tableau qui aient survécu sont le

Soleil. Et la Terre. Cette pensée me donne l'impression d'être quantité négligeable.

« Attention, ça va piquer un peu », prévient le médecin.

Papa me caresse la main de son pouce tandis que des vagues de chaleur statique envahissent tous mes os. Je pense à l'expression « à jamais », je pense qu'il y a plus de morts que de vivants, je pense que nous sommes entourés de fantômes. Cela devrait me réconforter, mais non.

« Serre ma main, dit Papa.

— Je ne veux pas te faire mal.

— Quand ta mère a accouché de toi, elle m'a broyé la main pendant quatorze heures d'affilée mais ne m'a démoli aucun doigt ! Il n'y a aucune chance que tu me fasses mal, Tessa. »

C'est comme de l'électricité, comme si mon épine dorsale était coincée dans un grille-pain et que le médecin essayait de la décoincer avec un couteau émoussé.

« Qu'est-ce que tu penses que Maman va faire aujourd'hui ? »

Ma voix résonne bizarrement. Contenue. Étranglée.

« Aucune idée.

— Je lui ai demandé de venir.

— Ah bon ? dit Papa, surpris.

— Je me disais que vous pourriez vous retrouver à la cafétéria, après.

— Quelle drôle d'idée ! » répond-il en fronçant les sourcils.

Je ferme les yeux, j'imagine que je suis un arbre écrasé de soleil, que je ne désire rien d'autre que la pluie. Je pense à des jets d'eau argentée ruisselant sur mes feuilles, détrempant mes racines, remontant jusqu'à la moindre de mes nervures.

Le médecin dévide des statistiques à l'intention de son externe.

« Un malade sur mille, environ, souffre d'une lésion nerveuse à la suite de cet examen. Il y a aussi un risque d'infection, d'hémorragie ou d'atteinte du cartilage. »

Puis il retire l'aiguille.

« C'est fini. Bravo, vous êtes très courageuse. »

J'ai l'impression qu'il va me tapoter la croupe comme si j'étais un bon cheval obéissant. Mais il se contente de me tendre trois éprouvettes.

« Il faudra porter ça au laboratoire » puis, sans même dire au revoir, il se glisse discrètement hors de la chambre, l'étudiante sur les talons. Comme s'il se sentait soudain embarrassé de l'intimité qui avait pu s'installer entre nous.

L'infirmière, elle, est adorable. Elle babille tout en me mettant une gaze propre sur le dos, fait le tour du lit et se penche vers moi en souriant :

« Tu as besoin d'un peu de repos, mon petit.

— Je sais, oui.

— Ce n'est pas la première fois que tu viens, n'est-ce pas ? »

Puis, se tournant vers Papa :

« Et vous, qu'allez-vous faire, maintenant ?

— M'asseoir près d'elle avec mon livre.

— Très bien. Je suis là tout près. Savez-vous ce à quoi il faudra faire attention quand elle sera rentrée à la maison ? »

Très professionnel, Papa répond d'une traite :

« Tremblements, fièvre, nuque raide ou maux de tête. Suintements ou saignements, engourdissement ou perte de force sous l'endroit de la piqûre.

— Vous êtes drôlement calé ! approuve l'infirmière, impressionnée.

— Bravo, Tess, me dit Papa après son départ. Ouf, c'est fini.

— Sauf si les résultats du labo sont mauvais.

— Ils ne seront pas mauvais.

— Je vais devoir revenir toutes les semaines pour une ponction.

— Chut ! Essaie de dormir maintenant, chérie. Le temps passera plus vite. »

Il prend son livre et s'appuie sur le dossier de son fauteuil.

J'ai les yeux qui piquent comme si des lucioles battaient des ailes contre mes paupières. J'entends mon sang circuler dans mes veines, on dirait un galop de sabots sur les pavés d'une rue. Dehors la lumière grise s'assombrit de plus en plus.

Papa tourne une page.

Derrière son épaule, dans le tableau, une petite fumée sort innocemment de la cheminée d'une ferme tandis qu'une femme court, le visage hagard, déformé par la terreur.

Sept

« Lève-toi ! Allez, lève-toi ! » hurle Cal.

Je plonge sous la couette mais il me la retire de force.

« Papa dit que, si tu ne te sors pas immédiatement de ton lit, il monte avec un gant de toilette mouillé. »

Je me roule sur le côté pour lui échapper mais il fait le tour du lit et me lance en souriant :

« Papa dit que tu devrais te lever tous les matins et te secouer un peu !

— Ça m'est parfaitement égal, Cal. Fiche le camp de ma chambre s'il te plaît ! »

Il s'en va et je suis moi-même surprise de voir à quel point cela m'est égal.

Le bruit m'agresse. Tous les bruits : le chahut que Cal fait en descendant l'escalier, les cliquetis d'assiettes lorsqu'il entre dans la cuisine sans refermer la porte derrière lui. Les moindres sons m'atteignent : le clapotis du lait qu'il verse dans ses céréales, les zébrures de la cuiller qu'il tournoie en l'air, le tt-tt… agacé de Papa qui, d'un coup de serviette, lui essuie une tache de lait sur sa chemise d'uniforme.

J'entends grincer le placard de l'entrée où Papa va prendre le blouson de Cal. Je l'entends remonter la fermeture Éclair et boutonner soigneusement le col pour qu'il n'ait pas froid. Je l'entends l'embrasser et soupirer – une grande vague de désespoir qui envahit toute la maison.

« Monte dire au revoir », dit Papa.

Cal bondit dans l'escalier, marque un temps d'arrêt devant ma porte, puis entre et fonce droit vers mon lit.

« J'espère que tu vas mourir pendant que je serai en classe, siffle-t-il. Et que ça va te faire salement mal ! Et j'espère qu'on va t'enterrer dans un endroit horrible, comme chez le poissonnier ou chez le dentiste ! »

Au revoir, petit frère. Au revoir. Au revoir.

C'est l'heure où Papa se retrouve seul dans la cuisine en désordre, seul en pantoufles et robe de chambre, mal rasé et désemparé, se frottant les yeux comme étonné de sa solitude. Depuis quelques semaines, il suit la même petite routine matinale. Après le départ de Cal, il se fait un café, débarrasse la table, rince les assiettes et met la machine en route. Ce qui lui prend une vingtaine de minutes. À la suite de quoi, il monte me demander – dans l'ordre – si j'ai bien dormi, si j'ai faim et à quelle heure je compte me lever.

Je réponds invariablement « Non, non, et jamais ». Alors il va s'habiller, redescend, et va s'asseoir devant son ordinateur où il surfe des heures et des heures, en quête d'informations qui pourraient me sauver la vie.

J'ai entendu dire qu'il y avait cinq phases successives dans le chagrin. Si c'est exact, alors il est évident que Papa n'a pas dépassé l'étape numéro un : la négation.

Bizarrement, aujourd'hui, il frappe à ma porte plus tôt que d'habitude. Il n'a pas pris son café ni rangé la cuisine. Qu'est-ce qui se passe ? Je reste tranquillement allongée tandis qu'il entre, referme doucement la porte derrière lui et retire ses pantoufles.

« Pousse-toi, me dit-il en soulevant un coin de ma couette.

— Qu'est-ce que tu fabriques, Papa ?

— Je me couche près de toi.

— Mais je ne veux pas de toi, moi ! »

Il passe un bras autour de moi pour m'immobiliser. Ses os sont durs, ses chaussettes rugueuses contre mes pieds nus.

« Sors de mon lit, Papa !

— Non. »

Je repousse son bras et me redresse pour le regarder. Il sent le tabac froid, la bière, et paraît plus vieux que je ne m'en souvenais. J'entends battre son cœur, ce qui n'est pas bien normal, à mon avis.

« Mais qu'est-ce que tu veux, à la fin ?

— Tu ne me parles jamais, Tess.

— Et tu crois que t'incruster dans mon lit va me faire parler ?

— Peut-être, soupire-t-il.

— Tu aimerais, toi, que je m'installe dans le tien pendant que tu dors ?

— Tu le faisais souvent quand tu étais petite. Tu disais que ce n'était pas juste que, toi, tu dormes toute seule. Et tous les soirs, Maman et moi, on te laissait faire pour que tu ne te sentes pas abandonnée. »

Je suis sûre que ce n'est pas vrai. Je m'en souviendrais. Il devient peut-être fou.

« Bon, si tu ne veux pas sortir de là, c'est moi qui vais m'en aller.

— Parfait, répond-il. Je ne demande que ça.

— Et toi, tu vas rester là ? »

Il se blottit sous la couette en souriant.

« C'est agréable et chaud, ici. »

Je flageole sur mes jambes. Je n'ai pas beaucoup mangé hier, on dirait que cela m'a rendue transparente. Je m'agrippe aux barreaux du lit, boitille jusqu'à la fenêtre. Il est encore tôt : la lune s'efface dans le ciel gris pâle.

« Il y a longtemps que tu n'as pas vu Zoey, remarque Papa.

— C'est vrai.

— Qu'est-ce qui s'est passé, le soir de la boîte de nuit ? Vous vous êtes brouillées, toutes les deux ? »

En bas dans le jardin, le ballon orange de Cal gît sur l'herbe comme une planète dégonflée et, de l'autre côté de la haie, il y a ce garçon qui est là, de nouveau. J'appuie mes mains contre la vitre. Tous les matins, il travaille dehors, il bêche, il ratisse ou il bricole quelque chose. En ce moment, il coupe les ronces qui envahissent la haie et les rassemble pour les brûler.

« Tu entends ce que je te dis, Tess ?

— Oui, mais je n'ai pas envie de répondre.

— Tu devrais réfléchir à l'idée de retourner en classe. Tu verrais d'autres amis.

— Je n'ai pas d'autres amis, dis-je en me retournant vers Papa. Et je te signale tout de suite que je n'ai aucune envie de m'en faire. Je n'ai nul besoin de curieux morbides qui veulent me connaître pour pouvoir s'apitoyer à mon enterrement. »

Papa soupire, remonte la couette sous son menton et hoche la tête vers moi.

« Tu ne devrais pas parler comme ça. Le cynisme, c'est très mauvais pour toi.

— Tu as lu ça quelque part ?

— Avoir une attitude positive renforce les défenses immunitaires.

— Donc, c'est ma faute si je suis malade, c'est ça ?

— Tu sais très bien que ce n'est pas ce que je pense.

— Rien de ce que je fais n'est jamais bien, d'après toi !

— Ce n'est pas vrai ! proteste-t-il en se relevant péniblement.

— Si, c'est vrai ! On dirait que je ne meurs pas convenablement. Tu passes ton temps à monter dans ma chambre pour me dire de me lever et de me secouer. Et maintenant, il faudrait que je retourne à l'école, en plus ! C'est ridicule ! »

Je fonce vers ses pantoufles, glisse mes pieds dedans. Elles sont bien trop grandes pour moi mais je m'en fiche. Papa se hisse sur un coude en me dévisageant. On dirait que je viens de le gifler…

« Ne pars pas. Où vas-tu ?

— Loin de toi. »

Je claque la porte avec bonheur. Qu'il garde mon lit s'il veut. Il peut bien s'y coucher et y crever !

Huit

Le garçon a l'air surpris quand je passe ma tête par-
dessus la haie pour l'appeler. Il est plus vieux que je ne
pensais, dix-huit ans environ, avec des cheveux noirs et
une barbe naissante.

« Oui ?

— Est-ce que je peux brûler quelque chose sur ton
feu ? »

Sans sourire, il s'approche d'un pas traînant dans
l'allée, et s'essuie le front d'un revers de main comme
s'il avait chaud. Il a les ongles sales et les cheveux
pleins de petites feuilles.

Je lève les deux boîtes à chaussures pour qu'il puisse
les voir. J'ai balancé la robe de Zoey en travers de mon
épaule comme un drapeau.

« Qu'est-ce qu'il y a, là-dedans ?

— Essentiellement du papier. Je peux te les apporter ? »

Il hausse les épaules, ni oui ni non, alors j'ouvre
notre porte et enjambe le muret de séparation entre les
deux maisons, je traverse son petit jardin de devant et
longe sa maison. Il est déjà là, tenant la grille ouverte
pour me laisser entrer. J'hésite.

« Je m'appelle Tessa.

— Moi, Adam. »

Nous marchons en silence dans l'allée. Il doit imaginer que mon petit ami vient de me larguer, et que mes boîtes contiennent des lettres d'amour. Pas étonnant, doit-il penser, avec sa tête de cadavre et son crâne rasé.

Je suis déçue par le feu, un pauvre petit feu de feuilles et de brindilles, avec beaucoup de fumée et quelques flammèches autour.

« Les feuilles sont humides, explique-t-il. Le papier va le ranimer. »

J'ouvre une de mes boîtes et la renverse sur le feu.

Du jour où mon père a remarqué le premier bleu sur ma colonne vertébrale jusqu'à celui où – il y a deux mois – l'hôpital a officiellement renoncé à faire quoi que ce soit pour moi, j'ai tenu mon journal. Ça brûle drôlement bien quatre années d'optimisme pathétique, un vrai feu d'artifice ! Toutes les cartes de vœux de guérison que j'ai reçues se gondolent sous la chaleur, se calcinent aussitôt et s'envolent en fumée. En quatre interminables années, on oublie le nom des gens.

Il y avait une infirmière qui dessinait des caricatures des médecins et les accrochait près de mon lit pour me faire rire. Elle non plus, je ne me rappelle pas comment elle s'appelait. Louise, peut-être ? Elle était très prolifique. Le feu crépite, s'embrase, projette des étincelles dans les arbres.

« Je m'allège d'un fardeau », dis-je à Adam.

Mais je crois qu'il n'écoute pas. Il traverse la pelouse en tirant un amas de ronces vers le feu.

C'est la boîte suivante que je déteste le plus. Celle dans laquelle on fouillait souvent, Papa et moi, en éparpillant les photos sur mon lit d'hôpital.

« Tu vas guérir très vite, disait-il en passant un doigt sur une photo de moi en classe, lorsque j'avais onze ans, toute fière dans mon nouvel uniforme, le jour de mon entrée en sixième. Et regarde celle-là, on était en Espagne, tu te souviens ? »

J'étais mince, bronzée et pleine d'espoir, à l'époque. C'était pendant ma première rémission. Un garçon m'avait sifflée sur la plage. Papa m'avait prise en photo, en disant que je voudrais toujours garder un souvenir de mon premier admirateur.

Mais je ne veux plus.

J'éprouve l'envie subite de courir à la maison pour aller chercher d'autres trucs à brûler. Mes vêtements, mes livres.

« Je pourrai venir la prochaine fois que tu feras du feu ? » dis-je à Adam.

D'un pied, il maintient un bout de la ronce et embobine l'autre pour la pousser dans le feu.

« Pourquoi veux-tu te débarrasser de tout ça ? »

Je roule la robe de Zoey en boule ; elle paraît toute petite serrée dans mon poing. Je la jette dans le brasier, elle s'embrase avant même d'avoir atteint les flammes. En suspension, immobile, elle se réduit en plastique incandescent.

Toute matière se compose de particules. Plus solide est la matière, plus ses particules sont étroitement accrochées les unes aux autres. Les gens sont solides, mais leur intérieur liquide. Se tenir trop près d'un feu altère peut-être les particules du corps humain. En tout cas, je me sens soudain très faible, prise de vertige. Je ne sais pas très bien pourquoi – est-ce le manque de nourriture ? – mais je ne me sens plus d'aplomb dans mon propre corps. Le jardin s'illumine brusquement.

Comme pour les escarbilles qui volettent en retombant dans mes cheveux et sur mes vêtements, la loi de la pesanteur veut que tout corps qui tombe soit attiré vers la terre.

À mon grand étonnement, je me retrouve couchée dans l'herbe, le regard levé vers le visage pâle d'Adam, auréolé de nuages. Je mets une longue minute à émerger.

« Ne bouge pas, dit-il. Je crois que tu t'es évanouie. »

J'essaie de parler mais ma langue est paralysée et c'est tellement plus facile de rester là, étendue.

« Tu es diabétique ? Tu as besoin de sucre ? J'ai un Coca, si tu veux. »

Il s'assied près de moi, attend que je me soulève et me tend la canette. Ma tête bourdonne lorsque le sucre atteint mon cerveau. Je me sens faible, encore plus spectrale qu'avant, mais tellement mieux. Nous regardons le feu. Tout le contenu de mes boîtes est consumé, les boîtes elles-mêmes carbonisées. La robe volatilisée. Mais les cendres sont encore chaudes, et assez rougeoyantes pour attirer une mite, une imbécile de mite qui danse vers le feu et s'y brûle les ailes avec un petit crépitement. Nous fixons tous deux l'espace où elle est passée de l'être au néant.

« Tu fais beaucoup de jardinage, n'est-ce pas ?

— J'aime ça.

— Je te vois de ma fenêtre. Je te regarde bêcher et tout ça.

— Ah bon ? Pourquoi ? demande-t-il, inquiet.

— J'aime bien t'observer. »

Il fronce les sourcils, l'air perplexe, semble sur le point de faire un commentaire, puis détourne les yeux. Son regard parcourt le jardin.

« J'ai l'intention de créer un potager dans ce coin. Des petits pois, des choux, des laitues, des haricots. Tout, quoi. C'est pour ma mère, plus que pour moi.

— Pourquoi ? »

Il hausse les épaules, regarde vers la maison comme si le fait de parler d'elle risquait de l'attirer à la fenêtre.

« Elle aime bien les potagers.

— Et ton père ?

— Non. Il n'y a que Maman et moi. »

Je remarque un petit filet de sang sur le dos de sa main. Il suit mon regard et l'essuie sur son jean.

« Il va falloir que j'y aille. Tu te sens mieux ? Garde le Coca, si tu veux. »

Il m'accompagne dans l'allée où j'avance doucement, heureuse d'avoir réduit en cendres mes photos et mon journal, heureuse que la robe de Zoey ait disparu. J'ai l'impression qu'il va pouvoir maintenant se passer quelque chose de nouveau.

Arrivée à la porte, je me tourne vers Adam :

« Merci de ton aide.

— Je t'en prie. »

Les mains dans les poches, il me sourit, détourne son regard, fixe ses bottes. Mais je sais que c'est moi qu'il voit.

Neuf

« Je ne vois pas pourquoi on vous a envoyés ici aujourd'hui, dit la réceptionniste.

— On nous a demandé de venir, répond Papa. La secrétaire du Dr. Ryan nous a téléphoné pour nous convoquer.

— Non. Pas ici. Et pas aujourd'hui.

— Si, insiste-t-il. Ici, et aujourd'hui. »

Agacée, elle se retourne vers son ordinateur et fait défiler l'écran.

« C'est pour une ponction lombaire ?

— Non, ce n'est pas pour une ponction lombaire, grogne Papa, de plus en plus exaspéré. Le Dr. Ryan tient-il une consultation aujourd'hui, au moins ? »

Je les laisse se débrouiller ensemble et vais m'asseoir dans le coin salle d'attente. Tous les suspects habituels sont là : dans un coin, les chauves à chapeau, branchés à leur perfusion, parlant diarrhées et nausées ; un garçon cramponné à la main de sa mère, la tête couverte de nouveaux petits cheveux aussi précaires que les miens ; une fille sans sourcils faisant semblant de lire un livre. Elle s'est dessiné un trait de crayon au-dessus de la courbe de ses lunettes. Elle voit que je la regarde et me sourit, mais je n'en veux pas, de son sourire. C'est une de mes règles : ne pas créer de liens avec des gens en train de mourir. Il n'y a rien de bon à en attendre. Un jour, je me suis fait une amie, ici. Elle s'appelait Angela, on s'envoyait des mails tous les jours et puis, tout à coup, plus rien. Finalement sa mère a téléphoné à mon père pour lui dire qu'Angela était morte. Morte. Comme ça, sans même me prévenir. J'ai donc décidé de ne plus m'encombrer de qui que ce soit.

J'attrape un magazine que je n'ai même pas le temps d'ouvrir. Papa me tape sur l'épaule et m'aide à me lever :

« On a gagné, dit-il.

— Quoi ?

— On avait raison, c'est elle qui avait tort, annonce-t-il en faisant un petit geste d'adieu amical à la réceptionniste. Elle ne comprend rien à rien, la pauvre femme. En fait, nous sommes bel et bien attendus dans le bureau du grand patron. On y va tout de suite. »

Le Dr. Ryan a une petite saleté sur le menton. Quelque chose de rouge, que je ne peux pas m'empêcher de fixer tandis que nous nous installons face à son bureau. De la sauce tomate, ou de la soupe, peut-être ? Ou alors, il vient de finir une opération ? C'est peut-être de la viande crue.

« Merci d'être venus », dit-il en tapotant des doigts sur sa table.

Papa avance sa chaise plus près de la mienne et appuie son genou contre le mien. J'ai la gorge serrée et résiste à la tentation de me lever et de partir. Si je n'écoute pas ce qu'il va nous annoncer, je ne le saurai pas et peut-être qu'alors ça ne se réalisera jamais.

Le Dr. Ryan, lui, n'hésite pas. Sa voix est ferme.

« Je suis désolé, Tessa, les nouvelles ne sont pas bonnes… D'après les résultats de ta dernière ponction lombaire, ton cancer aurait atteint le liquide rachidien.

— Et ce n'est pas bon, ça ? » dis-je en plaisantant.

Il ne rit pas.

« C'est très mauvais, Tessa. Cela indique que les cellules leucémiques attaquent le système nerveux central. Je sais que c'est terrible pour toi d'entendre ça, malheureusement les choses évoluent plus vite que nous ne l'avions prévu.

— Quelles choses ?

— Tu as franchi une étape, Tessa », répond-il en changeant de position sur sa chaise.

Il y a une grande fenêtre derrière son bureau, à travers laquelle j'aperçois la cime de deux arbres. Leurs branches, leurs dernières feuilles et un morceau de ciel.

« Quelle étape, exactement ?

— La seule chose que je puisse faire est te demander comment tu te sens, Tessa. Es-tu plus fatiguée ? As-tu plus de nausées ? As-tu mal aux jambes ?

— Un peu.

— C'est difficile de me prononcer, mais je te conseille de faire tout ce que tu souhaites faire. »

Pour confirmer son diagnostic, il sort quelques diapos qu'il nous projette comme des photos de vacances, en nous faisant remarquer des taches sombres, des lésions, des débris visqueux flottant à la dérive. On croirait qu'on a lâché dans mon corps un enfant muni d'un pinceau, d'un pot de peinture noire et de trop d'enthousiasme.

Papa tente en vain de ne pas pleurer. De grosses larmes silencieuses s'échappent de ses yeux. Le docteur lui tend un mouchoir.

« Et qu'est-ce qu'on fait, maintenant ?

— Il se peut que Tessa réagisse bien à un traitement intrathécal. Je suggérerais quatre semaines de méthotrexate et d'hydrocortisone. Si cela réussit, les symptômes s'amélioreront et on pourra poursuivre le traitement d'entretien. »

Le médecin continue à parler, Papa à écouter, mais moi je n'entends plus rien.

C'est vraiment en train d'arriver. On nous avait prévenus mais personne n'avait imaginé que ce serait si rapide. Je n'irai plus jamais en classe. Plus jamais. Je ne serai jamais célèbre, je ne laisserai rien derrière moi digne d'intérêt. Je n'irai jamais à l'université, je n'aurai jamais de métier. Je ne verrai pas mon petit frère grandir. Je ne voyagerai pas, je ne gagnerai pas d'argent, je ne conduirai pas, je ne tomberai pas amoureuse, je ne quitterai jamais la maison et n'aurai jamais un chez-moi à moi.

C'est vraiment, vraiment vrai.

Une pensée fulgurante me traverse comme un éclair, une sorte d'élancement qui me déchire de part en part, au point d'éliminer tout le reste. Je ne pense plus qu'à cela. Un hurlement muet m'assourdit. J'ai été malade si longtemps, avec le ventre gonflé, mal au cœur, les ongles dédoublés, les cheveux qui tombaient et cette sensation de nausée permanente qui m'envahissait jusqu'aux os. Ce n'est pas juste. Je ne veux pas mourir comme ça, pas avant d'avoir vraiment vécu. Cela me semble si évident que j'en reprends presque espoir, c'est dingue. Je veux vivre avant de mourir. C'est la seule chose à faire.

L'image de la pièce où nous nous trouvons actuellement reprend soudain des contours nets.

Le professeur en est maintenant aux médicaments à l'essai, aux tests cliniques qui ne m'aideront probablement pas, moi, mais, peut-être plus tard, d'autres malades. Papa pleure toujours silencieusement. Je regarde par la fenêtre et me demande pourquoi la lumière semble baisser si vite. Est-il tard ? Depuis combien de temps sommes-nous assis là ? Je regarde ma montre, il est trois heures et demie et déjà le jour s'achève. Nous sommes en octobre. Tous ces gamins qui viennent de rentrer en classe avec des trousses et des cartables neufs pensent déjà aux vacances de semi-trimestre. Bientôt ce sera Halloween, la nuit du feu d'artifice. Noël. Le printemps. Pâques. Et puis mon anniversaire, en mai. J'aurai dix-sept ans.

Combien de temps puis-je tenir ? Je ne sais pas. Tout ce que je sais, c'est que j'ai le choix : ou je reste blottie sous mes couvertures et je continue à mourir ou je reprends ma liste là où j'en étais et je continue à vivre.

Dix

« Tiens, tu es debout ! » s'exclame Papa.

Puis il remarque ma minijupe et ses lèvres se pincent.

« Je parie que tu vas voir Zoey ?

— Oui, où est le problème ?

— N'oublie pas ça », dit-il en me tendant mes vitamines en travers de la table.

D'habitude il me les monte sur un plateau dans ma chambre, aujourd'hui il n'aura pas à se donner cette peine. Ce qui n'a pas l'air de le réjouir pour autant, il se contente de me regarder ingurgiter pilule sur pilule.

La vitamine E aide l'organisme à récupérer après la radiothérapie. La vitamine A combat les effets des radiations sur l'intestin. L'orme rouge remplace la matière muqueuse le long de toutes les tuyauteries du corps. La silice fortifie les os. Le potassium, le fer et le cuivre renforcent les défenses immunitaires. L'*Aloe Vera* est bon pour tout. Quant à l'ail… heu… Papa a lu quelque part qu'on ne connaissait pas encore très bien les propriétés de l'ail. Il appelle ça la vitamine X. Je fais passer le tout avec du jus d'orange frais et une cuiller à café de miel non raffiné. Miam miam.

En souriant, je repousse le plateau en direction de Papa qui se lève et le repose bruyamment sur l'évier.

« Je croyais qu'hier tu avais des douleurs et des nausées, dit-il en ouvrant le robinet.

— Aujourd'hui, je vais bien. Mal nulle part.

— Tu ne crois pas qu'il serait plus sage de te reposer ? »

Terrain dangereux. Je change rapidement de sujet et tourne mon attention vers Cal qui écrase ses corn flakes en purée pâteuse. Il a l'air aussi morose que Papa.

« Qu'est-ce qu'il y a qui ne va pas ?

— Rien.

— On est samedi ? Tu devrais être content, non, qu'on soit samedi ?

— Tu ne te rappelles pas, hein ? grogne-t-il avec un regard furibond.

— Je ne me rappelle pas quoi ?

— Tu avais promis qu'aux petites vacances, tu m'emmènerais faire des courses. Que tu prendrais ta carte de crédit. Je savais bien que tu ne serais jamais foutue de le faire ! ajoute-t-il en fermant les yeux très serré.

— On se calme ! intervient Papa sur le ton docte qu'il prend toujours quand Cal commence à péter les plombs.

— C'est vrai, je te l'ai promis, Cal, mais aujourd'hui je ne peux pas.

— Si tu peux ! » me lance-t-il, furieux.

D'accord, il faut que je le fasse… C'est la règle du jeu. Le point numéro deux de ma liste est formel : je dois dire oui à tout, à tout le monde, tout au long de la journée. Accepter quoi que ce soit, de qui que ce soit.

Sur le pas de la porte, je chancelle de peur, tout à coup, en voyant le visage plein d'espoir que Cal lève vers moi.

« J'envoie un texto à Zoey pour la prévenir que nous sommes en route », lui dis-je.

Il me répond qu'il déteste Zoey. Dur, dur, parce que, moi, j'ai besoin d'elle. De son énergie, de sa présence qui suffit à elle seule à déclencher des événements.

« Je veux aller à l'aire de jeux, dit Cal.

— Tu n'es pas un peu trop vieux pour ça ?

— Non. Tu vas voir, on va bien s'amuser. »

J'ai tendance à oublier que c'est encore un petit garçon, qu'il y a toute une part de lui qui aime toujours les balançoires et les manèges. En plus, Zoey me répond que c'est parfait, de toute façon elle était en retard, elle nous rejoindra là-bas.

Je m'assieds sur un banc et regarde Cal grimper dans une énorme toile d'araignée en corde. Il paraît si minuscule tout là-haut.

« Je vais monter encore plus, crie-t-il. Je grimpe jusqu'en haut, d'accord ?

— Oui, dis-je pour respecter ma promesse. Le numéro deux de ma liste.

— On se croirait en avion, hurle-t-il. Viens voir ! »

C'est difficile, l'escalade, quand on est en minijupe. La toile d'araignée oscille fortement et je dois envoyer balader mes chaussures par terre. Cal rigole.

« Allez ! Jusqu'en haut ! » ordonne-t-il.

C'est vachement haut, ce truc, et un gamin qui a une sale tronche s'amuse, d'en bas, à secouer les cordes. Je me hisse tant bien que mal. Mes bras me font souffrir mais moi aussi je veux planer comme en avion. Moi aussi, je veux épier le vent et happer les oiseaux en plein vol.

Ça y est, j'y suis arrivée. Je domine le clocher de l'église, les arbres qui bordent le parc et toutes les cosses des marrons prêtes à éclater. L'atmosphère est limpide, les nuages semblent tout proches comme si nous étions sur une petite montagne. Je vois en bas tous les visages des gens qui regardent en l'air.

« C'est haut, hein ? dit Cal.

— Très haut.

— On va aux balançoires, maintenant ?

— D'accord. »

D'accord pour tout, Cal, mais laisse-moi d'abord sentir le vent sur mon visage. Et contempler la courbe de la Terre tandis que nous tanguons lentement autour du Soleil.

« Je t'avais bien dit qu'on s'amuserait, dit Cal, le visage radieux de bonne humeur. On va aller absolument partout, d'accord ? »

Comme il y a la queue aux balançoires, nous commençons par les bascules. Je suis encore un peu plus lourde que lui, je suis toujours sa grande sœur et, d'un violent coup de pied, je le fais rebondir si haut qu'il hurle de joie en retombant rudement sur les fesses. Il va être couvert de bleus mais il s'en fiche.

Oui. Juste dire oui à tout.

Nous allons partout. Dans la petite maison en haut de l'échelle du bac à sable, où nous arrivons tout juste à nous faufiler. Sur la moto vissée sur un ressort géant, qui vire de bord si brutalement lorsque je l'enfourche que je m'écorche le genou par terre. Il y a aussi une poutre en bois où nous faisons semblant d'être des gymnastes, un serpent peint sur l'asphalte qui ondule de lettre en lettre, une marelle, des échelles de singes. Retour aux balançoires, où des mères cramponnées aux doudous de leurs bébés potelés font toujours la queue, et râlent quand je m'empare avec Cal de la seule balançoire libre. Ma robe se plaque sur mes cuisses, ça me fait rire. Je me penche encore plus pour m'envoler encore plus haut. Peut-être que si je me balance assez haut dans le ciel, le monde ne sera plus le même.

Je ne vois pas Zoey arriver. C'est Cal qui me la montre du doigt. Appuyée contre la porte d'entrée de l'aire de jeux, elle nous observe. Peut-être est-elle là depuis des lustres. Elle porte un petit top qui laisse voir son nombril et une jupe qui lui cache à peine les fesses.

« Bonjour, dit-elle en nous rejoignant. Vous avez commencé sans moi, à ce que je vois. »

Je me sens rougir.

« Cal voulait que je l'accompagne sur la balançoire.

— Et tu as dû dire oui, évidemment.

— Oui. »

Elle fixe Cal d'un air pénétré.

« Écoute, nous allons au marché. On va s'acheter des trucs et parler de nos règles, ça va être terriblement ennuyeux pour toi. »

L'air grognon, le visage maculé de terre, il lui tient tête :

« Je veux aller au magasin de farces et attrapes.

— D'accord. Eh bien, vas-y. On se retrouve tout à l'heure.

— Non, il nous accompagne, je lui ai promis. »

Zoey soupire et se met en marche. Cal et moi lui emboîtons le pas.

À l'école, Zoey était la seule fille de ma classe qui n'avait pas peur de ma maladie. C'est aussi la seule personne que je connaisse qui se comporte dans la rue comme si les agressions n'existaient pas, comme si on n'était jamais attaqué à coups de couteau, comme si les bus ne montaient jamais sur les trottoirs, comme si la maladie ne vous frappait jamais. Être avec elle me donne l'impression qu'on s'est trompé, je ne vais pas mourir, c'est une erreur, il s'agissait de quelqu'un d'autre.

« Allez, tortille-toi, Tessa ! me lance-t-elle par-dessus son épaule. Roule des hanches. »

Elle est vraiment courte, cette jupe. Elle ne dissimule aucun repli, aucun tressaillement de ma peau. Un automobiliste klaxonne. Une bande de garçons jettent des regards appuyés sur mes seins, sur mon cul.

« Pourquoi est-ce que tu lui obéis ? demande Cal.

— Parce que. »

Zoey, enchantée, nous laisse la rattraper et passe son bras sous le mien.

« Tu es pardonnée, dit-elle.

— Pardonnée de quoi ?

— D'avoir été si odieuse l'autre jour, avec ton coup pourri, me chuchote-t-elle avec un air de conspiratrice.

— Odieuse, moi ?

— Et comment ! Mais, bon, ce n'est pas grave.

— C'est mal élevé de parler à voix basse ! » remarque Cal.

Zoey le pousse devant nous et se colle encore plus contre moi pour marcher.

« Bon, alors, jusqu'où es-tu prête à aller ? Tu te ferais tatouer si je te le demandais ?

— Oui.

— Tu prendrais de la drogue ?

— Je *veux* de la drogue ! »

76

— Tu dirais à cet homme que tu l'aimes ? »

Le passant qu'elle me montre du doigt est chauve, plus vieux que mon père. Il sort du bureau de tabac, retire le papier cellophane d'un paquet de cigarettes et le laisse tomber par terre.

« Oui.

— Eh bien, vas-y ! »

L'homme sort une cigarette, l'allume, tire une bouffée, rejette la fumée. Je le suis, il se tourne vers moi avec un demi-sourire, comme s'il attendait quelqu'un d'autre, peut-être.

« Je vous aime », lui dis-je.

Il fronce les sourcils, puis remarque Zoey qui ricane.

« Fichez-moi la paix, pauvre petite conne », me dit-il.

C'est rigolo. Zoey et moi nous jetons dans les bras l'une de l'autre en hurlant de rire.

« Est-ce qu'on peut y aller, maintenant ? » supplie Cal, l'air désespéré.

Le marché me soulève le cœur. Les gens se pressent, comme s'ils étaient tous dans l'urgence. De grosses vieilles dames me bousculent avec leur panier à provision, des parents envahissent l'allée avec leurs poussettes. Piétiner au milieu de cette foule, dans la lumière blafarde de cette journée grise, est cauchemardesque, j'ai l'impression de ne plus pouvoir bouger, engluée sur place sur le trottoir poisseux, d'avoir des pieds de plomb. Je croise des garçons qui rôdent, capuchon relevé, visage fermé. Des filles avec lesquelles j'étais à l'école autrefois et qui ne me reconnaissent pas ; il y a si longtemps que je n'ai pas mis les pieds dans une classe. L'air est écœurant, ça sent la saucisse, le barbecue, l'oignon frit. On peut tout acheter, ici, des poulets en train de cuire, suspendus par les pattes, des plateaux de tripes et abats, des moitiés de cochons dont on peut compter les côtes écartelées. Des tissus, de la laine, de la dentelle, des rideaux. Sur l'étal des jouets, les chiens jappent, font des sauts périlleux et il suffit d'un tour de clef pour que les petits soldats claquent des cymbales. Le vendeur me sourit en me montrant une poupée de plastique géante, emprisonnée sous cellophane :

« 10 livres seulement pour toi, ma belle. »

Je détourne les yeux, faisant mine de ne pas entendre.

Zoey me surveille sévèrement :

« Tu es censée dire oui à tout. La prochaine fois, tu achètes, d'accord ? Quoi que ce soit.

— D'accord.

— Bon. Je reviens dans une minute », dit-elle en disparaissant dans la foule.

Je n'aime pas la voir partir. J'ai besoin d'elle. Si elle ne revient pas, ma journée se résumera à une expédition au parc des enfants et à quelques sifflements sur mon passage dans l'allée du marché.

« Tu vas bien ? demande Cal.

— Ouais.

— On ne dirait pas.

— Si, si, je vais très bien.

— Eh ben, moi, je m'ennuie. »

Hou là : danger ! S'il me demande de rentrer à la maison, je vais être obligée de dire oui.

« Zoey revient dans une minute. Peut-être qu'on pourra prendre le bus pour aller dans le centre. Dans la boutique des magiciens. »

Cal hausse les épaules en enfonçant ses mains dans ses poches.

« Elle ne va jamais vouloir qu'on fasse ça.

— Regarde les jouets, en attendant.

— Ils sont merdiques, ces jouets. »

Ah bon ? Quand j'étais petite et que je venais avec Papa, ils me paraissaient tous si étincelants.

Zoey revient, l'air très énervée.

« Quel sale menteur, ce Scott !

— Qui ?

— Scott. Il m'a dit qu'il travaillait sur un stand, ici, mais il n'est pas là.

— Stoner Boy ? Quand est-ce qu'il t'a dit ça ? »

Elle me regarde comme si j'étais complètement débile, s'éloigne de nouveau, se dirige vers un marchand de fruits et se penche sur les caisses de bananes pour lui parler. Il louche sur ses seins.

Une femme chargée de sacs en plastique s'approche de moi et me fixe droit dans les yeux. Je ne détourne pas la tête.

« Dix côtes de porc, trois paquets de bacon et un poulet bouilli, murmure-t-elle. Vous en voulez ?

— Oui. »

Elle me tend un sac, et gratte son nez croûteux pendant que je cherche de l'argent. Je lui tends cinq livres, elle fouille dans sa poche et m'en rend deux :

« Vous faites une affaire ! » dit-elle.

Cal la regarde s'éloigner, l'air un peu effrayé.

« Pourquoi tu as fait ça ?

— T'occupe ! »

Après tout, la règle ne m'oblige pas à être contente de ce que j'accepte. D'ailleurs, comme il ne me reste que douze livres, je me demande si je ne vais pas modifier le règlement, et ne plus dire oui qu'à ce qui est gratuit. Des gouttes de sang tombent du sac. Je ne suis peut-être pas obligée non plus de garder tout ce que j'achète...

Zoey revient, remarque le sac dont elle s'empare aussitôt.

« Qu'est-ce que c'est que ces saloperies ? dit-elle en fouillant dedans. On dirait des morceaux de chien mort ! »

Elle va le balancer dans une poubelle et revient vers moi en souriant.

« Finalement, j'ai trouvé Scott. Il est bien là. Avec Jake. Allez, on y va. »

En nous frayant un chemin dans la foule, elle m'explique, en évitant mon regard, qu'elle a revu plusieurs fois Scott depuis la soirée que nous avons passée chez eux.

« Pourquoi ne m'en as-tu pas parlé ?

— Parce que tu as disparu de la circulation pendant un mois ! Et, de toute façon, je pensais que ça te mettrait en rogne. »

C'est très surprenant de les découvrir en plein jour, derrière leur étal de lampes torche, de grille-pain, de réveils et de bouilloires. Ils paraissent plus vieux que dans mon souvenir.

Zoey fait le tour du stand pour aller parler à Scott. Jake m'adresse un petit salut.

« Ça va ?

— Ouais.

— Tu fais des courses ? »

Transpirant, vaguement gêné, ce n'est plus le garçon que j'ai connu. Une cliente s'approche, Cal et moi nous effaçons pour lui laisser la place. Elle achète un petit paquet de quatre piles. Qui coûte une livre. Jake le met dans un sac de plastique, le lui tend et prend son billet en échange.

« Tu as besoin de piles ? demande-t-il sans me regarder vraiment dans les yeux. Tu n'as pas besoin de payer, tu sais. »

À la façon dont il me dit ça, comme s'il me faisait une énorme faveur, pour me montrer qu'il est désolé pour moi et qu'il est un type correct, je comprends qu'il est au courant. Zoey lui a dit. Je devine la pitié et la culpabilité dans son regard. Il a baisé une mourante et maintenant c'est lui qui meurt de peur. Si j'étais contagieuse… Ma maladie l'a frôlé et le guette peut-être à son tour.

« Alors, tu en veux ? »

Il me tend un paquet de piles et un « Oui » s'échappe de mes lèvres. La somme de déception contenue dans ce simple mot est dure à avaler. Je prends ses conneries de piles et les fourre dans mon sac.

Cal m'envoie un sévère coup de coude dans les côtes :

« On peut partir, maintenant ?

— Oui.

— Non, dit Zoey, un bras autour de la taille de Scott. Nous allons chez eux. Ils ont une pause pour le déjeuner dans une demi-heure.

— Moi, j'emmène Cal en ville. »

Zoey fait le tour du stand vers moi, toute souriante. Elle est ravissante, comme si Scott l'avait ranimée.

« Est-ce que tu n'es pas censée dire oui ?

— C'est Cal qui m'a demandé en premier. »

Elle fronce les sourcils.

« Ils ont de la kétamine chez eux. Tout est organisé. Amène Cal si tu veux. Ils trouveront bien de quoi l'occuper, une PlayStation, ou quelque chose comme ça.

— Tu l'as dit à Jake.

— Dit quoi ?

— À propos de moi.

— Non, je ne lui en ai pas parlé. »

Elle rougit et doit tirer une dernière bouffée de sa cigarette et l'écraser d'un coup de talon pour éviter de me regarder en face.

J'imagine la scène comme si j'y étais. Elle a dû aller chez eux, suggérer qu'ils fument un joint tous les trois ensemble, insister pour tirer la première taffe, aspirer longuement, puis s'affaler près de Scott en disant : « Eh, vous vous souvenez de Tessa ? »

Et alors elle leur a tout déballé. Elle a peut-être même pleuré. J'imagine que Scott a passé un bras autour de ses épaules, tandis que Jake s'emparait du joint et inhalait assez profondément pour ne plus avoir à penser.

Je saisis la main de Cal et l'entraîne. Loin de Zoey. Loin du marché. Je lui fais descendre les marches derrière les stands et le tire sur le chemin de halage le long du canal.

« On va où ? pleurniche-t-il.

— La ferme !

— Tu me fais peur ! »

Je regarde l'expression de son visage mais je m'en fous.

Je rêve parfois, comme ça, que j'erre dans la maison, de pièce en pièce, et que personne de ma famille ne me reconnaît. Je croise Papa dans l'escalier et il me salue poliment comme si j'étais la femme de ménage, ou que nous étions clients d'un même hôtel. Cal me dévisage d'un air soupçonneux et j'entre dans ma chambre. Toutes mes affaires ont disparu, et une autre fille s'est installée à ma place, une fille avec une robe à fleurs, des lèvres brillantes, des joues fermes comme des pommes. Ce doit être ma vie parallèle. Celle où je suis en bonne santé et où Jake est heureux de me connaître.

Dans la vie réelle, je traîne mon frère le long du chemin de halage jusqu'au café qui a une terrasse sur le canal.

« Ça va être bon, tu vas voir. On va se prendre de la glace, du chocolat chaud et du Coca.

— Tu ne dois pas manger de sucre. Je vais le dire à Papa. »

Je serre sa main encore plus fort. Entre nous et le café, un homme en pyjama contemple l'eau du canal en mâchonnant un mégot.

« Je veux rentrer à la maison », dit Cal.

Mais je veux lui montrer les rats qui courent sur les berges, les feuilles déchirées par le vent qui tombent des arbres en bruissant, la façon dont les gens évitent d'affronter ce qui est difficile, je veux lui montrer que cet homme en pyjama est plus proche de la réalité que Zoey qui trotte derrière nous avec sa grande gueule et ses ridicules cheveux blondasses.

« Fiche le camp ! lui dis-je sans même me retourner.

— Pourquoi est-ce que tout est toujours si compliqué, avec toi ? » répond-elle en m'attrapant le bras.

Je la repousse.

« Je ne sais pas, Zoey. Pourquoi, à ton avis ?

— Ben quoi, ce n'était pas un secret. Des tas de gens savent que tu es malade et Jake a très bien réagi. Sauf

que, maintenant, il te trouve complètement frapadingue.

— Je *suis* complètement frapadingue.

— En fait, je crois que tu adores être malade, dit-elle
en plissant les yeux.

— Ah bon ?

— Tu ne supportes pas d'être normale.

— C'est vrai. Tu as raison. C'est génial d'être
malade. Tu veux qu'on change ?

— Tout le monde meurt, dit-elle comme si l'idée
venait de lui traverser l'esprit, et qu'elle-même s'en
fichait royalement.

— Regarde », dit Cal en tirant ma manche pour
attirer mon attention.

L'homme en pyjama est entré dans le canal, il bar-
bote au bord et tape ses mains dans l'eau pour provoquer
des éclaboussures. Il nous jette un regard vide, puis
nous décoche un large sourire qui découvre une rangée
de dents en or. J'en ai des picotements tout le long de
la colonne vertébrale.

« Ça vous chante de prendre un bain, mes jolies ? »
nous lance-t-il.

Il a un accent écossais. Je ne suis jamais allée en
Écosse.

« Eh bien, va le rejoindre, dit Zoey. Pourquoi pas ?

— Tu me le demandes ?

— Oui », répond-elle, méchamment.

Je jette un coup d'œil vers la terrasse du café. Tous
les clients ont les yeux braqués sur nous. Ils vont sûrement penser que je suis droguée, cinglée, psychopathe.
J'enlève ma jupe et la fourre dans ma culotte. Cal
demande nerveusement :

84

« Qu'est-ce que tu fabriques ? Tout le monde te regarde !

— Eh bien, fais comme si tu ne me connaissais pas.

— D'accord ! » répond-il, l'air buté, en s'asseyant dans l'herbe.

Je retire mes chaussures et trempe un doigt de pied dans l'eau. Elle est si glaciale que toute ma jambe gonfle et s'engourdit. Zoey pose une main sur mon bras :

« N'y va pas, Tess. Je ne disais pas ça sérieusement. Ne fais pas l'idiote ! »

Elle ne comprend donc rien à rien ?

Je me lance jusqu'à avoir de l'eau en haut des cuisses. Des canards apeurés s'éloignent en cancanant. Ce n'est pas profond, assez boueux, toutes sortes de saloperies jonchent probablement le fond. Les gens balancent des boîtes de conserve dans le canal, ou des caddies de supermarché, des aiguilles, des vieilles seringues. Je sens la boue clapoter entre mes doigts de pied.

L'homme aux dents d'or me fait signe, rit et patauge vers moi en tapant l'eau de ses deux mains.

« En voilà une gentille fille ! » dit-il.

Ses fausses dents étincellent entre ses lèvres bleues de froid. Il a une estafilade sur la tête, du sang suinte du sommet de son crâne jusqu'à ses yeux. Cela me glace encore plus.

Un homme sort du café en agitant une serviette de table.

« Hé ! crie-t-il. Sortez de là, voyons ! »

Il porte un tablier et son estomac ballotte lorsqu'il se penche pour m'aider à sortir.

« C'est de la folie ! Vous pouvez choper n'importe quelle maladie dans cette eau ! Vous êtes avec elle ? ajoute-t-il en se tournant vers Zoey.

— Je suis désolée. Je n'ai pas réussi à l'arrêter », répond-elle en secouant les cheveux pour protester qu'elle n'y est vraiment pour rien.

Je trouve ça minable.

« Non, elle n'est pas avec moi, dis-je à l'homme. Je ne la connais pas. »

Le visage de Zoey se ferme brusquement et le patron du café, troublé, se retourne vers moi. Il me prête sa serviette pour m'essuyer les jambes et vitupère contre toute cette jeunesse droguée tandis que je regarde Zoey s'en aller. Elle s'éloigne, devient de plus en plus petite, disparaît complètement. Où sont mes parents ? me demande le cafetier. Est-ce que je connais le clochard aux dents d'or ? Celui-ci, maintenant de l'autre côté du canal, se hisse péniblement sur la rive en s'esclaffant tout seul. Tout en grommelant, le patron du café m'aide à remonter sur le chemin de halage, me fait asseoir et m'apporte une tasse de thé. Je la sirote doucement après y avoir mis trois sucres. Beaucoup de gens me regardent. Cal, ratatiné sur lui-même, semble affolé.

« Qu'est-ce que tu fais ? » murmure-t-il.

Il va tellement me manquer que cela me donne envie de lui faire mal.

Cela me pousse aussi à le ramener à la maison et à le confier à Papa avant que je ne cause notre perte à tous les deux. Mais c'est triste, la maison. À la maison, je ne peux dire oui à rien ni personne, parce que Papa ne me demande jamais rien qui soit de la vraie vie.

Le thé me réchauffe le ventre. Le ciel passe de la grisaille au soleil, puis redevient maussade. Même le temps n'arrive pas à se décider, et fait des embardées d'un extrême à l'autre.

« Allons prendre un bus ! »

Je me lève en m'appuyant sur le bord de la table et remets mes chaussures. Les gens feignent de ne pas s'intéresser à moi, mais je sens leur regard. Il me donne la sensation d'être vivante.

Onze

« C'est vrai ? me demande Cal tandis que nous marchons jusqu'à l'arrêt du bus. C'est vrai que tu aimes être malade ?

— Parfois.

— C'est pour ça que tu as sauté à l'eau ? »

Je m'arrête pour le regarder, lui et ses grands yeux bleu pâle. Mouchetés de gris, comme les miens. Sur certaines photos de lui et de moi au même âge, il n'y a strictement aucune différence entre nous.

« J'ai sauté parce que je me suis fait une liste de choses à accomplir. Et, d'après ma liste, aujourd'hui je dois dire oui à tout. »

Il réfléchit quelques secondes à ce que cela implique et m'adresse un grand sourire triomphant :

« Donc, je peux te demander n'importe quoi, tu dois dire oui ?

— T'as tout compris. »

Nous montons dans le premier bus qui passe. Et nous nous asseyons à l'étage, dans le fond.

« D'accord, chuchote Cal. Tire la langue à ce monsieur. »

Je m'exécute. Il est grisé.

« Maintenant fais le signe V à la dame sur le trottoir, et envoie des baisers au groupe de garçons.

— Ce serait plus drôle si tu le faisais avec moi. »

Nous adressons des grimaces et des signes à tout le monde, élevons la voix pour prononcer des mots comme crotte, cul ou quéquette. Lorsque nous appuyons sur la sonnette pour demander l'arrêt, il n'y a plus personne à notre étage. Nous avons fait le vide autour de nous mais nous nous en fichons royalement.

« Où allons-nous ? demande Cal.

— Faire des courses.

— Tu as ta carte de crédit ? Tu vas m'acheter des choses ?

— Oui. »

Notre premier achat est une soucoupe volante télécommandée, capable de monter jusqu'à dix mètres de haut et de planer en suspension. Cal jette l'emballage dans une corbeille en sortant du magasin et fait voler son engin devant nous dans la rue. Éblouis par tous ses signaux lumineux multicolores, nous le suivons jusqu'à notre seconde étape, une boutique de lingerie.

J'installe Cal sur un siège, avec tous les messieurs qui attendent leur femme. Et je passe un moment délicieux à retirer mon chemisier non pas pour un examen mais pour qu'une vendeuse à la voix suave prenne mes mesures et me fasse essayer un soutien-gorge en dentelle hors de prix.

« Lilas, lui dis-je quand elle me demande la couleur. Et j'aimerais aussi le slip assorti, s'il vous plaît. »

À la caisse, elle me tend un sac très chic aux poignées argentées.

Ensuite j'achète à Cal un robot-tirelire qui parle, et pour moi un jean. Le même slim délavé que celui de Zoey.

Puis un jeu de PlayStation pour Cal. Et une robe pour moi. Noir et vert émeraude. C'est la chose la plus chère que j'aie jamais achetée. Je me fais un clin d'œil dans le miroir, abandonne ma vieille jupe humide dans la cabine et rejoins Cal.

« Cool ! approuve-t-il. Tu as encore assez d'argent pour une montre digitale ? »

Oui, bien sûr. Et je lui offre aussi un réveil, un de ces modèles qui projettent l'heure sur le plafond de la chambre.

Maintenant, des bottes. En cuir, zippées, à petits talons. Et, dans le même magasin, un fourre-tout pour mettre toutes nos emplettes.

Après quelques accessoires de magie pour Cal, il nous faut une valise à roulettes pour porter le fourre-tout. Cal adore la piloter en se faufilant dans la foule mais il me vient à l'esprit que si nous continuons à faire des courses, il nous faudra une voiture pour mettre la valise. Un camion pour mettre la voiture. Un ferry-boat pour mettre le camion. Et puis un port, un océan, un continent.

La douleur attaque au McDonald's. Comme si tout à coup quelqu'un me scalpait avec une cuiller et fouillait dans mon cerveau. J'ai mal à la tête, mal au cœur, le vertige, l'univers vacille autour de moi. Je prends du paracétamol mais je sais très bien que cela n'aura qu'un effet superficiel.

« Ça va ? s'inquiète Cal.

— Très bien. »

Il sait que je mens. Il est rassasié et comblé mais la peur assombrit son regard.

« Je voudrais rentrer à la maison. »

Il faut que je dise oui. Nous faisons tous les deux semblant de croire que ce n'est pas parce que je me sens mal.

Dehors, je dois m'appuyer sur le mur pour garder mon équilibre pendant que Cal hèle un taxi. Je ne veux pas finir cette journée par une transfusion. Pas de ces épouvantables aiguilles dans mon corps aujourd'hui.

Dans le taxi, Cal me tend une petite main amicale, qui serre franchement la mienne. J'essaie de savourer ce moment. C'est très rare qu'il me tende spontanément la main.

« Tu crois qu'on va avoir des ennuis ? demande-t-il.

— Qu'est-ce qu'on pourrait nous faire ? »

Il rit.

« Alors on recommencera ?

— Bien sûr.

— On ira faire du patin à glace, la prochaine fois ?

— Très bien. »

Il babille gaiement, parle de rafting, de ses rêves d'équitation, et même de saut à l'élastique, pourquoi pas ? Je regarde par la fenêtre, le crâne prêt à exploser. La lumière rebondit sur les murs, les visages, et me saute aux yeux, intense, aveuglante. Des centaines d'incendies m'embrasent.

Douze

Dès que je reprends conscience, je sais que je suis à l'hôpital. Ils ont tous la même odeur, et la douleur de la perfusion dans mon bras m'est familière. J'essaie de m'asseoir mais ma tête s'effondre et un flot de bile remonte dans ma gorge.

Une infirmière se précipite avec un bol en carton, mais c'est trop tard. Tout a giclé sur moi et sur les draps.

« Ce n'est pas grave, dit-elle. On va nettoyer ça tout de suite. »

Elle m'essuie la bouche et me roule sur le côté pour pouvoir me retirer ma chemise de nuit.

« Le médecin arrive. »

Les infirmières ne disent jamais ce qu'elles savent. On les engage pour leur gaieté et l'épaisseur de leur chevelure. Il faut qu'elles aient l'air sain et vivant pour donner envie aux patients de retrouver la santé.

Celle-ci papote tout en m'aidant à enfiler une chemise de nuit propre, me raconte qu'autrefois elle vivait au bord de la mer, en Afrique du Sud.

« Le soleil est plus près de la terre, là-bas, il fait toujours chaud. »

Elle retire d'un geste preste mon drap de dessous et en installe un propre avec la même adresse.

« J'ai tellement froid aux pieds, en Angleterre. Bon, voilà, vous roulez vers moi, maintenant. Prête ? Parfait. Nous y sommes. Et regardez, nous finissons juste dans les temps, voici le docteur. »

Il est chauve, pâle, ni vieux ni jeune. Il me salue courtoisement et tire une chaise pour s'asseoir près de mon lit. Je continue à espérer qu'un jour, dans un quelconque hôpital de ce pays, je tomberai sur le parfait toubib, mais ce n'est malheureusement jamais le cas. Il me faudrait un magicien avec une grande cape et une baguette magique, ou un chevalier intrépide armé d'une épée. Celui-ci est aussi poli et insipide qu'un représentant de commerce.

« Tessa, savez-vous ce qu'est l'hypercalcémie ?

— Si je réponds non, est-ce que je peux avoir autre chose ? »

Il me regarde, médusé. C'est ça, le problème, ils ne comprennent jamais vraiment la plaisanterie. Si seulement il avait un assistant, une sorte de bouffon, quelqu'un qui le chatouillerait avec une plume pendant qu'il dévide son diagnostic…

Il feuillette mon dossier posé sur ses genoux.

« Votre niveau de calcium est beaucoup trop haut, c'est ça qu'on appelle l'hypercalcémie. Nous vous administrons des biphosphonates qui devraient le faire baisser. Vous devriez déjà vous sentir moins confuse et moins nauséeuse.

— Je me sens toujours confuse.

— Vous avez des questions à me poser ? »

Il attend visiblement une réponse et je déteste le décevoir, mais que pourrais-je bien demander à ce banal petit bonhomme ?

Il me dit que l'infirmière va me donner quelque chose pour m'aider à dormir, se lève et me salue avant de partir. C'est là où le bouffon pourrait jeter quelques peaux de banane devant la porte, puis venir s'asseoir sur mon lit. On rirait ensemble en entendant le docteur déraper.

Il est tard quand je me réveille et je ne parviens pas à me rappeler quoi que ce soit. Ce qui me fait complètement flipper. Pendant quelques secondes, je me débats, repousse à grands coups de pied les draps entortillés, persuadée que j'ai été kidnappée ou pire encore.

C'est Papa qui se précipite à mon chevet, me caresse les cheveux, murmure inlassablement mon nom comme une formule magique.

Et tout à coup je me souviens. J'ai sauté dans la rivière, j'ai entraîné Cal dans une délirante orgie de shopping et maintenant je suis à l'hôpital. Mais cet instant d'amnésie continue à faire battre mon cœur comme celui d'un lapin affolé : en fait, pendant quelques secondes, j'ai oublié qui j'étais. Je suis devenue personne et je sais que cela va se reproduire.

Papa se penche sur moi en souriant.

« Tu veux un peu d'eau ? Tu as soif ? »

Il me sert un verre mais je fais non de la tête et il le repose sur la table de nuit.

« Est-ce que Zoey sait que je suis ici ? »

Il fouille dans sa veste, sort un paquet de cigarettes, se lève et va ouvrir la fenêtre. Une bouffée d'air froid entre dans la chambre.

« Tu ne peux pas fumer ici, Papa.

— Non, tu as sans doute raison », dit-il en refermant la fenêtre et en remettant ses cigarettes dans sa poche.

Il revient s'asseoir près de moi, cherche ma main. Je me demande si lui aussi a oublié qui il était.

« J'ai dépensé un tas d'argent, Papa.

— Je sais. Ça n'a pas d'importance.

— En fait, je ne savais pas si ma carte de crédit pourrait payer tout ça. Dans chaque magasin, je me disais qu'on allait me la refuser, et puis non, ils l'acceptaient. Mais j'ai les tickets de caisse, tu sais, on pourra tout leur rapporter.

— Chut… Ne t'inquiète pas.

— Comment va Cal ? Je ne l'ai pas trop fait flipper ?

— Il survivra. Tu veux le voir ? Il est dans le couloir avec ta mère. »

Jamais, au cours de ces quatre dernières années, ils ne sont venus me rendre visite tous les trois en même temps. J'ai soudain très peur.

Ils entrent si sérieusement : Cal serre la main de Maman dont la présence ici paraît incongrue, Papa leur tient la porte. Tous les trois restent debout près de mon lit à me dévisager. On dirait la répétition de ce qui va se passer bientôt. Plus tard. Pas tout de suite. Le jour où je ne serai plus capable de les regarder me regarder, de leur sourire, de leur dire d'arrêter de paniquer et de s'asseoir.

Maman approche une chaise et se penche pour m'embrasser. Son odeur familière, mélange de la poudre à laver qu'elle utilise et de l'huile à l'orange dont elle se parfume, me donne envie de pleurer.

« Tu m'as fait peur, dit-elle en secouant la tête comme si elle ne pouvait tout simplement pas y croire.

— Moi aussi, j'ai eu la trouille, raconte Cal. Tu t'es évanouie dans le taxi et le chauffeur croyait que tu étais ivre morte.

— Oh !

— Oui, et moi je ne savais pas quoi faire. Il disait qu'il faudrait payer plus cher si tu dégobillais.

— Et j'ai dégobillé ?

— Non.

— Alors tu lui as dit d'aller se faire voir, j'espère ?

— Non, dit Cal avec un sourire hésitant.

— Tu veux venir t'asseoir sur le lit ? »

Il secoue la tête.

« Oh non, Cal, ne pleure pas ! Allez, viens t'asseoir près de moi. On va essayer de se rappeler tout ce qu'on a acheté. »

Mais il préfère s'asseoir sur les genoux de Maman. Je ne pense pas l'avoir jamais vu faire ça auparavant. Papa non plus, j'imagine. Cal lui-même a l'air surpris. Il enfouit sa tête sur l'épaule de Maman et sanglote pour de bon. Elle lui caresse doucement le dos. Papa regarde par la fenêtre. Et moi je fixe mes doigts écartés sur le drap. Ils sont pâles et décharnés, comme des doigts de vampire, capables d'aspirer la vie de n'importe qui.

« Quand j'étais petite, je rêvais d'une robe en velours, dit Maman. D'une robe verte avec un col de dentelle. Ma sœur en avait une et pas moi, et je comprends très bien que tu aies envie de jolies choses. La prochaine fois que tu voudras faire des courses, Tessa, je t'accompagnerai. Nous t'accompagnerons tous », ajoute-t-elle avec un geste magnanime englobant toute la pièce.

Cal relève la tête.

« C'est vrai ? Je pourrai venir aussi ?

— Bien sûr !

— Et qui financera l'expédition, on se demande ! » ironise Papa, toujours réfugié près de la fenêtre.

Maman sourit, essuie les larmes de Cal d'un revers de main et lui embrasse la joue.

« Ce que tu es salé ! Aussi salé que l'eau de mer. »

Papa l'observe embrasser son fils. Je me demande si elle s'en rend compte.

Elle se lance dans une histoire à propos de sa sœur Sarah si gâtée et d'un certain poney nommé Tango. Papa la taquine : elle charrie de jouer les enfants martyrs. Maman lui répond en riant, et nous raconte comment elle a en effet tourné le dos à une famille aisée pour aller s'encanailler avec lui et l'épouser. Puis Cal nous fait un tour de prestidigitation avec une pièce qu'il fait circuler d'une main à l'autre pour finalement ouvrir ses deux poings et nous montrer qu'elle a disparu.

J'aime les entendre parler, j'aime ces mots qui rebondissent avec grâce de l'un à l'autre. Les sentir si proches de moi, tous les trois, atténue la douleur dans mes os. Peut-être que si je reste bien tranquille, ils ne remarqueront pas la lune pâle qui s'est allumée dans le ciel, ni le cliquetis des chariots de médicaments du soir qui résonne dans le couloir. On pourrait rester toute la nuit à chahuter, à raconter des histoires drôles jusqu'au lever du soleil.

Mais finalement Maman dit à Papa :

« Cal est fatigué. Je vais le reconduire à la maison et le mettre au lit. On se retrouve là-bas. »

Elle m'embrasse, puis, sur le pas de la porte, souffle sur sa main pour m'envoyer un dernier baiser. Que je sens réellement atterrir sur ma joue.

« À plus ! » dit Cal.

Ils sont partis. Je demande à Papa :

« Maman va coucher chez nous ?

— Juste pour ce soir, ça paraît une bonne idée. »

Il vient s'asseoir sur la chaise près de mon lit et me prend la main.

« Tu sais, quand tu étais petite, ta maman et moi on restait debout la nuit pour te regarder respirer. Nous étions persuadés que tu allais oublier comment faire si on cessait de te surveiller. »

Ses mains se détendent, la courbe de ses doigts s'adoucit.

« Moque-toi de moi si tu veux, mais c'est vrai. Au fur et à mesure que les enfants grandissent, cela devient plus facile, et pourtant l'inquiétude ne disparaît jamais. J'ai tout le temps peur pour toi.

— Pourquoi tu me dis ça ?

— Parce que je sais que tu as quelque chose en tête, soupire-t-il. Cal m'a parlé d'une certaine liste. J'ai besoin de savoir de quoi il s'agit. Pas du tout pour t'empêcher de la réaliser, juste parce que je veux te protéger.

— Ça revient au même, non ?

— Non, je ne crois pas. On dirait que tu renonces au meilleur de toi-même, Tessa. Juste pour échapper à ce qui te fait si mal. »

Sa voix s'estompe. Est-ce vraiment ce qu'il veut. Participer, m'aider ? Mais comment lui parler de Jake et de son étroit petit lit ? Comment lui raconter que c'est Zoey qui m'a poussée à sauter à l'eau, et qu'il fallait que je m'exécute. Le plan numéro trois, c'est la drogue. Et après la drogue, j'aurai encore sept autres défis à relever. Si je lui en parle, il ne sera pas d'accord. Et moi, je ne veux pas passer le reste de mon existence roulée dans une couverture avec ma tête sur l'épaule de Papa. La liste est ma seule façon de survivre.

Treize

Je pensais que c'était le matin. Que la maison était silencieuse parce que tout le monde s'était levé et était déjà parti. Mais non, il n'est que six heures et l'opaque lumière de l'aube m'oppresse.

Je prends un paquet d'amuse-gueule au fromage dans le placard de la cuisine et allume la radio. Plusieurs personnes sont restées bloquées toute la nuit dans leur voiture à la suite d'un carambolage sur la M3. Les services de sécurité leur ont apporté à boire et à manger mais le problème toilettes est resté sans solution. Bouchons. La planète est embouteillée. Un député conservateur trompe sa femme. On a trouvé un cadavre dans une chambre d'hôtel. On dirait une caricature du monde. Je coupe le son et sors un chocolat glacé du congélateur. Il me laisse l'impression d'être vaguement ivre et frigorifiée. Je décroche mon manteau de la patère et rôde à pas de loup autour de la cuisine en écoutant les rumeurs des feuilles, des ténèbres, le bruit feutré de la poussière qui tombe. Cela me réchauffe un peu.

Il est six heures dix-sept.

Je vais peut-être découvrir autre chose dans le jardin, un troupeau de buffles sauvages, une soucoupe volante, une montagne de roses rouges. J'ouvre tout doucement la porte de derrière, en suppliant l'univers de m'offrir une surprise, quelque chose de mirifique. Mais non, tout est désespérément normal, les plates-bandes vides, l'herbe détrempée, les nuages gris.

J'envoie un texto à Zoey, un seul mot : **drogue**.

Elle ne répond pas. Elle doit être chez Scott, j'imagine, tiède et comblée dans ses bras. Ils sont venus me voir à l'hôpital et se sont assis sur la même chaise comme s'ils s'étaient mariés pendant que j'avais le dos tourné. Ils m'ont apporté des prunes du marché et une torche d'Halloween.

« J'ai aidé Scott sur le stand », a raconté Zoey.

J'ai pensé alors que la fin octobre était vraiment arrivée à toute allure et que le poids du bras de Scott autour de ses épaules ralentissait drôlement son zèle. C'est vrai qu'elle m'a envoyé un message tous les jours mais ma liste n'a plus l'air de l'intéresser beaucoup.

Sans elle, à tous les coups je vais rester là, plantée sur le seuil de la porte, à regarder les nuages s'accumuler, puis crever. L'eau va ruisseler sur la fenêtre de la cuisine et une nouvelle journée va s'effriter autour de moi. Peut-on appeler ça vivre ? Est-ce que ça mérite seulement un nom ?

Une porte s'ouvre et se referme chez les voisins. J'entends des pas lourds de bottes dans la boue. Je traverse le jardin et passe ma tête au-dessus de la haie.

« Bonjour ! »

Adam porte la main à son cœur comme si je lui avais provoqué un infarctus.

« Mon Dieu ! Tu m'as fait peur !

— Excuse-moi. »

Il n'a pas sa tenue de jardinier habituelle. Mais une veste de cuir, un jean et un casque de moto à la main.

« Tu vas te balader ?

— Oui. »

Nous regardons tous deux sa moto, cadenassée à la porte de la cabane à outils. Elle est rouge et argent, et semble prête à bondir pour peu qu'on la libère.

« Elle est chouette.

— Oui. On vient juste de la réparer.

— Qu'est-ce qu'elle avait ?

— Quelqu'un m'avait heurté et la fourche était tordue. Tu t'y connais ? »

J'hésite à faire semblant que oui, c'est le genre de mensonge qui se retourne vite en piège.

« Pas vraiment. Mais j'ai toujours eu envie d'en enfourcher une. »

Il me jette un regard perplexe. Qui me fait me demander à quoi je ressemble. Hier, j'avais une sale tête, parce que ma peau commence à jaunir, semble-t-il. Le soir, j'avais mis des boucles d'oreilles pour compenser mais ce matin j'ai oublié de me regarder dans la glace : n'importe quoi a pu arriver, pendant la nuit. Sa façon de me dévisager me met mal à l'aise.

« Écoute, dit-il. Il y a quelque chose qu'il vaut sans doute mieux que je te dise. »

À son ton de voix embarrassé, je me doute de quoi il s'agit, et j'essaie de lui épargner ce moment embarrassant.

« Je sais, je sais. Mon père en parle à tout le monde. Même les inconnus me regardent avec pitié ces temps-ci.

— Non, non. C'est moi qui, ne te voyant pas tous ces jours derniers, ai demandé à ton frère comment tu allais. C'est lui qui m'a dit. »

Je fixe mes pieds, le petit coin de gazon devant mes pieds, l'espace qui sépare le gazon de la haie.

« J'ai cru que tu étais diabétique. Tu sais, quand tu t'es évanouie l'autre jour… Je n'avais pas compris.

— Non.

— Je suis désolé. Vraiment. Ça m'a bouleversé quand il m'a mis au courant.

— Oui.

— Cela m'a paru important que tu saches que je sais.

— Merci. »

Ce dialogue, lourd de sens, envahit mon esprit, et son écho résonne dans mon cœur. Finalement, je dis :

« C'est une réalité qui fait peur à la plupart des gens, ils ne peuvent pas l'affronter. »

Il approuve d'un signe de tête. Comme s'il savait par expérience.

« Mais je ne vais pas tomber raide morte, là, tout de suite. J'ai encore toute une liste de choses à faire, avant. »

Je ne sais pas pourquoi je lui parle de ça. Ça m'étonne moi-même. Cela me surprend aussi qu'il se mette à sourire.

« Comme quoi, par exemple ? »

Je ne vais certainement pas lui parler de Jake, ni de mon saut dans la rivière.

« Heu, mon prochain projet est d'essayer une drogue.

— Une drogue ?

— Oui, et je ne parle pas d'aspirine.

— J'imagine ! répond-il en riant.

— J'ai une amie qui va se procurer de l'ecstasy.

104

— De l'ecstasy ? Tu ferais mieux d'essayer des champignons, c'est meilleur.

— Les champignons, ça a un effet hallucinogène, non ? Je n'ai aucune envie de voir des squelettes foncer sur moi.

— Non, ça fait rêver. Tu n'es pas défoncée, tu rêves. »

Je me méfie. Généralement, je ne fais pas les mêmes rêves que tout le monde. Ça se termine toujours dans des lieux de désolation dont il est difficile de revenir. Je me réveille trempée de sueur et mourant de soif.

« Je peux t'en procurer, si tu veux.

— C'est vrai ?

— Aujourd'hui, si tu veux.

— Aujourd'hui ?

— Pourquoi remettre à demain ?

— J'ai promis à ma copine que je ne ferais rien sans elle.

— Sacrée promesse, dis donc ! »

Je me détourne, regarde vers la maison. Papa va bientôt se lever, se précipiter sur son ordinateur, Cal aller en classe.

« Je peux l'appeler et lui demander si elle est libre.

— D'accord, dit-il en zippant son blouson.

— Où vas-tu les trouver ?

— Un jour, je t'emmènerai sur ma moto et je te montrerai », répond-il en souriant.

Et il s'éloigne dans l'allée. Mais il me reste la clarté de ses yeux vert pâle en ce matin blême.

Quatorze

« Où est-ce que tu crois qu'il va les trouver ?

— À Legoland. Ou Toytown, peut-être ? répond Zoey en bâillant.

— Pourquoi t'es si désagréable ? »

Elle se retourne vers moi.

« Parce qu'il est moche et ennuyeux, et que tu m'as, moi, donc je ne vois pas en quoi il t'intéresse, ni pourquoi tu lui as demandé, pour la drogue, je t'avais dit que je t'en trouverais.

— On ne peut pas dire que je t'aie vue beaucoup ces derniers temps…

— Si je me souviens bien, la dernière fois qu'on s'est vues, tu étais complètement K.-O. à l'hôpital et j'étais venue te rendre visite !

— Si je me souviens bien, si j'étais K.-O., c'est parce que tu m'avais mise au défi de sauter dans une rivière. »

Elle me tire la langue, je lui tourne le dos et regarde par la fenêtre de ma chambre. Adam est déjà rentré depuis longtemps, puis a réapparu dans le jardin où il ratisse des feuilles. J'espérais qu'il allait venir toquer à notre porte. Peut-être s'attend-il à ce que ce soit nous qui venions chez lui.

Zoey se lève pour me rejoindre et nous l'observons : chaque fois qu'il charge la brouette, des dizaines de feuilles s'envolent et s'éparpillent sur la pelouse.

« Il n'a rien de mieux à faire dans la vie ? »

J'étais sûre qu'elle penserait ça. Elle n'a aucune patience, Zoey, et ne supporte pas d'attendre. Pour rien. Si elle plantait une graine, elle la déterrerait tous les jours pour voir si elle pousse, oui ou non.

« Il aime jardiner. »

Elle me jette un regard navré :

« C'est un retardé mental ?

— Mais non !

— Il ne devrait pas être à la fac ou quelque chose ?

— Je crois qu'il s'occupe de sa mère.

— Tiens, tiens, il te plaît, je vois ! dit-elle avec des airs de conspiratrice.

— Pas du tout.

— Moi, je te dis que si. Tu l'aimes en secret. Tu sais des choses sur lui que tu ne saurais pas s'il t'était indifférent. »

Je secoue la tête pour essayer de la détourner de cette piste. Avant qu'elle n'en fasse tout un cirque, juste pour se distraire.

« Tu l'espionnes de ta fenêtre comme ça tous les jours ?

— Non.

— Je suis sûre que si. Je vais aller lui demander si lui aussi, il en pince pour toi.

— Arrête, Zoey ! »

Elle court vers la porte en riant.

« Je vais lui demander s'il a l'intention de t'épouser.

108

— S'il te plaît, Zoey, ne gâche pas tout. »

Elle revient lentement sur ses pas en hochant la tête.

« Je croyais que tu avais compris les règles, Tessa. Ne te laisse jamais aller à aimer un type. C'est mortel.

— Et toi et Scott, alors ?

— Ça n'a rien à voir.

— Pourquoi ?

— C'est juste sexuel, sourit-elle.

— Tu parles ! Quand vous êtes venus me voir à l'hôpital, tu ne pouvais pas le quitter des yeux.

— N'importe quoi !

— Non, c'est la pure vérité. »

Avant, Zoey se comportait dans la vie comme si la race humaine était sur le point de disparaître, donc que rien n'avait de réelle importance. Maintenant, dès que Scott est dans les parages, elle devient douce et tendre. Ne s'en rend-elle pas compte ?

Elle me regarde d'un air si grave que j'attire son visage vers moi et l'embrasse pour la dérider. Ses lèvres sont soyeuses et elle sent bon. L'idée me traverse l'esprit que ce pourrait être une façon d'aspirer quelques-unes de ses saines cellules blanches mais elle me repousse avant que j'aie le temps de mettre ma théorie en pratique.

« Pourquoi t'as fait ça ?

— Pour pas que tu gâches tout. Allez, descends demander à Adam s'il a trouvé des champignons.

— Vas-y toi-même.

— Bon, on y va toutes les deux », dis-je en riant. Elle s'essuie les lèvres sur sa manche, perplexe.

« D'accord, on y va. De toute façon, il commençait à régner une drôle d'ambiance dans cette chambre ! »

En nous voyant arriver, Adam pose son râteau et s'avance vers la haie à notre rencontre. J'ai la tête qui tourne lorsqu'il s'approche. Le jardin semble plus lumineux.

« Voici mon amie Zoey. »

Il s'incline vers elle.

« J'ai tellement entendu parler de toi ! » s'écrie-t-elle avec un soupir, un de ses soupirs qui la font paraître frêle et sans défense.

Tous les garçons que je connais trouvent Zoey sublime.

« C'est vrai ?

— Bien sûr. Tessa parle de toi sans arrêt ! »

Je lui envoie un petit coup de pied pour la faire taire mais elle m'esquive et fait danser ses cheveux.

« Tu en as trouvé ? » dis-je pour détourner d'elle l'attention d'Adam.

Il fouille dans sa poche et me tend un sac de plastique plein de petits champignons foncés. Ils ont l'air à peine éclos, mystérieux, pas encore prêts à affronter le monde.

« D'où viennent-ils ?

— Je les ai cueillis. »

Zoey s'en empare brusquement.

« Qu'est-ce qui nous dit qu'ils sont comestibles ? Ils sont peut-être vénéneux !

— Non, pas du tout. Ce ne sont ni des amanites phalloïdes ni des oronges ciguës. »

Zoey fronce le nez et lui rend le sac.

« Je crois qu'on va laisser tomber. On préfère l'ecstasy.

— L'un n'empêche pas l'autre. Les champignons aujourd'hui, l'ecstasy un autre jour.

— Qu'est-ce que tu en penses, Tessa ?

— Je trouve qu'on devrait essayer. »

Évidemment, moi, je n'ai pas grand-chose à perdre.

« Bravo ! dit Adam en souriant. Entrez, je vais vous en faire une infusion. »

C'est tellement propre, chez lui, on dirait une cuisine de showroom. Il n'y a même pas de vaisselle qui sèche sur l'égouttoir. C'est étonnant à quel point cet intérieur est le contraire du nôtre, pas seulement parce que le plan est inversé mais à cause de son atmosphère calme et soignée.

Adam tire une chaise et je m'assieds devant la table.

« Est-ce que ta mère est là ?

— Elle dort.

— Elle est malade ?

— Non, non, ça va. »

Il branche la bouilloire et sort des tasses du placard. Zoey fait une grimace derrière son dos, puis me sourit en enlevant son manteau.

« C'est exactement la même maison que chez toi. Sauf que c'est à l'envers.

— Assieds-toi, Zoey. »

Elle s'empare du sac de champignons posé sur la table, l'ouvre et le renifle.

« Beurk ! Tu es sûr qu'ils sont bons ? »

Adam les lui prend des mains, les met dans la théière et verse de l'eau bouillante dessus. Zoey reste debout derrière lui pour le regarder faire.

« Il n'y a pas l'air d'en avoir beaucoup. Est-ce que tu connais les proportions, en fait ?

— C'est juste pour vous deux. Je n'en prends pas, moi. Quand ils commenceront à faire leur effet, je vous emmènerai quelque part et je m'occuperai de vous. »

Zoey roule des yeux vers moi comme si c'était la chose la plus minable qu'elle ait jamais entendue.

« Je ne t'ai pas attendu pour découvrir la drogue, tu sais, nous n'avons aucun besoin de baby-sitter. »

J'observe le dos d'Adam remuant sa mixture. Le tintement de la cuiller me rappelle Papa quand il nous prépare du chocolat, le soir, avant qu'on se couche, Cal et moi. C'est la même fervente minutie. Je lui demande :

« Tu ne te moqueras pas de nous si on fait des choses idiotes ? »

Il me sourit par-dessus son épaule.

« Vous n'en ferez pas.

— Tu ne nous connais pas, dit Zoey. Nous sommes capables des pires folies. Tessa est prête à n'importe quelle dinguerie depuis qu'elle a attaqué sa liste.

— C'est vrai ?

— Ferme-la, Zoey ! »

Elle me rejoint à table, l'air faussement contrit. Adam pose les tasses devant nous. Il s'en dégage de la vapeur et une odeur assez répugnante d'orties et de carton mouillé.

Zoey se penche pour renifler sa tasse.

« On dirait de la sauce de ragoût !

— C'est bon, je t'assure, dit-il en s'asseyant près d'elle. J'ai mis un bâton de cannelle dedans pour parfumer un peu. »

Elle me jette un regard en douce, essaie une gorgée et la recrache en faisant la grimace.

« Avale tout d'un coup, dit Adam. Plus vite vous buvez, plus vite vous serez défoncées. »

Je ne sais pas trop ce que la suite nous réserve, mais il se dégage de lui un tel calme contagieux, sa voix est si nette lorsqu'il nous dit : « Allez, buvez », que là, dans sa cuisine, sous son regard attentif, nous avalons sa mixture marronnasse. Zoey se pince le nez et boit en plusieurs gorgées, l'air dégoûté. Moi, j'ingurgite tout d'un coup. De toute façon, peu importe ce que je mange ou bois, plus rien n'a de goût pour moi, maintenant.

Nous restons assis là un moment, à parler de tout et de rien. Je n'arrive pas à me concentrer. J'attends qu'un événement se produise, change la face des choses. Adam nous explique qu'on reconnaît ces champignons à leur pied grêle et à leur chapeau pointu. Ils poussent en plaques, mais seulement à la fin de l'été et en automne. Leur consommation n'a rien d'illégal, dit-il, on en trouve même des séchés dans certains magasins. Puis, comme il ne se passe toujours rien, il nous prépare une tasse de thé normal. Je n'en ai pas vraiment envie et me contente de tenir la tasse entre mes deux mains pour me réchauffer. Il fait glacial dans cette cuisine, plus froid que dehors. Je voudrais demander à Zoey d'aller me chercher mon manteau dans l'entrée mais j'ai la gorge trop serrée pour parler, on dirait que des petites mains m'étranglent à l'intérieur.

« C'est normal que ça fasse mal au cou ? »

Adam fait non de la tête.

« J'ai l'impression que ma trachée se rétrécit.

— Ça va passer », répond-il, mais un éclair de peur flashe dans ses yeux.

Zoey lui jette un regard furibond :

« Tu nous en as donné trop ?

— Non, tout va bien, elle a juste besoin de prendre un peu l'air. »

Le doute voile sa voix. Je devine qu'il pense la même chose que moi : je suis un cas spécial, mon corps ne réagit pas normalement, c'était peut-être une erreur.

« Venez, on va se promener. »

Je me lève et il m'accompagne jusqu'à la porte d'entrée.

« Attends-moi là, je vais te chercher un manteau. »

La façade de la maison est à l'ombre. J'attends sur le seuil, essayant de respirer calmement, de ne pas paniquer. En bas du perron, un sentier mène à l'allée d'entrée et à la voiture de la mère d'Adam. Le sentier serpente dans l'herbe. Qui, pour je ne sais quelle raison, me paraît différente de l'herbe habituelle. À cause de sa couleur, mais aussi parce qu'elle est tondue très court, comme un crâne rasé, disons. Plus je regarde, plus il me paraît évident que le perron et le sentier sont sans danger, mais que cette herbe est malveillante.

Je m'accroche au marteau de la porte pour être sûre de ne pas glisser. Et en l'empoignant, je m'aperçois qu'il y a un trou dans la porte, un trou qui ressemble à un œil. Les veines et les nœuds du bois convergent vers cet œil, ce qui donne l'impression que la porte s'enroule sur elle-même, en spirales vers le centre puis vers l'extérieur, en un mouvement lent et subtil. Je l'observe longuement. Pose un œil sur le trou mais on n'y voit rien, là-dedans, alors je rentre dans la maison, referme la porte et regarde vers le jardin, cette fois.

L'univers est tout autre, vu de cet œil magique, l'allée s'étire, pas plus large qu'un fil.

« Comment va ta gorge ? demande Adam qui réapparaît avec un manteau pour moi.

— Tu as déjà regardé à travers l'œil ?

— Tes pupilles sont immenses ! Il faut qu'on sorte. Enfile ce manteau. »

C'est une parka avec de la fourrure autour de la capuche. Adam me la boutonne soigneusement. J'ai l'impression d'être une petite Inuit.

« Où est ton amie ? »

De qui me parle-t-il ? Ah oui, Zoey, je me rappelle, et j'ai un élan de tendresse vers elle.

« Zoey ! Zoey ! Viens voir quelque chose. »

Elle sourit en traversant l'entrée, son regard est profond, sombre comme une nuit d'hiver.

« Oh, tes yeux !

— Les tiens aussi sont bizarres ! » dit-elle, stupéfaite.

Nous nous dévisageons l'une l'autre de si près que nos nez se touchent.

« Tu sais quoi ? chuchote-t-elle. Il y a un tapis dans la cuisine qui contient un monde entier.

— C'est la même chose avec la porte. Si tu regardes à travers, les choses changent de forme.

— Montre-moi.

— Excusez-moi, intervient Adam, je ne veux pas gâcher ce moment mais si on allait faire un tour, ça vous dit ? »

Il tire des clefs de sa poche et nous les montre. Elles sont bizarres, ces clefs.

Il écarte Zoey de la porte et nous sortons. Adam dirige le bip vers la portière pour l'ouvrir. Je descends le perron et m'aventure prudemment sur le sentier en prévenant Zoey de faire attention mais elle ne m'écoute pas et danse sur le gazon. Ce qui semble ne lui faire aucun mal, les choses sont sans doute différentes pour elle.

Dans la voiture, je m'assieds près d'Adam, Zoey à l'arrière.

« Alors, qu'en pensez-vous ? » demande Adam.

Mais j'élude sa question.

Je remarque avec quelle précaution il avance les mains vers le volant comme s'il essayait d'apprivoiser un oiseau rare en lui tendant à manger.

« J'adore cette voiture », dit-il.

Je le comprends. On a l'impression d'être assis à l'intérieur d'une montre de luxe, là-dedans.

« C'était la voiture de mon père. Ma mère n'aime pas que je la conduise.

— On n'a qu'à rester ici, alors, propose Zoey. Ce serait sympa, non ?

— Je vous emmène quelque part, martèle Adam très lentement, en se retournant vers elle. J'ai juste dit qu'elle n'aimerait pas beaucoup ça. »

Furieuse, Zoey se laisse tomber sur le siège arrière en se tapant la tête contre le toit en signe d'incrédulité.

« Fais attention, ne mets pas tes chaussures sur la banquette ! » hurle-t-il.

Elle se redresse aussitôt et pointe son doigt sur lui.

« Non, mais regarde-toi ! On dirait un chien sur le point de chier là où il ne devrait pas...

— La ferme ! répond-il d'une voix abrupte dont je l'aurais cru incapable.

— Allez, chauffeur, en route », marmonne Zoey en s'enfonçant le plus loin possible de lui.

Je ne me rends même pas compte qu'il a démarré. Elle est tellement luxe et silencieuse, cette voiture, qu'on n'entend pas le moteur. Nous glissons lentement le long de l'allée, passons la grille, et je regarde avec délice défiler les maisons et jardins de notre rue. Je sens que ce trip va m'ouvrir des horizons. Mon père dit toujours que les musiciens écrivent leurs meilleures chansons quand ils sont défoncés. Je vais découvrir quelque chose d'étonnant et le garder précieusement. Comme le Saint Graal.

J'ouvre la fenêtre et laisse pendre un bras dehors, puis tout le haut de mon buste. Zoey en fait autant à l'arrière. L'air me fouette le visage. Je me sens si réveillée. Je vois des choses que je n'ai jamais vues auparavant, je pénètre dans d'autres vies. Une jolie fille fixe longuement son amoureux, plaçant tellement d'espoir en lui. Un type à l'arrêt de l'autobus se gratte la tête, et toutes ses pellicules scintillent avant d'atteindre le sol, comme des parcelles de son être qu'il répandrait sur la terre. Près de lui, un enfant pleure parce qu'il entrevoit déjà à quel point tout cela est éphémère et sans espoir.

« Regarde, Zoey ! »

Je lui montre une maison dont la porte est ouverte, on aperçoit dans l'entrée une mère qui embrasse sa fille. L'enfant hésite sur le seuil. Je te connais, je crois. N'aie pas peur.

Debout sur le siège arrière, Zoey a ouvert le toit et passé une grande partie de son corps à l'extérieur. Elle se plie en deux et son visage apparaît à ma fenêtre. On dirait une sirène à la proue d'un navire.

« Rentre immédiatement dans cette foutue voiture et enlève tes foutus pieds de ce siège ! » lui crie Adam.

Elle obéit et s'affale sur la banquette en hurlant de rire.

Nous traversons le quartier qu'on appelle Mugger Mile. Mon père lit souvent des articles du journal local sur cette zone où les agressions sont monnaie courante. Mugger Mile est le royaume de la violence aveugle, de la pauvreté et du désespoir. Mais la voiture accélère, d'autres vies défilent sous mes yeux et je vois à quel point les gens sont beaux. Je mourrai la première, je sais, mais ils me rejoindront tous, un par un.

Maintenant, nous coupons par des petites rues en direction du bois. Il y a un café avec un jardin là-bas, explique Adam, où personne ne nous connaîtra.

« Vous pourrez faire les folles autant que vous voulez, dit-il, personne ne vous reconnaîtra. Et ce n'est pas trop loin, nous serons rentrés à temps pour le thé.

— Quel débile ! râle Zoey à l'arrière. On se croirait dans un roman d'Enid Blyton ! Moi, je veux que tout le monde sache que je suis défoncée et je n'en boirai pas une goutte de ta saleté de thé ! »

Elle se penche de nouveau par la fenêtre envoyant des baisers à tous les passants. Ses cheveux claquent dans le vent, on dirait Rapunzel s'échappant de sa tour. Alors Adam écrase le frein brutalement et Zoey se cogne la tête contre le toit.

« Mais c'est pas vrai ! braille-t-elle. Tu l'as fait exprès, je suis sûre ! »

Elle s'effondre sur la banquette et se frotte la tête en geignant doucement.

« Excuse-moi, dit Adam. Il faut qu'on prenne de l'essence.

— Sale con ! »

Il sort et tourne autour de la voiture vers le réservoir et la pompe. Zoey semble s'être soudain endormie, affalée à l'arrière en suçant son pouce. Elle a peut-être subi une commotion.

« Ça va, Zoey ?

— Il a envie de toi ! persifle-t-elle. Il essaie de se débarrasser de moi pour t'avoir à lui tout seul. Ne le laisse pas faire, je t'en prie !

— Qu'est-ce que tu racontes ?

— La vérité ! Tu n'as pas remarqué ? »

Elle se détourne de moi et remet son pouce dans sa bouche. Je l'abandonne, sors de la voiture et vais parler à l'homme du guichet. Il a une cicatrice qui part des cheveux et traverse tout son front jusqu'à l'arête de son nez, on dirait une rivière d'argent. Il ressemble à mon oncle Bill, qui est mort.

Il se penche sur son petit bureau :

« Quel numéro ? demande-t-il.

— Huit. »

Cela a l'air de le troubler.

« Non, pas huit.

— O.K. Trois, alors.

— Mais où est votre voiture ?

— Là-bas.

— La Jaguar ?

— Je ne sais pas.

— Comment ça, vous ne savez pas ?

— Non, je ne sais pas son nom.

— Dieu du ciel ! »

La glace qui nous sépare contient mal sa colère. Je m'éloigne, stupéfaite et impressionnée.

« Je crois que c'est un sorcier, dis-je à Adam qui vient de me rejoindre et pose une main sur mon épaule.

— Je crois que tu as raison, murmure-t-il. Il vaut mieux que tu remontes dans la voiture. »

Plus tard, je me réveille dans un bois. La voiture est arrêtée, Adam n'est pas là. Zoey dort, son corps à l'abandon sur la banquette comme celui d'un enfant. Une lumière glauque, fantomatique, filtre entre les arbres. Je n'arrive pas à déterminer si c'est le jour ou la nuit. Paisiblement, j'ouvre la portière et fais quelques pas dehors.

Il y a énormément d'arbres, de différentes espèces, certains à feuilles caduques, d'autres persistants. Il fait si froid que ce doit être l'Écosse.

Je me promène un peu, touche des écorces, caresse les feuilles. Je me rends compte que j'ai faim, très faim, dangereusement faim. Si un ours passe par là, je le clouerai au sol et lui arracherai la tête d'un coup de dent. Je devrais peut-être allumer un feu. Tendre des pièges, creuser des trous, et le prochain animal qui rôdera dans le secteur finira à la broche. Je vais me construire une cabane de branches et de feuilles et m'installer là pour toujours. Il n'y a ni micro-ondes ni pesticides, ici. Pas de pyjama fluo ni de réveils qui brillent dans l'obscurité. Pas de télé, pas de plastique. Pas de cheveux teintés et laqués, pas de cigarette. L'usine pétrochimique est très loin. Je suis à l'abri, dans ce bois. Je ris doucement toute seule. Je ne comprends pas pourquoi je n'ai pas pensé à ça plus tôt. Le voilà, le secret que je suis venue chercher.

Puis j'aperçois Adam. Qui me paraît plus petit, et si lointain tout à coup. Je lui crie :

« J'ai découvert quelque chose !

— Qu'est-ce que tu fabriques ? » demande-t-il d'une voix douce et harmonieuse.

Je ne réponds pas pour lui éviter d'être ridicule. C'est évident, ce que je fais. Pourquoi serais-je montée là-haut si ce n'était pas pour cueillir des branches et des feuillages ?

« Descends de là ! » hurle-t-il.

Mais l'arbre me prend dans ses bras et me supplie de ne pas partir. J'essaie de l'expliquer à Adam, qui ne doit pas m'entendre car il enlève son blouson et commence à grimper

« Il faut que tu descendes ! » insiste-t-il.

Il met tant de ferveur dans sa lente escalade, branche par branche, pour venir à mon secours.

« Ton père va me tuer si jamais tu te casses quelque chose. Je t'en prie, Tessa, redescends. »

Il est tout près maintenant, son visage réduit à la flamme qui scintille au fond de ses yeux. Je me penche pour lécher la froidure de son visage. Sa peau est salée.

Cela ne fait pas mal du tout. Nous planons ensemble, en attrapant de grandes brassées d'air, et atterrissons sur un nid de feuilles. Adam me tient dans ses bras comme un bébé.

« Mais qu'est-ce que tu fabriquais ? Qu'est-ce que tu pouvais bien foutre là-haut ?

— J'amassais des branchages pour me construire une cabane.

— Je crois que ta copine a raison. Je m'en veux de t'en avoir donné tant. »

Mais il ne m'a rien donné du tout. Son nom et la terre sous ses ongles, c'est tout ce que je connais de lui. Je me demande si je peux lui faire confiance et lui livrer mon secret.

« Je vais te dire quelque chose. Mais promets-moi de ne le répéter à personne, d'accord ? »

Il hoche la tête, hésitant. Je me rapproche de lui et le force à me regarder avant de commencer. Un halo multicolore auréole son visage. Il est si lumineux que je peux voir ses os, et l'univers entier par-delà son regard.

« Je ne suis plus malade, lui dis-je, tellement excitée que j'ai du mal à articuler. Il faut que je reste ici, dans ce bois. Il faut que je vive à l'écart du monde moderne, de tous ses gadgets, et je guérirai. Tu peux rester avec moi si tu veux. On se construira des refuges, on tendra des pièges. On fera pousser des légumes. »

Les yeux d'Adam se remplissent de larmes. Le voir pleurer est comme dégringoler du haut d'une montagne.

« Tessa… »

Au-dessus de son épaule, il y a un trou dans le ciel à travers lequel le cliquetis sidéral d'un satellite me fait claquer des dents. Puis il disparaît, pour ne laisser place qu'à un vide béant.

Je pose un doigt sur les lèvres d'Adam :

« Non, ne dis rien. »

Quinze

« Je suis en ligne, dit Papa en montrant son ordinateur. Tu ne peux pas aller faire les cent pas dans une autre pièce ? »

Le reflet de son écran vacille dans ses lunettes. Je m'assieds dans le fauteuil en face de lui.

« Ça aussi, c'est ennuyeux, dit-il sans même lever les yeux.

— Que je m'asseye là ?

— Non.

— Que je tapote sur la table ?

— Écoute ça. Il y a un médecin qui a inventé une méthode appelée la respiration des os. Tu en as déjà entendu parler ?

— Non.

— Tu dois imaginer l'air que tu respires comme une couleur vive, puis tu inhales à partir de ton pied gauche, tu remontes la jambe jusqu'à la cuisse et tu rejettes l'air en repartant dans l'autre sens. Sept fois de suite, puis la même chose pour la jambe droite. Tu veux essayer ?

— Non.

— Il ne pleut plus, dit-il en enlevant ses lunettes. Pourquoi ne vas-tu pas t'asseoir dans le jardin avec une couverture ? Je t'appellerai quand l'infirmière arrivera.

— Je n'ai pas envie. »

Il soupire, remet ses lunettes, retourne à son ordinateur. Je le déteste. Je sens son regard tandis que je quitte la pièce. J'entends son petit soupir de soulagement.

Toutes les portes des chambres sont fermées, et il fait sombre dans l'entrée. Je monte l'escalier à quatre pattes, m'assieds en haut et regarde en bas. Elle est mouvante, cette obscurité. Peut-être que je commence à voir des choses que les autres ne voient pas. Des atomes, par exemple. Je dégringole les marches sur mon derrière et les remonte en rampant. J'aime sentir la moquette s'écraser sous mes genoux. Il y a treize marches. Je compte et recompte. Treize.

Je me roule en boule en bas des marches. C'est là que la chatte s'assied quand elle veut faire trébucher quelqu'un. J'aurais bien aimé être un chat. Affectueux et domestiqué quand il a envie, sauvage quand ça lui chante.

On sonne à la porte. Je me recroqueville encore plus.

Papa sort, m'aperçoit.

« Tessa ! Pour l'amour du ciel ! »

Tiens, c'est une nouvelle infirmière, aujourd'hui. Elle est aussi imposante qu'un paquebot et porte une jupe écossaise. Papa a l'air déçu.

« Voilà Tessa, dit-il en lui montrant où je suis couchée.

— Elle est tombée ? demande l'infirmière, choquée.

— Non, elle refuse de sortir de la maison depuis presque quinze jours et ça la rend un peu dingue. »

Elle s'avance vers moi et me tend la main pour me relever, ce qui fait trembloter son énorme poitrine. Sa main est aussi large qu'une raquette de tennis.

« Je m'appelle Philippa », annonce-t-elle comme si cela expliquait tout.

Elle me conduit au salon, m'aide à m'asseoir et s'accroupit brusquement en face de moi.

« Bon, je vois que vous ne vous sentez pas très bien, aujourd'hui.

— Vous vous sentiriez bien, vous ? »

Papa me jette un regard sévère. M'en fous.

« Avez-vous du mal à respirer ? Mal au cœur ?

— Je prends des antiémétiques. Vous n'avez pas lu mon dossier ?

— Excusez-la, intervient Papa. Elle a juste eu un peu mal aux jambes ces temps derniers, rien d'autre. L'infirmière qui l'a vue la semaine dernière dit que ça va. Elle s'appelle Sian, je crois, elle est au courant de son traitement. »

Je renifle bruyamment. Il essaie de prendre un ton détaché mais ça ne marche pas avec moi. La dernière fois que la dénommée Sian est venue, il l'a invitée à dîner et s'est couvert de ridicule.

« L'équipe de notre association essaie d'assurer une continuité mais ce n'est pas toujours possible, dit Philippa qui se retourne vers moi, abandonnant Papa à sa navrante vie amoureuse. Vous avez beaucoup de bleus sur les bras, Tessa.

— Je suis montée dans un arbre.

— Il semblerait que vous n'ayez pas assez de plaquettes. Vous avez des projets d'activités importantes pour cette semaine ?

— Je n'ai pas besoin de transfusion !

— De toute façon, nous allons demander une analyse de sang, par précaution. »

Papa lui propose un café. Qu'elle refuse. Sian aurait accepté. Il va bouder à la cuisine.

« Mon père ne supporte pas bien la situation, dis-je à Philippa. Il fait tout le contraire de ce qu'il faudrait.

— Et vous le ressentez comment, vous ? demande-t-elle en m'aidant à retirer mon chemisier.

— Ça me fait rire. »

Elle sort de la gaze et un antiseptique de sa sacoche, enfile des gants stériles, et me lève le bras pour pouvoir nettoyer tout autour du cathéter. En attendant que ça sèche, je lui demande :

« Vous avez un jules ?

— J'ai un mari.

— Comment s'appelle-t-il ?

— Andy. »

Elle a l'air gênée en prononçant son nom. Je passe mon temps à voir des gens différents, et ils ne se présentent jamais convenablement. Alors qu'ils veulent tout savoir de moi.

« Vous croyez en Dieu ?

— En voilà une question ! répond-elle en fronçant les sourcils.

— Vous y croyez ?

— Disons que j'aimerais y croire.

— Et au paradis ? Vous croyez au paradis ?

— L'idée paraît plaisante, dit-elle en sortant une aiguille stérile de son emballage.

— Ça ne prouve pas que ça existe. »

Regard sévère.

« Eh bien, espérons que si.

126

— À mon avis, c'est de l'invention pure et simple. Quand on est mort, on est mort. »

Là, je commence à l'ébranler. Elle a l'air troublée.

« Et notre âme, tout ce flux vital, ça deviendrait quoi ?

— Rien. C'est anéanti.

— Vous savez, il existe des groupes d'entraide, des réunions où vous pouvez rencontrer d'autres jeunes dans la même situation que vous.

— Personne n'est dans la même situation que moi.

— C'est ce que vous ressentez ?

— C'est la réalité. »

Le semi-robot que je suis devenue, avec tout ce plastique et ce métal enchâssés sous ma peau, lève le bras pour qu'elle puisse aspirer le sang à travers le cathéter. Elle enlève une première seringue qui ne servira à rien parce qu'elle n'est pas pure, polluée de sérum. Quel gâchis, toutes ces premières seringues ! Au cours des années, mes infirmières ont dû balancer l'équivalent de tout ce qu'un corps contient de sang, avec ces premières seringues inutiles… Philippa en aspire une seconde, transfère son contenu dans une bouteille et y inscrit mon nom à l'encre bleue.

« Voilà. Je vous appelle dans une heure environ pour vous donner les résultats. Vous voulez quelque chose d'autre avant que je parte ?

— Non.

— Vous avez suffisamment de médicaments ? Vous voulez que je m'arrête chez le médecin pour faire renouveler vos ordonnances ?

— Non, je n'ai besoin de rien. »

Elle se soulève péniblement de sa chaise et me toise sévèrement.

« Notre association peut vous accompagner plus que vous ne l'imaginez, Tessa. Nous pouvons vous aider à retourner à l'école, par exemple, même si ce n'est qu'à temps partiel, même si ce n'est que pour quelques semaines. Vous devriez essayer de normaliser votre existence, cela vaut peut-être la peine. »

Je ricane :

« Vous iriez en classe, vous, à ma place ?

— Je souffrirais sans doute de solitude, ici, toute la journée.

— Je ne suis pas seule.

— Non, mais c'est pénible pour votre père. »

Quelle garce ! Comment peut-on balancer des vacheries pareilles ? Je la regarde droit dans les yeux. Elle reçoit le message.

« Au revoir, Tessa. Je passe ma tête à la cuisine pour lui dire un mot et je m'en vais. »

Elle a beau être déjà obèse, elle accepte le café et le cake que Papa lui propose. La seule chose que nous devrions offrir aux étrangers, c'est des sacs en plastique pour protéger leurs chaussures. Et on devrait dessiner un énorme X sur notre porte.

Je fauche une cigarette dans la veste de Papa et monte regarder par la fenêtre dans la chambre de Cal. Je veux voir la rue. On l'aperçoit à travers les arbres. Une voiture passe. Une autre. Un passant.

Je souffle la fumée dehors. À chaque bouffée que je tire, j'entends mes poumons grésiller. Peut-être que je suis tuberculeuse. J'aimerais bien. Les meilleurs poètes étaient tuberculeux. C'est une preuve de sensibilité. Le cancer n'est une preuve de rien du tout. C'est juste humiliant.

Philippa sort sur le perron. Je fais tomber ma cendre sur sa tête mais elle ne remarque pas, se contente de dire au revoir avec cette voix tonitruante qu'elle a et s'éloigne en se dandinant.

Je m'assieds sur le lit de Cal. Papa va monter dans deux minutes. En attendant, j'attrape un feutre et écris sur le papier peint au-dessus du lit : **parachutes, cocktails, cailloux, sucettes, seaux d'eau, zèbres, cabanes, cigarettes, robinet d'eau froide**. Je renifle mes aisselles, la peau de mon bras, mes doigts, je me lisse les cheveux dans un sens et à rebrousse-poil, comme on brosse un tapis.

Papa met un temps fou à venir, je tourne autour de la pièce. Devant la glace, je m'arrache un cheveu. Un qui repousse bizarrement beaucoup plus sombre et frisé que les autres, comme un poil de pubis. Je le laisse tomber sur la moquette. Pas fâchée de pouvoir en gaspiller un.

Sur le mur de Cal, il y a une carte du monde. Des océans, des déserts. Et sur son plafond, le système solaire. Je me couche pour mieux regarder. Cela me donne l'impression d'être minuscule.

À peine cinq minutes plus tard, j'ouvre les yeux et descends voir ce que fabrique Papa. Trop tard, il a fichu le camp, en me laissant un message idiot sur son ordinateur. Je lui téléphone :

« Où es-tu ?

— Tu dormais, Tess.

— Mais où es-tu ?

— Je suis juste allé prendre un petit café, dans le parc.

— Pourquoi ? Pourquoi aller dans un jardin public, on en a à la maison, du café !

— Arrête, Tess. J'ai besoin de prendre l'air de temps en temps. Allume la télévision si tu t'ennuies. Je rentre tout de suite. »

Une femme explique la recette du poulet pané. Trois hommes pressent sur des boutons pour répondre à un concours : l'enjeu est de cinquante mille livres. Deux comédiens discutent à propos d'un chat mort. L'un d'eux ricane en proposant de l'empailler. Je suis effondrée. C'est nul, ces programmes, est-ce vraiment tout ce que nous avons à dire ?

J'envoie un message à Zoey : **t ou ?** Elle me répond qu'elle est en cours, ce qui est un mensonge, je sais très bien qu'elle n'en a pas le vendredi.

Si seulement j'avais le numéro de portable d'Adam. Je lui demanderais : **t mor ?**

Il devrait être dehors, en train d'épandre de l'engrais, de la tourbe et du fumier. J'ai lu tout le chapitre de Novembre, dans le Guide du Jardinage du Reader's Digest dont se sert Papa, et ils disent que c'est l'époque idéale pour préparer le sol. Il devrait aussi songer à planter un noisetier, un noisetier embellit n'importe quel jardin. Moi, je lui conseillerais plutôt un avelinier. Qui a des noisettes en forme de cœur.

Mais cela fait des siècles qu'il n'a pas réapparu dans le jardin.

Alors qu'il avait promis de m'emmener faire une balade en moto.

Seize

Il est plus laid que je ne m'en souvenais. Ma mémoire l'a enjolivé toute seule. Comment ça se fait ? J'imagine Zoey s'étranglant de mépris si elle apprenait que je suis allée sonner chez lui… Je ne lui dirai jamais. Elle prétend que les gens moches lui donnent la migraine.

« Tu m'évites ? »

Il a d'abord l'air surpris mais se reprend très vite.

« J'ai été très occupé.

— C'est vrai ?

— Oui.

— Alors ce n'est pas parce que tu me crois contagieuse ? Beaucoup de gens se comportent avec moi comme s'ils risquaient d'attraper mon cancer, ou comme si je l'avais bien mérité.

— Non, non ! Ce n'est pas du tout ce que je pense, proteste-t-il, inquiet.

— Bon. Alors quand est-ce qu'on va faire un tour sur ta moto ? »

Il se dandine d'un pied sur l'autre, ma question l'embarrasse manifestement.

« Je n'ai pas le permis définitif, en fait. Je n'ai pas le droit de prendre de passager, pour le moment. »

Monter à l'arrière de la moto d'Adam est peut-être une mauvaise idée pour un million de raisons. Parce que nous risquons un accident. Parce que ce n'est peut-être pas aussi génial que je l'espère. Parce que qu'est-ce que je dirais à Zoey ? Parce que c'est vraiment ce que j'ai le plus envie de faire. Plus que n'importe quoi d'autre. Mais parce qu'il n'a pas le permis qu'il faut, alors ça, non. Je ne marche pas !

« Tu as un casque pour passager ? »

Ce sourire hésitant, de nouveau... J'adore son sourire. Est-ce que je ne viens pas de le trouver laid, il y a un instant ? Non, il est transfiguré.

« Oui, dans la remise. J'ai un second blouson, aussi. »

Je ne peux pas m'empêcher de lui sourire à mon tour. Je me sens audacieuse, sûre de moi.

« Allons-y, alors. Avant qu'il pleuve.

— Il ne va pas pleuvoir », affirme-t-il en fermant la porte derrière lui.

Nous contournons la maison pour prendre ses affaires dans la réserve. Mais juste au moment où il ferme soigneusement le blouson qu'il me prête, juste alors qu'il m'explique que sa bécane est capable d'atteindre cent cinquante à l'heure et que le vent va être glacial, la porte arrière de la maison s'ouvre, une dame sort et fait quelques pas dans le jardin. En robe de chambre et pantoufles.

« Rentre vite, Maman, lui dit Adam. Tu vas attraper froid. »

Elle continue quand même à avancer vers nous. Son visage est le plus triste que j'aie jamais vu, un visage de noyée où la marée aurait laissé sa trace en se retirant.

« Où vas-tu ? demande-t-elle sans me prêter la moindre attention. Il n'est pas un peu tôt pour sortir ?

— Je vais faire un tour en moto. Je n'en ai pas pour longtemps. »

Un drôle de petit gloussement s'échappe de sa gorge.

« Non, Maman, je t'en prie ! Rentre prendre ton bain et t'habiller. Je serai revenu avant même que tu ne t'en aperçoives. »

Elle hoche la tête d'un air désespéré, revient sur ses pas, s'arrête comme si elle avait oublié quelque chose, se retourne, et me dévisage, moi, cette étrangère dans son jardin.

« Qui êtes-vous ?

— Votre voisine. Je suis venue rendre visite à Adam.

— C'est bien ce que je pensais », répond-elle, avec un regard de plus en plus lugubre.

Adam passe un bras sur ses épaules et la pousse doucement vers la maison.

« Il vaut mieux que tu rentres, Maman. »

Sans protester, elle le laisse la raccompagner mais s'arrête sur le pas de la porte pour me dévisager à nouveau. Sans mot dire. Je ne parle pas non plus. Nous nous observons en silence, puis elle pénètre dans la cuisine. Ce qui se passe entre eux alors, je l'ignore. Quand il revient, je me contente de demander à Adam :

« Ça va aller ?

— Oui. Fichons le camp d'ici. »

Ce n'est pas du tout comme je l'imaginais. Comme dévaler une colline à bicyclette ou même pencher sa tête par la fenêtre sur l'autoroute. C'est d'une violence bien plus proche des éléments, comme celle d'un vent d'hiver qui mugit sur la plage. Les casques ont des visières en plastique. J'ai descendu la mienne, Adam relevé la sienne.

« J'aime prendre du vent plein les yeux », dit-il.

Il m'a expliqué comment me pencher lorsqu'on attaque un virage. Et qu'on ne roulerait pas trop vite parce que j'étais débutante. Mais c'est quoi trop vite ? Même à vitesse moyenne, on pourrait très bien décoller. S'envoler.

Nous laissons derrière nous les rues, les réverbères, les maisons. Nous dépassons les centres commerciaux, la zone industrielle, les dépôts de bois, et franchissons les frontières de tout ce qui, de près ou de loin, est lié à la ville. Apparaissent des arbres, des champs, l'espace. Je me love contre la courbe du dos d'Adam et ferme les yeux en me demandant où il m'emmène. J'imagine les chevaux de son moteur, crinière au vent, narines frémissantes, crachant des jets de vapeur. Un jour, j'ai lu l'histoire d'une nymphe, kidnappée par un dieu qui l'emmena, à l'arrière de son chariot, vers de funestes ténèbres.

L'endroit où nous finissons par nous arrêter, le long de la route à quatre voies, ne ressemble à rien de ce que j'imaginais. C'est un parking boueux, où stationnent deux poids lourds, deux voitures et un stand de hot-dogs.

Adam coupe le moteur, cale la moto sur son pied, enlève son casque.

« C'est toi qui dois descendre la première. »

J'approuve d'un signe, presque incapable de parler. Mon souffle est resté quelque part en route. Mes genoux tremblent et c'est un effort considérable de balancer ma

134

jambe par-dessus la moto pour en descendre. La terre ferme paraît d'un calme rassurant. Un des camionneurs me lance un clin d'œil du haut de sa cabine. Il tient une tasse de thé fumante. La fille à queue-de-cheval qui vend les hot-dogs tend un sac de chips à un client. Lui tient un chien en laisse. Je me sens si différente d'eux tous. Comme si nous étions des extraterrestres atterris au milieu de gens ordinaires.

« Ce n'est pas ça l'endroit que je veux te montrer. Mais mangeons d'abord quelque chose et je t'y emmène. »

Il a l'air de comprendre que je ne suis pas encore capable de parler et n'attend pas la réponse. Je le suis lentement, l'écoute commander des hot-dogs aux oignons frits. Comment sait-il que c'est, pour moi, le déjeuner idéal ?

Nous mangeons debout. Partageons un Coca. Je n'en reviens pas d'être là. C'est si étonnant, cet univers que je découvre de l'arrière d'une moto, ce ciel soyeux, cet après-midi qui s'annonce, ni blanc, ni gris, ni vraiment argenté, mais un mélange des trois. Je jette mon assiette en carton à la poubelle, bois la dernière gorgée de Coca et Adam me demande :

« On y va ? »

On y va. Nous franchissons une porte située derrière la baraque à frites, enjambons un fossé, puis empruntons un chemin boueux qui traverse un petit bois épais pour finalement aboutir, de l'autre côté du bosquet, sur une sorte d'esplanade. Je ne m'étais pas rendu compte que nous étions à cette altitude. C'est fantastique, toute la ville s'étend sous nos yeux comme si quelqu'un l'avait déroulée à nos pieds. Pour que nous n'ayons qu'à la contempler du haut de notre perchoir.

« Waouh ! J'ignorais complètement qu'il y avait ce point de vue, ici.

— Ouais. »

Nous nous asseyons côte à côte sur un banc, nos genoux se frôlant à peine. Le sol est dur, sous nos pieds. L'air froid sent l'annonce du gel, l'approche glaciale de l'hiver.

« C'est là que je viens quand j'ai besoin de prendre du recul, dit Adam. C'est par ici que j'ai cueilli les champignons. »

Il sort sa blague à tabac, l'ouvre et roule une cigarette. Ses ongles sont sales et je frémis à l'idée de ses mains me caressant.

« Tiens, dit-il, ça va te réchauffer. »

Il me tend la cigarette et s'en roule une autre pour lui. On dirait un petit doigt blanc. Il m'offre du feu et nous restons longtemps sans rien dire, juste à souffler de la fumée vers la ville qui s'étire en panoramique à nos pieds.

« N'importe quoi pourrait arriver, là, en bas, ici tu ne le saurais même pas. »

Je comprends ce qu'il veut dire. Il peut régner un bordel total dans toutes ces petites maisons apparemment idylliques, le rêve de chacun peut avoir tourné au cauchemar. Mais d'ici, tout paraît paisible. Pur.

« Je suis désolé pour ce matin, ma mère est d'un abord un peu difficile, parfois.

— Elle est malade ?

— Non, pas vraiment.

— Qu'est-ce qui lui est arrivé, alors ? »

Il soupire. Se passe la main dans les cheveux.

« Mon père est mort dans un accident de la route, il y a un an et demi. »

136

Il jette son mégot dans l'herbe et nous en fixons tous deux la cendre rougeoyante. Il se passe quelques minutes avant que je parvienne à articuler :

« Tu as envie d'en parler ?

— Il n'y a pas grand-chose à en dire, répond-il en haussant les épaules. Mon père et ma mère se sont disputés, lui a fichu le camp pour aller au pub et a oublié de regarder en traversant la route. Deux heures plus tard, les flics cognaient à la porte.

— Merde !

— Tu as déjà vu un flic terrorisé ?

— Non.

— C'est terrifiant. Ma mère s'est assise dans l'escalier, les mains plaquées sur les oreilles, et eux, debout dans l'entrée, leur casque à la main, flageolaient sur leurs jambes. Ils étaient à peine plus vieux que moi, ajoute Adam avec un petit rire triste. Et ils ne savaient absolument pas comment gérer la situation.

— Quelle horreur !

— Ça n'a rien arrangé. Ils ont emmené ma mère voir le corps de mon père. C'est elle qui l'a demandé mais ils n'auraient pas dû accepter. Il était terriblement écrabouillé.

— Tu es allé avec elle ?

— Oui, mais je suis resté assis dehors. »

Je comprends maintenant pourquoi Adam est si différent de Zoey, ou de n'importe lequel de mes copains de classe. Nous sommes des bousillés de la vie, lui et moi.

« Je pensais que déménager de notre ancienne maison allait arranger un peu les choses, mais ce n'est pas le cas, en fait. Elle prend encore des tonnes d'antidépresseurs.

« — Et toi, tu t'occupes d'elle.

— Forcément, oui.

— Et ta vie à toi, alors ?

— Je n'ai pas franchement le choix. »

Il se tourne pour me faire face. Me regarde comme s'il lisait en moi, comme s'il savait quelque chose sur moi que même moi j'ignore.

« Tu as peur, Tessa ? »

C'est une question que personne ne m'a jamais posée. Jamais. Je me demande s'il se fout de moi, ou s'il demande ça par politesse, mais il soutient mon regard. Alors je lui raconte à quel point j'ai peur du noir, peur de dormir, peur des doigts palmés, des espaces clos, des portes.

« Ça va et ça vient, la peur. Les gens croient que la maladie vous rend courageux, prêt à tout affronter, mais ce n'est pas le cas. La plupart du temps, j'ai l'impression d'être traquée par un dingue, qu'on risque de me tirer dessus d'un moment à l'autre. Et puis parfois, il se passe des heures sans que j'y pense.

— Qu'est-ce qui t'aide à oublier ?

— Voir des gens. Faire des choses. Quand je suis allée avec toi dans le bois, l'autre jour, j'ai oublié pendant tout un après-midi. »

Il hoche lentement la tête.

Un silence s'installe. Un petit silence, mais qui a une signification, comme un coussin pour arrondir des angles aigus.

« Je t'aime beaucoup, Tessa.

— C'est vrai ? »

J'ai du mal à avaler tant ma gorge est douloureuse.

« Le jour où tu es venue balancer tes trucs dans le feu, tu as dit que tu voulais t'en libérer. Tu as dit aussi que tu me regardais par la fenêtre. La plupart des gens ne parlent pas comme ça.

— Ça t'a choqué ?

— Non, au contraire, dit-il en inspectant ses pieds comme s'il allait y trouver un indice. Pourtant, je ne peux pas te donner ce que tu cherches.

— Ce que je cherche ?

— Moi-même, je survis tant bien que mal. S'il se passait quelque chose entre nous, ce que j'aimerais bien, ça rimerait à quoi ? Ça démarre sur de si mauvaises bases », conclut-il en se tortillant sur le banc.

Je me lève, étrangement déterminée. Inflexible. J'ai l'impression de fermer une sorte de fenêtre intérieure. Celle qui contrôle la température et les sentiments. Je me sens craquante comme une feuille pleine de givre.

« Bon, eh ben, à un de ces jours !

— Tu t'en vas ?

— Ouais. J'ai des trucs à faire en ville. Désolée, je ne me suis pas rendu compte qu'il était si tard.

— Tu dois partir tout de suite ?

— Oui, j'ai rendez-vous avec des amis. Ils doivent déjà m'attendre. »

Il fouille dans l'herbe pour récupérer les casques.

« Je te raccompagne, alors.

— Non, non, ce n'est pas la peine. Je vais demander à l'un d'eux de venir me chercher. Ils ont tous des voitures. »

Il a l'air éberlué. Bien fait, tiens ! Ça lui apprendra à ressembler à tout le monde. Je pars sans même lui dire au revoir.

« Attends ! »

Non, je n'attends pas. Je ne me retourne pas.

« Le sentier risque d'être glissant, crie-t-il. Il commence à pleuvoir. »

Je l'avais bien dit, qu'il pleuvrait. J'en étais sûre.

« Tessa ! Laisse-moi te raccompagner ! »

Mais s'il s'imagine que je vais remonter sur cette moto avec lui, il se fait des illusions.

Et moi qui pensais qu'il pouvait me sauver, quelle erreur !

Dix-sept

Je commence par une voie de fait, et balance un grand coup d'épaule dans le dos d'une dame en montant dans le bus. Elle se retourne, indignée :

« Aïe ! Faites attention où vous allez !

— C'était lui », dis-je en lui montrant un type derrière moi, trop occupé à hurler dans son portable tout en berçant un bébé brailleur pour m'entendre l'accuser à tort.

La dame me dépasse et lui lance :

« Connard ! »

Ça, il l'entend. Je profite de la confusion qui en résulte pour ne pas payer et vais m'asseoir à l'arrière. Trois délits en moins d'une minute. Pas mal.

En redescendant la colline, j'ai fouillé dans les poches du blouson d'Adam mais n'y ai trouvé qu'un briquet et une cigarette toute tordue, donc de toute façon je ne pouvais pas payer le bus. Je passe au crime numéro quatre et allume la clope. Un vieux mec se retourne en pointant son doigt vers moi :

« Jetez ça immédiatement !

— Allez vous faire foutre ! » dis-je, ce qui doit bien être considéré comme un comportement violent par un tribunal.

Je ne suis pas mauvaise, quand même. Passons à l'assassinat, maintenant. Un petit tour de Jeu de la Mort.

Trois sièges devant moi, il y a un homme qui fait manger des nouilles chinoises à un petit garçon assis sur ses genoux. Je m'octroie trois points pour la nourriture distillant son poison dans les veines de l'enfant.

De l'autre côté du couloir, une femme noue son foulard. Un point pour la grosseur sur son cou, rose et à vif comme une pince de crabe.

Un autre point pour le bus explosant alors qu'il freine au feu rouge. Et deux pour le plastique des sièges en fusion déchirant l'air.

Une psy que j'ai vue à l'hôpital affirme que ce n'est pas ma faute. D'après elle, beaucoup de malades éprouvent de secrètes pulsions malveillantes envers les bien-portants.

Je lui ai dit que mon père parlait du cancer comme d'une trahison puisque le corps fabrique quelque chose à l'insu de l'esprit, sans son consentement. Je lui ai demandé si ce jeu pouvait être un moyen pour mon esprit de prendre sa revanche.

« Peut-être, a-t-elle répondu. Vous y jouez souvent ? »

Le bus passe devant le cimetière, les grilles de fer s'ouvrent. Trois points pour les morts soulevant lentement le couvercle de leur cercueil. Décidés à nuire aux vivants. Incapables de s'arrêter. Leur gorge s'est liquéfiée, leurs doigts étincellent sous le pâle soleil automnal.

Bon, ça suffit peut-être. Il y a trop de monde dans cet autobus maintenant. Les gens vacillent dans l'allée centrale, changent de place, leurs portables couinent.

« Je suis dans le bus », répondent-ils. Les éliminer tous ne fera que me déprimer.

Je m'oblige à regarder par la fenêtre. Nous sommes déjà dans Willis Avenue. J'ai longtemps été à l'école, dans ce quartier. Tiens, le petit centre commercial ! Comment ai-je pu l'oublier, celui-là, alors qu'il a été le premier endroit en ville à vendre des *Slush Puppies*[1] ? L'été, on s'en achetait un par jour, Zoey et moi. Ils ont un tas d'autres trucs, aussi, des dattes fraîches, des figues, de l'halva, du pain au sésame et des spécialités turques. Comment ai-je pu gommer tout ça de ma mémoire ? C'est incompréhensible.

À gauche, voilà le vidéoclub et, sur le seuil du Barbecue Café, un homme en tablier blanc qui aiguise un couteau. En vitrine, un agneau tourne lentement sur sa broche. Avec l'argent de la cantine, on pouvait s'offrir un kebab et des chips, ici, il y a deux ans, ou un kebab, des chips et une cigarette achetée sous le manteau, si on était Zoey.

Elle me manque, Zoey. Je descends place du Marché et l'appelle. Sa voix semble remonter des profondeurs.

« Tu es dans une piscine ?

— Non, dans ma baignoire.

— Toute seule ?

— Évidemment toute seule !

— Tout à l'heure, tu m'as prétendu que tu étais en cours, menteuse !

— Qu'est-ce que tu veux, Tessa ?

— Transgresser la loi.

— Quoi ?

1. Boissons glacées pour enfants.

143

— C'est le numéro quatre de ma liste.

— Et comment comptes-tu t'y prendre ? »

Autrefois, elle aurait eu une idée. Maintenant, elle n'est plus la même. Ses contours deviennent flous, se confondent avec ceux de Scott.

« Je songe à assassiner le Premier ministre. J'adorerais provoquer une révolution.

— Très drôle.

— Ou la reine. On pourrait prendre un bus pour Buckingham Palace. »

Zoey soupire. N'essaie même pas de le dissimuler.

« Je suis occupée, moi. Je ne peux pas passer mes journées avec toi.

— Ça fait dix jours que je ne t'ai pas vue ! »

Silence. Un silence qui me donne envie de lui faire mal.

« Tu as promis de m'aider, Zoey. Je n'ai réussi que les trois premières choses de ma liste. À ce train-là, je n'arriverai jamais à tout finir à temps.

— Oh, merde, arrête !

— Je suis au marché. Viens me rejoindre, on va s'amuser.

— Au marché ? Scott est là ?

— Je ne sais pas. Je viens juste de descendre du bus.

— Je te retrouve dans vingt minutes. »

Il y a du soleil dans ma tasse de thé. On est bien, là, à la terrasse de ce café.

« Tu es comme un vampire, tu me pompes toute mon énergie », dit Zoey en repoussant son assiette de côté pour poser sa tête sur la table.

J'aime bien cet endroit, le store multicolore au-dessus de nos têtes, la vue sur le square avec la fontaine dans le fond. J'aime l'odeur de la pluie qui menace et la rangée d'oiseaux perchés sur le mur auquel sont adossées les poubelles.

« Qu'est-ce que c'est, ces oiseaux ? »

Zoey ouvre un œil pour regarder.

« Des étourneaux.

— Comment le sais-tu ?

— Je le sais, c'est tout. »

Un peu sceptique, j'écris quand même étourneaux sur ma serviette en papier.

« Et ces nuages. Qu'est-ce que c'est comme race de nuages ? »

Elle grogne et secoue la tête sur la table.

« Et les pierres, Zoey, tu crois qu'elles ont des noms ?

— Non ! Ni les gouttes de pluie, ni les feuilles, ni tous ces trucs avec lesquels tu me pompes l'air ! »

Elle enfouit sa tête dans ses bras pour se cacher encore mieux de moi. Depuis qu'elle est arrivée, elle n'arrête pas de râler et ça commence à m'énerver. En principe, on est là pour essayer que je me sente mieux, non ?

« Tu n'es pas gelée, toi ? dit-elle en se tortillant sur sa chaise.

— Non.

— Bon alors, on va la dévaliser cette banque, ou ce que tu veux d'autre… ce qu'on est censées faire ?

— Tu veux bien m'apprendre à conduire ?

— Pourquoi tu ne demandes pas à ton père ?

— Je lui ai demandé, ça n'a pas marché.

— Mais ça va nous prendre cent ans, Tessa ! Et je n'ai probablement pas le droit, je viens juste d'apprendre moi-même.

« — Depuis quand est-ce que tu te soucies de ce qui est permis ou pas ?

— On en reparlera plus tard, d'accord ? Allez, on y va ? »

Elle recule sa chaise, mais je ne suis pas encore prête. Je veux regarder le gros nuage qui fonce sur le soleil. Je veux voir le ciel virer du gris au noir. Le vent va se lever, et toutes les feuilles se décrocher des arbres. Je veux courir derrière elles. Et faire des centaines de vœux.

Trois femmes tirant des poussettes et des enfants traversent le square et se dirigent vers nous.

« Vite ! crient-elles. Entrez vite ici avant qu'il ne se remette à pleuvoir. »

Elles frissonnent et rient en se bousculant vers une table vide près de la nôtre. « Qui veut quoi ? De quoi avez-vous envie, les enfants ? » pépient-elles. Comme des étourneaux.

Zoey s'étire, plisse les yeux en les regardant comme si c'étaient des animaux exotiques. Elles remuent beaucoup d'air, enlèvent les manteaux de leurs marmots, les juchent sur des chaises hautes, leur mouchent le nez, commandent des gâteaux et des jus de fruits.

« Ma mère m'amenait ici lorsqu'elle était enceinte de Cal. Elle se shootait aux milk-shakes. On venait tous les jours, à la fin elle était si grosse qu'on ne voyait même plus ses genoux quand elle était assise. Je devais m'asseoir sur un tabouret à côté d'elle, quand on regardait la télé.

— Mon Dieu ! râle Zoey, hargneuse. C'est pire qu'un film d'horreur d'être avec toi ! »

Je l'observe attentivement. Elle n'a fait aucun effort, s'est contentée d'enfiler un pantalon de jogging et un

146

sweat-shirt. Je crois que c'est la première fois que je la surprends sans fond de teint. On ne voit que ses boutons.

« Il y a quelque chose qui ne va pas, Zoey ?

— J'ai froid.

— Tu pensais que c'était un jour de marché, aujourd'hui ? Tu espérais voir Scott ?

— Non.

— Tant mieux, parce que tu n'es pas au mieux de ta forme. »

Elle me lance un regard furieux.

« J'ai un plan ! Voler dans un magasin. Allez, viens, on y va ! »

Dix-huit

Morrisons est le plus grand supermarché du centre commercial. C'est bientôt l'heure de la sortie des écoles et il y a beaucoup de monde.

« Prends un panier, ordonne Zoey. Et fais attention aux vigiles.

— À quoi ressemblent-ils ?

— Ils ressemblent à des flics qui travaillent ici ! »

J'avance lentement, savourant chaque détail. Il y a des siècles que je ne suis pas allée dans un supermarché. Au rayon traiteur-épicerie fine, je prends deux morceaux de fromage et une olive dans les petites soucoupes de dégustation posées sur le comptoir. Je meurs de faim, en fait. Au rayon fruits, je m'octroie une grosse poignée de cerises que je dévore en marchant.

« C'est incroyable ce que tu peux manger ! grogne Zoey. Ça me rend malade rien qu'à te regarder ! »

Elle m'apprend comment remplir mon panier de marchandises dont je n'ai pas envie, des trucs de consommation courante, comme de la soupe de tomate ou des crackers au fromage.

« Et dans tes poches, tu mets ce que tu veux vraiment.

— Comme quoi ?

« — J'en sais foutre rien, moi ! Il y a un magasin entier plein à craquer. Choisis toi-même ! » répond-elle, exaspérée.

Je commence par une petite bouteille de vernis à ongles rouge vampire que je glisse facilement dans ma poche. Je porte toujours le blouson d'Adam, il y a des poches partout.

« Bravo ! applaudit Zoey. Tu as réussi à enfreindre la loi ! On peut y aller, maintenant ?

— Quoi, c'est tout ?

— Techniquement, oui.

— Ce n'est pas très drôle ! Déguerpir du café sans payer aurait été plus excitant. »

Elle soupire, jette un coup d'œil à son portable

« OK, cinq minutes, alors. »

Je croirais entendre Papa.

« Et toi, tu te contentes de regarder ?

— Moi, je fais le guet. »

La pharmacienne est en train de conseiller un client qui se plaint de quintes de toux. Je ne pense pas qu'elle remarque la disparition de ce tube de *Relief Body Moisturizer* ou de ce petit pot de *Crème de Corps nutritif*. Dans le panier, un paquet de pain scandinave, dans ma poche, de la crème hydratante. Du thé en sachets pour le panier, une vraie peau de soie pour moi. J'ai un peu l'impression de cueillir des fraises.

« Je suis douée pour ce sport ! dis-je à Zoey.

— Parfait ! »

Elle n'écoute même pas. Tu parles d'une sentinelle ! Elle traficote je ne sais quoi appuyée au comptoir de la pharmacie.

« On va au rayon chocolat, maintenant ? »

Mais elle ne répond pas et je l'abandonne à ses affaires.

On n'est pas vraiment en Belgique, mais quand même, il y a au rayon confiserie des miniboîtes de truffes au chocolat entourées de ravissants rubans qui ne coûtent que 1,99 £. J'en pique deux que je fourre dans ma poche. Les blousons de motard, c'est le rêve, pour la fauche. Je me demande si Adam sait ça.

Au bout de l'allée centrale, mes poches gonflent carrément. Je regarde les surgelés en me demandant combien de temps une glace Ben and Jerry peut tenir dans une poche lorsque je croise deux filles avec lesquelles j'étais autrefois à l'école. Elles s'arrêtent en me voyant, penchent la tête l'une vers l'autre pour se chuchoter quelque chose. Je sors mon téléphone pour appeler Zoey à la rescousse mais, trop tard, elles m'abordent :

« Tu es bien Tessa Scott ? demande la blonde.

— Ouais.

— Tu te souviens de nous ? Fiona et Beth. »

Elle enchaîne leurs deux noms comme des duettistes.

« Tu as quitté l'école quand tu étais en sixième, c'est ça ?

— En cinquième. »

Elles me dévisagent, avides d'en savoir plus. Ne se rendent-elles pas compte qu'elles viennent d'une autre planète – qui tourne beaucoup moins vite que la mienne – et que je n'ai absolument rien à leur dire ?

« Comment vas-tu ? demande Fiona, tandis que Beth hoche la tête pour montrer qu'elle approuve entièrement la question. Tu es toujours en chimio ?

— Non, plus maintenant.

— Ça va mieux, alors ?

151

— Non. »

Je les regarde comprendre. Cela démarre dans leurs yeux, puis gagne leurs joues et leur bouche. Tellement prévisible. Et comme il n'y a plus de question polie possible, elles n'en posent plus. J'aimerais les sortir de cette situation embarrassante mais ne sais trop comment les libérer.

« Je suis ici avec Zoey, dis-je après un silence prolongé. Zoey Walker. Elle était dans la classe au-dessus de nous.

— Vraiment ? dit Fiona en poussant sa copine du coude. C'est étonnant, j'étais justement en train de parler d'elle à Beth. »

Beth se jette sur l'information pour enchaîner, soulagée du ton normal qu'a repris la conversation, et me demande comme si elle parlait à une gamine de quatre ans :

« Elle t'aide à faire des courses ?

— Pas vraiment, non.

— Tiens, regarde ! dit Fiona. Elle est là. Tu vois qui je voulais dire, maintenant ?

— Oh, *elle* ! »

Je commence à comprendre que j'aurais mieux fait de me taire mais c'est trop tard, maintenant. Zoey n'a pas l'air enchantée de les voir :

« Qu'est-ce que vous faites là ?

— Tu vois, nous parlons avec Tessa ?

— De quoi ?

— De choses et d'autres. »

Zoey me lance un regard soupçonneux.

« Tu es prête à partir ?

— Ouais. »

Fiona tend la main vers la manche de Zoey.

« Oh, avant que tu partes, je voulais te demander, c'est vrai que tu sors avec Scott Redmond ?

— Pourquoi ? Tu le connais ? »

Fiona renifle, lance un regard complice à Beth. « Tout le monde le connaît. Et quand je dis tout le monde, c'est vraiment tout le monde.

— Ouais, ricane Beth. Avec ma sœur, cela a duré à peu près une demi-heure.

— C'est vrai ? »

Zoey a les yeux qui brillent. Il est temps que j'intervienne.

« C'est passionnant, tout ça, mais faut qu'on y aille, nous. Je dois dresser la liste des invités à mon enterrement. »

Cela leur cloue le bec.

« Vraiment ? demande Fiona, interloquée.

— Ouais, dis-je en attrapant Zoey par le bras. Dommage que je ne puisse pas y être moi-même, j'adore les fêtes. Envoyez-moi un message s'il y a des bons cantiques auxquels vous pensez. »

Nous les plantons là, abasourdies, prenons l'allée transversale et nous arrêtons au stand des ustensiles de cuisine, entre coutellerie et acier inoxydable.

« T'inquiète, Zoey… Elles disent n'importe quoi, ces deux nulles.

— Je n'ai pas envie d'en parler, répond-elle, feignant de s'intéresser à une pince à sucre.

— Si on faisait quelque chose de dingue pour nous réconforter ? Le maximum de trucs illégaux en une heure.

— On pourrait mettre le feu à la maison de Scott, lâche Zoey avec un sourire réticent.

« — Ne crois pas un mot de ce qu'elles racontent, Zoey.

— Pourquoi pas ?

— Parce que tu le connais mieux qu'elles. »

Je n'ai jamais vu Zoey pleurer. Jamais. Ni quand elle a appris les résultats de son bac, ni même quand je lui ai annoncé que j'allais mourir. J'ai toujours pensé qu'elle en était incapable, comme un Vulcain. Mais, là, maintenant, elle pleure. En plein supermarché. Et elle essaie de le cacher en se dissimulant derrière ses cheveux blonds.

« Quoi ? Qu'est-ce qui se passe ?

— Il faut que je le trouve.

— Maintenant ?

— Désolée. »

Ça me glace de la voir pleurer comme ça : comment peut-elle aimer Scott à ce point-là ? Elle ne le connaît que depuis quelques semaines.

« Mais on n'a pas fini d'enfreindre la loi ! »

Elle secoue la tête, les larmes glissent sur ses joues.

« Tu n'as qu'à abandonner le panier et à sortir, quand tu auras fini. Excuse-moi. Je n'y peux rien. Il faut que je parte. »

Cela me rappelle quelque chose. J'ai déjà vécu cela, elle me laissant tomber, ses cheveux dorés dansant sur ses épaules tandis qu'elle s'éloigne de plus en plus de moi.

C'est peut-être à sa maison à elle que je devrais mettre le feu.

Sans elle, ce n'est plus très amusant. J'abandonne le panier en me grattant la tête, style « ne me dites pas que j'ai oublié mon porte-monnaie » et me dirige vers la sortie. Mais quelqu'un m'agrippe par le poignet juste avant.

154

Soi-disant les vigiles étaient faciles à reconnaître, d'après Zoey. Moi, je les avais imaginés en costume-cravate, et sans manteau puisqu'ils sont à l'intérieur toute la journée.

Celui-là porte un blouson en jean et a le crâne rasé.

« Vous avez l'intention de payer les articles qui sont dans vos poches ? dit-il. Vous avez dissimulé des articles sur vous dans les allées 5 et 7. Un membre du personnel vous a vue faire. »

Je sors le vernis à ongles de ma poche et le lui tends :

« Tenez, vous pouvez le reprendre.

— Veuillez me suivre, s'il vous plaît. »

Une bouffée de chaleur monte le long de mon cou, de mes joues, jusqu'à mes yeux.

« Non, je ne veux pas.

— Vous aviez l'intention de partir sans payer », répète-t-il en me tirant par le bras.

Il me remorque le long des allées vers le fond du magasin. Tout le monde peut me voir et ces regards me brûlent. Je ne suis pas sûre qu'il ait le droit de me tirer comme ça. Il pourrait ne pas être un vigile, après tout, et m'entraîner dans un coin retiré. Je freine sur mes talons et me cramponne à une étagère. J'ai du mal à respirer. Il hésite.

« Vous ne vous sentez pas bien ? Vous avez de l'asthme ou quelque chose ?

— Non, dis-je en fermant les yeux. Je... Je ne veux pas... »

Je ne parviens pas à poursuivre. Les mots se bousculent...

Il fronce les sourcils, sort son bip et appelle de l'aide. Deux petits garçons assis dans un chariot me dévisagent au passage. Une fille de mon âge passe et repasse devant moi, l'air narquois.

La femme qui arrive à toute allure porte un badge avec son nom. Elle s'appelle Shirley et me toise d'un œil sévère.

« Allons-nous-en d'ici, dit-elle à son collègue. Venez par là. »

Il y a un petit bureau dissimulé derrière le comptoir de la poissonnerie. Dont les clients ordinaires ignorent sûrement l'existence. Shirley ferme la porte derrière nous. C'est le genre de pièce qu'on voit dans les séries policières, minuscule, sans fenêtre, meublée d'une table et de deux chaises, chichement éclairée par un tube de néon qui clignote au plafond.

« Asseyez-vous, dit Shirley, et videz vos poches. »

Je m'exécute. Rassemblés sur la table entre elle et moi, les articles que j'ai piqués paraissent minables, bon marché.

« Bon, j'appellerais cela des preuves, pas vous ? »

J'essaie de pleurer mais ça ne l'émeut pas. Elle me tend un mouchoir à contrecœur, attend que je me mouche et m'indique la corbeille à papier.

« J'ai quelques questions à vous poser. Comment vous appelez-vous, pour commencer ? »

Ça n'en finit pas. Elle veut tous les détails, mon âge, mon adresse, le numéro de téléphone de Papa. Elle note même le nom de Maman, je ne vois pas bien l'intérêt.

« Vous avez le choix, dit-elle. Ou nous appelons votre père ou nous appelons la police. »

Je décide de jouer le tout pour le tout. Je retire le blouson d'Adam et déboutonne mon chemisier.

« Je ne vais pas très bien, dis-je en dénudant mon bras pour lui montrer le disque métallique que j'ai sous l'ais-

156

selle. C'est un cathéter, c'est là qu'on me branche les perfusions.

— Rhabillez-vous, s'il vous plaît.

— Je veux que vous me croyiez.

— Je vous crois.

— Est-ce que vous savez au moins ce qu'est une leucémie aiguë lymphoblastique ?

— Je crains que non.

— C'est un cancer. »

Mais même ce mot-là ne l'arrête pas. Elle appelle Papa.

Sous le Frigidaire, à la maison, il y a toujours une petite flaque d'eau fétide. Tous les matins, Papa l'essuie avec une éponge désinfectante. Mais à la fin de la journée, il y a de nouveau de l'eau qui suinte. L'humidité commence à déformer les plinthes de bois. Une nuit où je n'arrivais pas à dormir, j'ai vu trois cafards qui ont déguerpi de là quand j'ai allumé la lumière. Le lendemain, Papa a acheté des pièges de glu qu'il a dissimulés sous une peau de banane. Mais nous n'avons jamais attrapé un seul cafard. Papa dit que j'ai des visions.

Même quand j'étais toute petite, je reconnaissais les signes, les papillons qui se desséchaient dans les pots de confiture, le lapin de Cal qui dévorait ses propres enfants.

Il y a une fille de ma classe qui s'est fait écraser en tombant de cheval. Et puis un taxi a renversé le fils du marchand de légumes. Ensuite, mon oncle Bill a eu une tumeur au cerveau. Tous les sandwiches de la réception après son enterrement avaient les bords racornis. Et pendant des jours, je n'ai pas pu enlever la boue de la tombe qui collait à mes chaussures.

Quand j'ai remarqué les bleus que j'avais dans le dos, Papa m'a emmenée chez le médecin. Qui a dit que ce n'était pas normal que je sois si fatiguée. Qui a dit aussi un tas d'autres choses. Le soir, les branches tapaient sur ma fenêtre comme si les arbres voulaient pénétrer dans ma chambre. Je suis cernée. Je le sais.

Papa arrive, s'accroupit près de ma chaise, prend mon menton d'une main et m'oblige à le regarder en face. Il a l'air plus triste que jamais.

« Tu vas bien ? »

Je sais qu'il parle de ma santé et lui fais signe que oui. Je ne lui parle pas des araignées qui prospèrent sur le bord de la fenêtre.

Papa se relève et se tourne vers Shirley.

« Ma fille a des problèmes de santé.

— Elle m'en a parlé.

— Et ça ne change rien, pour vous. Êtes-vous insensible à ce point ?

— Votre fille a été surprise en train de camoufler des articles avec l'intention de quitter le magasin sans les payer, soupire Shirley.

— Comment savez-vous qu'elle n'allait pas les payer ?

— Elle les avait cachés sur elle.

— Mais elle n'a pas quitté le magasin.

— L'intention de voler est un délit en soi. À ce stade, nous pouvons nous contenter de donner un avertissement à votre fille car nous n'avons jamais eu affaire à elle et je ne suis pas obligée d'appeler la police. À condition de vous la confier personnellement. Et à condition d'être certaine que vous ne preniez pas cet épisode à la légère. »

Papa la regarde comme si elle lui posait une question très difficile et qu'il avait besoin de réfléchir avant de répondre.

« D'accord, dit-il en m'aidant à me relever.

— Nous nous comprenons bien, n'est-ce pas ? dit Shirley en se levant à son tour.

— Excusez-moi, répond Papa, troublé. Dois-je vous donner de l'argent ou quelque chose ?

— De l'argent ?

— Pour ce qu'elle a pris.

— Non, non.

— Je peux la ramener à la maison, alors ?

— Vous lui ferez comprendre la gravité de cet incident ? »

Papa se tourne vers moi. Il me parle lentement comme si j'étais devenue soudain stupide :

« Enfile ton blouson, Tessa, il fait froid dehors. »

À la maison, j'ai à peine le temps de descendre de voiture qu'il me bouscule jusqu'à la porte d'entrée, me pousse dans le salon.

« Allez, assieds-toi ! »

Je me mets sur le canapé, lui dans le fauteuil en face de moi. Il est encore plus tendu que dans le magasin. Il a l'air oppressé, accablé, comme s'il n'avait pas dormi depuis des semaines et était prêt à tout.

« Mais qu'est-ce que tu fabriques, Tessa ?

— Rien.

— Rien ! Voler dans un magasin, tu appelles ça rien ! Tu disparais tout l'après-midi sans me laisser un mot ou quoi que ce soit, et tu trouves ça normal ? »

Il serre les bras autour de sa poitrine comme s'il avait froid et nous restons plantés là. On n'entend que le tic-tac du réveil. Je tripote un de ses magazines d'automobiles, posé près de moi sur la table basse, plie et replie en triangle le coin de la couverture, en attendant qu'il se passe quelque chose.

Quand il se met à parler, c'est avec circonspection, prenant grand soin d'employer les mots justes.

« Il y a certaines règles qu'on peut assouplir pour toi, Tessa. Certaines choses que tu peux faire. Mais d'autres que tu n'obtiendras jamais, même si tu en as terriblement envie. »

Je me mets à rire. On dirait un verre qui se casse en tombant de très haut. Cela m'étonne moi-même, autant que me surprendre à plier le magazine de Papa en deux et à en arracher la couverture : une voiture rouge et une jolie fille aux dents blanches. Je la roule en boule et la jette par terre. Puis je déchire systématiquement tout le magazine, page par page, que je claque bruyamment sur la table basse, jusqu'à ce que tout soit déchiqueté entre nous deux.

Papa et moi fixons les lambeaux de papier, je cherche ma respiration, si seulement il pouvait se passer quelque chose, quelque chose de monstrueux, une éruption de volcan dans le jardin, par exemple. Mais rien ne survient, Papa se contente de serrer les bras encore plus étroitement autour de lui, ce qu'il fait toujours quand il est bouleversé : on n'obtient jamais rien d'autre de lui que cette sorte de vide, comme s'il était anéanti.

« Que va-t-il se passer, Tessa, finit-il par dire, si tu laisses la colère t'envahir ? Que va-t-elle faire de toi ? Que restera-t-il de toi ? »

Je ne réponds rien. Je me contente de regarder la lumière oblique de la lampe raser le canapé avant d'éclabousser la moquette et de se figer à mes pieds.

Dix-neuf

Il y a un oiseau mort sur la pelouse, un oiseau aux pattes fines comme des piques de cocktail. Je le regarde, étendue sur une chaise longue sous le pommier.

« Je te jure qu'il vient de bouger », dis-je à Cal en train de jongler près de moi.

Il s'interrompt et se penche pour voir.

« Ce sont les asticots. Il fait si chaud, à l'intérieur d'un cadavre, que ceux qui sont au milieu doivent venir de temps en temps sur les bords pour se rafraîchir.

— Comment tu sais des choses pareilles, toi ?

— Internet », répond-il en haussant les épaules.

Du bout du pied, il tripote l'oiseau jusqu'à ce que son ventre se déchire. Des centaines d'asticots tombent et se tortillent dans l'herbe, affolés par la lumière.

« Tu vois ? dit Cal qui s'accroupit et asticote les asticots avec un bâton. Un cadavre est son propre éco-système. Dans certaines conditions, ça ne prend que neuf jours à un corps humain pour se réduire à l'état de squelette. Mais ça ne t'arrivera pas à toi, ajoute-t-il d'un air songeur.

— Non ?

— Non, ça, c'est quand les gens ont été assassinés et abandonnés dehors.

— Qu'est-ce qui va m'arriver à moi, Cal ? »

Quelle que soit sa réponse, j'ai l'intuition qu'elle sera bonne, comme celle d'un grand sage qui détiendrait la vérité universelle. Mais il se contente de hausser les épaules :

« Je vais me renseigner, je te dirai. »

Et il part chercher une bêche dans la remise.

« Surveille l'oiseau », me recommande-t-il.

Il est très beau, cet oiseau, quand la brise ébouriffe ses plumes, noires avec un reflet bleu, comme du pétrole sur la mer. Les asticots paniqués sont plutôt beaux, eux aussi, grouillant dans l'herbe à la recherche de l'oiseau, à la recherche les uns des autres.

C'est alors qu'Adam surgit sur la pelouse.

« Salut ! Comment vas-tu ? »

Je me redresse sur ma chaise longue.

« Tu as sauté par-dessus la clôture ?

— Non, il y a un trou, là-bas au fond. »

Il porte un jean, des bottes, une veste de cuir, et cache quelque chose dans son dos.

« Tiens ! dit-il en me tendant une brassée de feuillage entourant des fleurs orange qui ressemblent à des lanternes ou des minipotirons.

— C'est pour moi ?

— C'est pour toi, oui.

— J'essaie de ne rien acquérir de nouveau », dis-je, le cœur serré.

Il sourit.

« Les choses vivantes, ça ne compte peut-être pas.

— À mon avis, elles doivent compter plus… »

Il s'assied dans l'herbe au pied de ma chaise longue et pose les fleurs entre nous. C'est humide, par terre, il va mouiller son fond de culotte. Il va avoir froid. Mais je ne lui dis pas. Pas plus que je ne lui parle des asticots. Qu'ils rampent dans ses poches, bien fait…

Cal revient avec son instrument.

« Tu plantes quelque chose ? lui demande Adam.

— Un oiseau mort, répond Cal en le lui désignant d'un geste.

— Ah, un corbeau. C'est votre chatte qui l'a attrapé ?

— J'sais pas. Je vais l'enterrer en tout cas. »

Cal s'éloigne vers la haie du fond, repère un endroit dans la plate-bande et se met à creuser. La terre est molle comme de la pâte à tarte. Quand la bêche heurte des petits cailloux, on dirait le bruit de pas crissant sur le gravier.

« Je suis désolé pour ce que je t'ai dit l'autre jour, me lance Adam en tripotant des brins d'herbe.

— Ne t'en fais pas.

— Je me suis mal exprimé.

— Je t'assure, aucune importance. Ça ne vaut pas la peine d'en parler. »

L'air grave, toujours absorbé par ses brins d'herbe, évitant de me regarder, il hoche la tête.

« Pour moi, tu vaux la peine.

— Ah bon ?

— Oui.

— Et tu voudrais qu'on soit amis ?

— Si toi tu le veux, oui.

— Tu es sûr que ça rime à quelque chose ? »

Cela m'enchante de le voir rougir, se troubler. Papa a peut-être raison, la colère me gagne.

« Oui, ça rime à quelque chose.

— Alors tu es pardonné. »

Nous nous serrons la main. La sienne est chaude.

Cal revient, tout sale, brandissant sa bêche. Il a l'air d'un détraqué qui travaillerait dans les pompes funèbres.

« La tombe est prête », annonce-t-il.

Adam l'aide à installer le corbeau sur la bêche. Il est raide et paraît lourd. On distingue bien sa blessure, une entaille sanglante à l'arrière du cou, et sa tête dodeline dans le vide pendant le trajet. Cal lui parle en marchant :

« Pauvre oiseau, il est l'heure de te reposer, maintenant. »

Je m'enroule dans la couverture et me lève pour assister à l'opération. Un des yeux du corbeau brille vers nous. Il a l'air serein, presque reconnaissant, ses plumes semblent s'être assombries.

« Est-ce qu'on dit quelque chose ? » demande Cal.

Je propose :

« *Goodbye bird ?*

— Goodbye bird, répète Cal. Au revoir, l'oiseau. Merci d'être venu. Bonne chance ! »

Il le recouvre de terre mais laisse sa tête dépasser, comme pour donner au corbeau une dernière chance de regarder le paysage.

« Et les asticots ? demande-t-il.

— Quoi, les asticots ?

— Ils risquent d'étouffer.

— Fais un trou pour laisser passer l'air. »

L'idée paraît lui plaire, il jette de la terre sur la tête de l'oiseau, tasse le tout et perce un trou avec un bâton pour les asticots.

« Trouve-moi des cailloux, Tess, pour qu'on fasse une décoration. »

164

J'obéis et vais chercher des cailloux. Adam reste avec Cal. Il lui explique que les corbeaux sont des oiseaux très sociables, et que tous les amis du sien lui seront très reconnaissants de l'avoir enterré avec tant de soin.

Je crois qu'il essaie de m'impressionner.

Voilà : deux cailloux blancs presque parfaitement ronds, une coquille d'escargot, une feuille rouge. Une plume gris pâle. Je les regarde dans ma main. Ils sont si jolis que je dois m'appuyer contre la remise et fermer les yeux.

C'est une erreur. Je sombre au fond des ténèbres.

Il y a de la terre sur ma tête. J'ai froid. Les vers creusent leur chemin vers moi. Bientôt arriveront les termites et les cloportes.

J'essaie de penser à des choses positives mais c'est si dur de jouer des pieds et des mains pour émerger.

Je rouvre les yeux, retrouve les griffes rugueuses du pommier, une toile d'araignée aux frémissements argentés, les cailloux que je serre dans ma main chaude.

Mais tout ce qui est chaud va refroidir, mes oreilles vont tomber, mes yeux vont se déliter, ma bouche se verrouiller, mes lèvres devenir gluantes.

Adam apparaît.

« Tu ne te sens pas bien ? »

Je me concentre sur ma respiration. Ins-pirer. Ex-pirer. Mais prendre conscience de ma respiration a aussi un effet négatif. Mes poumons vont sécher comme des éventails en papier. Expirer. Expirer.

Cal pose sa main sur mon épaule :

« Tessa ! »

Aucun goût, aucune odeur, aucun contact. Rien à regarder. Le vide. Total. À jamais.

Cal arrive en courant :

« Qu'est-ce qui ne va pas ?

— Rien.

— Tu as l'air bizarre.

— J'ai un peu le vertige quand je me baisse.

— Tu veux que j'appelle Papa ?

— Non.

— T'es sûre ?

— Oui, oui, ça va. Finis la tombe, Cal. »

Je lui tends ce que j'ai trouvé et il repart en courant. Adam reste près de moi.

Un merle passe en rase-mottes sur la haie. Le ciel est pommelé de gris et de rose. Respirer. Inspirer. Inspirer.

« Qu'est-ce qu'il y a ? » demande Adam.

Comment lui dire ?

Il tend le bras vers moi et pose sa main à plat sur mon dos. J'ignore ce que ça signifie. Sa main est ferme, il me masse doucement le dos en petits cercles. On s'était mis d'accord pour être amis. C'est un comportement amical, ça ?

Sa chaleur pénètre à travers les mailles de la couverture, à travers mon blouson, mon chandail, mon T-shirt. Traverse ma peau. Cela me fait si mal que mes pensées se brouillent. Je ne suis plus que sensations.

« Arrête.

— Quoi ?

— Va-t'en, c'est tout ! » dis-je en le repoussant.

Il y a un temps d'arrêt, un silence qui résonne comme si quelque chose de minuscule venait de se casser.

« Tu veux que je m'en aille ?

— Oui. Et ne reviens pas. »

Il traverse la pelouse, dit au revoir à Cal et repart par le trou de la clôture. C'est comme s'il n'était jamais

166

venu. À part les fleurs, près de ma chaise longue, que je ramasse. Les petites citrouilles orange s'inclinent vers moi tandis que je les tends à Cal.

« C'est pour l'oiseau.

— Cool ! »

Il les dispose sur la terre humide et, côte à côte, nous contemplons la tombe.

Vingt

Papa met une éternité à découvrir que j'ai disparu. J'aimerais bien qu'il se dépêche parce qu'à force de rester accroupie, ma jambe gauche commence à s'engourdir, il faut que je bouge avant d'avoir la gangrène ou je ne sais quoi. Je change de position, attrape un pull sur l'étagère au-dessus de moi, le tire d'une main et m'organise un endroit plus confortable pour m'asseoir au milieu des chaussures. La porte du placard grince, l'espace d'un instant. Puis s'arrête.

La porte de ma chambre s'ouvre doucement et Papa avance à pas de loup sur la moquette.

« Tess ? Ta maman est là. Tu n'as pas entendu que je t'appelais ? »

La porte du placard est assez entrouverte pour que je puisse lire le désarroi sur son visage quand il découvre que la forme au milieu du lit n'est que la couette. Il la soulève et vérifie que je ne suis pas dessous comme si j'avais pu rapetisser à ce point depuis la dernière fois qu'il m'a vue au petit déjeuner.

« Merde ! » dit-il en se passant une main sur le front, perplexe. Il se penche à la fenêtre pour regarder dans le jardin. Sur l'appui de fenêtre, il y a une pomme en verre vert, souvenir du mariage de ma cousine, où j'étais demoiselle d'honneur. J'avais douze ans, à l'époque, on venait de découvrir ce que j'avais. Je me souviens de tous les gens qui me disaient comme j'étais jolie avec mon foulard à fleurs drapé sur mon crâne chauve, alors que toutes les autres demoiselles d'honneur avaient de vraies fleurs piquées dans les cheveux.

Papa prend la pomme, l'élève dans la lumière du matin. Le verre est marbré de crème et de brun qui imite parfaitement le cœur d'une vraie pomme, au centre duquel le verrier a soufflé des pépins. Il la fait tourner lentement dans sa main. J'ai si souvent regardé l'univers à travers ce verre vert, il y paraît minuscule et tranquille.

Je n'aime pas voir mon père tripoter mes affaires. Il ferait mieux de répondre à Cal qui l'appelle en hurlant du bas de l'escalier : il y a un problème avec l'antenne de la télévision. Je pense aussi qu'il devrait descendre dire à Maman que la seule raison pour laquelle il lui a demandé de venir est qu'il voudrait qu'elle revienne à la maison. S'immiscer dans des problèmes de discipline étant contraire à tous les principes de Maman, il n'attend sûrement aucune coopération de sa part, en ce domaine.

Il repose la pomme, s'arrête devant ma bibliothèque, passe un doigt sur le dos des livres, comme sur des touches de piano, regarde l'étagère de mes CD, en sort un, lit la pochette, le remet en place.

« Papa, crie Cal. L'image est complètement floue et Maman n'y connaît rien ! »

Papa soupire, se dirige vers la porte sans pouvoir s'empêcher de retaper la couette au passage. Il en pro-

fite pour lire ce que j'ai écrit sur le mur : la liste de tout
ce qui va me manquer, de toutes les choses que je veux.
Il hoche la tête, se penche pour ramasser un T-shirt
par terre, le plie et le met sur mon oreiller. C'est alors
qu'il remarque que le tiroir de ma table de nuit est
entrouvert.

Cal se rapproche :

« Je vais rater toute mon émission !

— Descends, Cal ! J'arrive tout de suite. »

Mais Papa reste là, s'assied sur le bord du lit, glisse
un doigt pour ouvrir plus largement le tiroir. C'est là
que je range les pages et les pages que j'ai écrites à
propos de ma liste. Mes réflexions sur les quatre objectifs que j'ai déjà atteints – sexe, oui à tout, drogue,
délits – et mes projets pour la suite. Il va flipper grave
s'il lit ce que j'ai l'intention d'entreprendre aujour-
d'hui, le plan numéro cinq. J'entends le froissement de
la liasse de papiers, le bruit de l'élastique qu'il retire.
J'essaie difficilement de me relever, avec l'idée de
bondir hors du placard et de le plaquer au sol, mais Cal
me sauve en faisant irruption. Papa repousse maladroitement mes papiers dans le tiroir qu'il referme en
claquant.

« Je ne peux pas avoir la paix, de temps en temps ?
Ne serait-ce que cinq minutes ?

— Tu fouillais dans les affaires de Tessa ?

— Ça ne te regarde pas, que je sache !

— Ça me regardera si je lui raconte.

— Oh, pour l'amour du Ciel, laisse-moi tranquille ! »

Papa descend lourdement l'escalier, Cal sur les
talons.

Je rampe hors du placard et me frotte les jambes pour rétablir la circulation. Je sens un caillot de sang à la hauteur de mon genou et j'ai un pied complètement endormi. Je boitille jusqu'à mon lit et me laisse tomber dessus juste au moment où Cal revient. Il me regarde, stupéfait.

« Papa a dit que tu n'étais pas là.

— Je ne suis pas là.

— Si, tu es là !

— Chut, ne parle pas si fort. Où est-il allé ?

— Il est à la cuisine avec Maman, grogne Cal. Je le déteste. Il vient de me dire que j'étais chiant, que j'aille me faire foutre, tu te rends compte ?

— Est-ce qu'ils parlent de moi ?

— Oui, et ils veulent même pas que je regarde la télé. »

Nous descendons l'escalier à pas de loup et nous penchons par-dessus la rampe. Perché maladroitement sur un haut tabouret au milieu de la cuisine, Papa farfouille dans la poche de son pantalon à la recherche de ses cigarettes et de son briquet. Adossée au réfrigérateur, Maman le regarde.

« Quand as-tu recommencé à fumer ? » demande-t-elle en lui passant un cendrier.

En jean, les cheveux attachés en arrière, sauf quelques mèches folles qui encadrent son visage, elle paraît jeune et jolie.

Papa allume sa clope et envoie un nuage de fumée vers elle.

« Je suis désolé, j'ai l'air d'avoir trouvé un faux prétexte pour te faire venir. »

Il s'arrête, embarrassé, comme s'il ne savait pas quoi dire ensuite, et reprend :

« Je me demandais juste si tu ne pouvais pas la raisonner un peu.

— Où penses-tu qu'elle soit allée aujourd'hui ?

— La connaissant, elle doit être en route vers l'aéroport. »

Maman se met à rire, ce qui lui donne l'air étonnamment plus vivante que Papa, d'une certaine façon. Il lui répond avec un sourire amer, en se passant la main dans les cheveux.

« Je suis éreinté.

— Je vois, oui.

— On ne sait jamais où on en est, avec elle. Tantôt, elle ne supporte personne autour d'elle, tantôt il ne faut pas la quitter pendant des heures. Elle reste enfermée à la maison plusieurs jours d'affilée, puis disparaît au moment où je m'y attends le moins. Sa foutue liste me rend dingue.

— Tu sais, la guérir serait la seule chose à faire pour elle, mais ça, personne ne le peut.

— Je ne sais pas combien de temps je pourrai encore y arriver tout seul, dit Papa en la regardant intensément. Certains matins, j'arrive à peine à ouvrir les yeux.

— Si je lui crachais dessus ? chuchote Cal en me poussant du coude.

— Ouais. Vise son cendrier. »

Il rassemble sa salive et l'envoie le plus loin qu'il peut mais rate son but. Elle atteint à peine la porte de la cuisine, une grande partie glisse le long de son menton et sur le tapis du couloir.

Je roule des gros yeux et lui fais signe de me suivre : nous remontons dans ma chambre.

« Assieds-toi par terre pour coincer la porte, lui dis-je. Mets tes mains sur tes yeux et ne laisse personne entrer.

— Qu'est-ce que tu vas faire ?

— M'habiller.

— Et après ? »

Je retire mon pyjama, choisis mon plus joli slip et enfile la robe en soie que j'ai achetée dans mon trip shopping avec Cal. Je me frotte les pieds pour effacer les traces d'aiguilles et de piqûres et mets mes sandales à lanières.

« Tu veux voir mon Megazord ? propose Cal. Il faut que tu viennes dans ma chambre parce qu'il défend une ville et, si je le bouge, tous les habitants vont mourir. »

J'attrape mon manteau sur le dossier de la chaise.

« En fait, je suis un peu pressée, maintenant. »

Il écarte légèrement les doigts pour me regarder.

« C'est ta robe d'aventurière, ça !

— Ouais. »

Il se lève en maintenant toujours la porte bloquée.

« Je peux venir avec toi ?

— Non.

— S'il te plaît ! J'en ai marre d'être ici !

— Non. »

Je laisse mon portable parce qu'on peut repérer où vous êtes, avec ce truc-là, et je fourre les papiers de mon tiroir dans ma poche. Je les jetterai quelque part dans une poubelle. Tu vois, Papa, comme les choses disparaissent sous ton nez…

Avant de l'expédier en bas, je soudoie Cal. Qui sait parfaitement combien d'accessoires de magicien on peut s'acheter avec un billet d'une livre et pige très vite qu'il serait rayé de mon testament si jamais il cafardait.

J'attends qu'il soit descendu, avant de lui emboîter lentement le pas. Je marque une pause sur le palier, pas seulement pour reprendre mon souffle, mais pour admirer par la fenêtre l'étendue du gazon, frotter un doigt contre le mur, caresser un barreau de la rampe, sourire aux photos en haut de l'escalier.

À la cuisine, Cal s'est accroupi en face des parents et les regarde tranquillement.

« Tu veux quelque chose ? demande Papa.

— Je veux écouter.

— Désolé, mais c'est une conversation entre grandes personnes.

— Alors je voudrais quelque chose à manger.

— Tu viens d'avaler un demi-paquet de biscuits.

— J'ai du chewing-gum, propose Maman en le sortant de sa poche. Tu en veux ? »

Cal enfourne le chewing-gum dans sa bouche, mâchonne pensivement et finit par dire :

« Quand Tessa sera morte, on pourra partir en vacances ?

— Tu n'as pas honte de dire une chose pareille ! dit Papa, l'air en même temps stupéfait et hargneux.

— Je ne me souviens même pas du voyage en Espagne. C'est la seule fois que j'ai pris l'avion et c'était il y a si longtemps que ça pourrait aussi bien n'être jamais arrivé.

— Ça suffit ! »

Papa se lève mais Maman l'arrête.

« Laisse-le parler ! Tessa est malade depuis très longtemps. Parfois, tu dois te sentir un peu abandonné, Cal. C'est ça ?

— Ouais, répond Cal avec un large sourire. Il y a des matins où je peux à peine ouvrir les yeux. »

Vingt et un

Zoey vient m'ouvrir, les cheveux ébouriffés, dans la même tenue que la dernière fois que je l'ai vue.

« Je t'emmène au bord de la mer ? » dis-je en faisant danser les clefs de la voiture sous ses yeux.

Elle repère par-dessus mon épaule la voiture de Papa.

« Tu es venue jusqu'ici toute seule ?

— Ouais.

— Je croyais que tu ne savais pas conduire !

— Maintenant, je sais. C'est le numéro cinq de ma liste. »

Zoey fronce les sourcils :

« Tu as pris des leçons ?

— En quelque sorte, oui… Je peux entrer ? »

La maison des parents de Zoey est toujours étonnamment impeccable, une vraie photo de catalogue. Ils travaillent tellement tous les deux que j'imagine qu'ils ont rarement l'occasion de mettre du désordre chez eux. Je suis Zoey au salon, m'installe sur le canapé. Elle se campe dans un fauteuil face à moi, bras croisés.

« Donc, ton père t'aurait prêté sa voiture, c'est ça ? Alors que tu n'es pas assurée et que c'est complètement illégal ?

— Il ne sait pas vraiment que je la lui ai empruntée mais je conduis très bien, tu verras. Je pourrais passer mon permis si j'avais l'âge. »

Elle hoche la tête, l'air de se demander comment je peux être si stupide. Elle devrait être fière de moi, pourtant. Je suis partie sans que Papa le remarque. J'ai pensé à regarder dans les rétroviseurs avant de mettre le contact, de débrayer, de passer en première, d'embrayer et d'accélérer. J'ai fait trois fois le tour du pâté de maisons en ne calant que deux fois, mon record absolu jusqu'à présent. J'ai tournicoté un peu dans le quartier et suis même passée en troisième sur la route qui mène chez Zoey. Et maintenant, elle est là à me toiser sévèrement comme si tout ça n'était qu'une formidable erreur.

Je me lève et remonte la fermeture de mon blouson.

« Tu sais quoi ? Je me suis dit que si j'arrivais jusque chez toi sans accident, la seule difficulté, après, serait la route à quatre voies. Il ne m'est pas venu à l'esprit que tu serais une telle emmerdeuse. »

Elle laboure la moquette avec son pied, comme pour gommer quelque chose.

« Désolée. C'est juste que je suis très occupée.

— À faire quoi ?

— Ce n'est pas parce que toi tu es libre que tout le monde l'est, figure-toi ! »

Une sorte de certitude monte en moi tandis que je la regarde : en fait, je ne l'aime pas du tout, c'est clair.

« OK. Laisse tomber. Je continuerai ma liste toute seule. »

Elle se lève, secoue ses stupides cheveux blonds, prend l'air offensée. Ça marche peut-être avec les garçons, son cinéma, mais pas avec moi.

« Je n'ai jamais dit que je ne viendrais pas ! »

Mais elle en a marre de moi, c'est évident. Elle n'a qu'une envie : que je me dépêche de mourir, pour pouvoir poursuivre sa petite vie tranquillement.

« Non, non, reste chez toi ! De toute façon, les choses tournent toujours mal quand tu es dans le secteur.

— Ce n'est pas vrai ! » proteste-t-elle en me suivant dans l'entrée.

Je hausse le ton :

« Si, c'est vrai. Ça tourne mal pour moi, je précise. Tu n'as pas remarqué que c'est toujours moi qui trinque quand ça foire ? Jamais toi ?

— Quand ? Quand est-ce que c'est arrivé ?

— Tout le temps. Je me demande parfois si ce n'est pas pour ça qu'on est amies, pour que tu puisses continuer à jouer le beau rôle.

— Arrête ! Tu ne peux pas cesser de penser à toi ne serait-ce qu'une minute ?

— La ferme ! dis-je, et c'est si jouissif que je le répète.

— Ferme-la toi-même », répond-elle mais, bizarrement, sa voix n'est plus qu'un murmure. Elle s'éloigne un peu, s'arrête comme pour dire quelque chose, y renonce, tout compte fait, et monte l'escalier.

Je ne la suis pas. Je reste un moment dans l'entrée, consciente de l'épaisseur de la moquette sous mes pieds. Du tic-tac de l'horloge. Je compte soixante secondes, vais dans le salon et allume la télévision. Je regarde un cours de jardinage pendant sept minutes. Apprends que, dans un coin ensoleillé, bien exposé au sud, on peut faire pousser des abricots même en Angleterre. Et puis, le ronronnement de la voix idiote du

179

type, ses histoires de pucerons et d'araignées rouges commencent à m'ennuyer. J'envoie un texto à Zoey : **désolée**.

Je vérifie par la fenêtre si la voiture est toujours bien là. Elle l'est. Le ciel s'est assombri, les nuages, couleur de soufre, volent vraiment très bas. Je n'ai jamais conduit sous la pluie, c'est ennuyeux, ça. On était mieux en octobre. Il faisait chaud, comme si la planète avait oublié que c'était le tour de l'automne. Je me rappelle avoir regardé les feuilles tomber par la fenêtre de l'hôpital.

Zoey répond : **moi oci**.

Elle descend me rejoindre au salon. Elle a mis une robe turquoise et un tas de bracelets qui serpentent sur son bras et tintent lorsqu'elle se penche pour m'embrasser. Elle sent bon. Je me penche sur son épaule et elle me pose un baiser sur le sommet du crâne.

Quand je démarre et cale immédiatement, elle éclate de rire. Je repars et, tout en cahotant le long de la rue, je lui raconte que Papa m'a donné cinq leçons mais que, avec lui, je n'y suis jamais arrivée. Je m'emmêlais les pieds, ne parvenais jamais à relever doucement la pédale d'embrayage tout en appuyant aussi délicatement sur l'accélérateur.

« Là ! Tu y es ! criait-il. Tu sens le point critique ? »

Je ne sentais rien du tout, même en enlevant mes chaussures.

On s'est lassés tous les deux. Les séances s'écourtaient chaque fois, et puis on n'a même plus essayé, et ni l'un ni l'autre n'en avons plus jamais parlé.

« Je ne pense pas qu'il s'aperçoive que la voiture a disparu avant le déjeuner. Et quand bien même, que pourrait-il faire ? Tu me l'as dit toi-même l'autre jour : j'échappe aux règles.

— Tu es une véritable héroïne, dit-elle. Tu es fantastique ! »

Et nous rions comme au bon vieux temps. J'avais oublié à quel point j'aime rire avec Zoey. Contrairement à Papa, elle ne critique pas ma façon de conduire. Elle n'est pas affolée quand je passe en troisième ou quand j'oublie de signaler que je tourne à gauche au bout de sa rue. Ma conduite est bien meilleure avec elle à mes côtés.

« Ce n'est pas si mal, il a quand même réussi à t'apprendre quelque chose, ton père.

— J'adore ça. Tu imagines ce que ce serait amusant de se balader dans toute l'Europe ? Tu pourrais prendre une année sabbatique pour venir avec moi.

— Non, je n'ai pas envie, répond-elle en prenant une carte.

— On n'a pas besoin de carte.

— Pourquoi pas ?

— Imagine ça comme un *road movie*.

— Quelle connerie ! » dit-elle, et elle tape du doigt sur le pare-brise.

Une bande de garçons en bécane bloque la route un peu plus loin. Ils ont relevé leur capuche pour fumer à l'abri du vent. Le ciel est d'une couleur vraiment bizarre, il n'y a presque personne d'autre en vue. Je ralentis.

« Qu'est-ce que je fais ?

— Marche arrière, conseille Zoey. Ils ne vont sûrement pas bouger. »

Je descends ma fenêtre :

« Hé ! Vous vous maniez le cul, oui ? »

Ils se retournent nonchalamment, s'écartent paresseusement et sourient quand je leur envoie des baisers au passage. Zoey semble médusée :

« Qu'est-ce qui t'a pris ?

— Rien. Je ne sais pas faire marche arrière, c'est tout. »

Sur la grand-rue, nous sommes bloquées dans les embouteillages et je capte par la fenêtre des bribes de la vie des autres. Un bébé pleure, ficelé sur son siège, un homme pianote d'énervement sur son volant. Une femme se gratte le nez. Un enfant nous fait un signe de la main.

« C'est étonnant, tu ne trouves pas ?

— Quoi ?

— Je suis moi, tu es toi, et tous ces gens sont eux. Nous sommes tous différents mais tous aussi insignifiants.

— Parle pour toi, dis donc !

— C'est vrai. Tu n'y penses jamais en te regardant dans la glace ? Tu ne t'imagines jamais en tête de mort ?

— À vrai dire, non, jamais.

— Je n'ai jamais retenu la table de sept ni la table de huit, je déteste la betterave et le céleri. Toi, tu n'aimes pas ton acné ni tes jambes, et alors ? Quelle importance ça a, finalement, dans le grand schéma de l'existence ?

— Ferme-la, Tessa ! Arrête avec tes idées à la con. »

Je la ferme. Mais dans ma tête, je sais que j'ai une haleine qui sent la menthe de mon dentifrice et que la sienne est aigre parce qu'elle fume. J'ai un cancer. Ses parents à elle vivent ensemble. Quand je me suis levée ce matin, mes draps étaient trempés de sueur. Je suis en train de conduire. C'est mon visage qui se reflète dans le rétroviseur, mon sourire, mes os qu'on va brûler ou enterrer. Ce sera ma mort. Pas celle de Zoey. La mienne. Et pour une fois, y penser n'est pas si douloureux.

Nous ne parlons pas. Elle regarde obstinément par la fenêtre et c'est moi qui conduis. Hors de la ville, sur la route à quatre voies. Le ciel noircit de plus en plus. C'est génial.

Mais finalement, Zoey recommence à râler.

« Ce que tu peux conduire mal ! J'ai mal au cœur. Pourquoi est-ce qu'on n'arrive nulle part ?

— Parce que je ne regarde pas les panneaux de signalisation.

— Et pourquoi ? Je veux aller quelque part, moi !

— OK ! D'accord », dis-je en appuyant à fond sur l'accélérateur.

Zoey s'arc-boute des deux mains au tableau de bord et glapit :

« Ralentis, merde, quoi ! Tu sais à peine conduire ! »

Cinquante. Soixante. Quelle puissance entre mes mains.

« Ralentis ! Il y a eu un coup de tonnerre ! »

La pluie éclabousse le pare-brise, tout paraît flou et brillant à travers le prisme des gouttes sur le verre. On dirait de l'électricité, plus que de l'eau. Je compte silencieusement les secondes qui séparent les éclairs.

« L'orage est à un kilomètre, dis-je à Zoey.

— Range-toi.

— Pour quoi faire ? »

La pluie ruisselle du toit, maintenant, et je ne trouve pas l'essuie-glace. Je cafouille, tripote les lumières, le klaxon, le contact. J'oublie que la voiture est en quatrième, et cale immédiatement.

« Pas ici ! hurle Zoey. Nous sommes sur une route à quatre voies. Tu veux mourir ? »

Je passe au point mort. Je n'ai absolument pas peur. Des vagues de pluie balayent le pare-brise, derrière nous les voitures font des appels de phare, klaxonnent en nous dépassant, mais, très calmement, je regarde dans le rétroviseur, mets le contact, passe en première et démarre. Je déniche même l'essuie-glace, passe en seconde, puis en troisième.

Zoey est verte de peur.

« Tu es cinglée ? Passe-moi le volant !

— Tu n'es pas assurée.

— Toi non plus ! »

L'orage est de plus en plus violent, il n'y a plus aucun décalage entre éclairs et tonnerre. Les autres automobilistes se mettent en code bien qu'on soit en plein jour. Mais moi, je ne sais pas comment on fait.

« S'il te plaît, range-toi ! supplie Zoey. S'il te plaît.

— On est en sécurité, là-dedans. Ça a des pneus de caoutchouc, les voitures.

— Ralentis ! crie-t-elle. On va avoir un accident. Tu n'as jamais entendu parler des distances à respecter ? »

Non. En revanche, j'ai découvert une cinquième vitesse dont j'ignorais même l'existence. Nous roulons nettement plus vite maintenant et le ciel est zébré d'éclairs en zigzag. C'est la première fois que j'en vois d'aussi rapprochés les uns des autres. Quand nous sommes allés en Espagne avec Papa, un soir il y a eu un orage de chaleur sur la mer, on l'a regardé du balcon de notre chambre d'hôtel. Mais il n'avait pas l'air vrai, on aurait dit un spectacle organisé pour touristes. Celui-ci claque juste au-dessus de nos têtes. C'est somptueux.

Pour moi, en tout cas. Zoey, elle, est recroquevillée de trouille sur son siège.

« C'est en métal, une voiture, braille-t-elle. On peut être électrocutées d'une minute à l'autre. Range-toi sur le bas-côté. Arrête-toi. »

Je suis désolée, mais à propos de la foudre, elle a tort.

« Là ! Arrête-toi là, il y a une station-service. Arrête-toi, ou je me jette par la portière. »

Comme j'ai envie de chocolat, j'obtempère. Nous roulons un peu trop vite mais j'arrive à dénicher le frein à main. Après une glissade théâtrale à l'entrée, nous finissons par nous arrêter près des pompes à essence, sous l'éclairage fluorescent des néons. Zoey ferme les yeux. Bizarre, moi, je préférerais tellement être dehors sur la route, les yeux grands ouverts.

« À quoi tu joues ? persifle-t-elle. Tu as failli nous tuer toutes les deux ! »

Elle sort de la voiture, claque la portière et se dirige vers la boutique. J'envisage l'espace d'un instant de partir sans elle mais, avant que j'aie le temps d'y réfléchir vraiment, elle revient et ouvre ma portière. Elle a changé d'odeur, sent l'air frisquet, et retire de sa bouche la mèche de cheveux qu'elle mâchouillait.

« Je n'ai pas d'argent. Il me faut des cigarettes. » Je lui passe mon sac. Je me sens très heureuse, tout à coup.

« Tu peux m'acheter du chocolat pendant que tu y es ?

— Je fume une cigarette, je vais aux toilettes, et quand je reviens, tu me laisses conduire, d'accord ? »

Elle claque la porte et repart. Il pleut à verse et cela m'attendrit de la voir se recroqueviller sous ce déluge et sursauter quand l'orage tonne de nouveau. C'est la première fois que je la vois terrorisée comme ça et j'éprouve un soudain élan d'amour pour elle. Elle ne sait pas affronter la peur. Elle n'a pas l'habitude. Alors que le monde entier pourrait exploser, moi, ça ne m'effraierait pas. Une avalanche au prochain carrefour, une pluie noire, une invasion de sauterelles sortant de la boîte à gants, peu m'importe… Pauvre Zoey. Je la regarde acheter innocemment des bonbons et des cigarettes dans la station-service. D'accord, je vais la laisser conduire. Mais seulement parce que je choisis de le faire. Elle n'a plus de pouvoir sur moi, désormais. Je l'ai dépassée.

Vingt-deux

Quatre heures vingt, la mer est grise. Le ciel aussi, mais un peu plus lumineux et moins mouvementé. La mer, elle, me donne le vertige : ce mouvement sans fin. Ce mouvement que nul n'est capable d'interrompre.

« C'est dingue d'être ici, dit Zoey. Comment ai-je pu me laisser persuader ? »

Nous sommes sur un banc, sur le front de mer. L'endroit est quasi désert. Là-bas très loin sur la plage, un chien aboie devant les vagues. Son maître est le plus petit point que l'on discerne à l'horizon.

« Autrefois, je venais tous les étés ici. Avant que Maman s'en aille. Avant que je sois malade. On allait toujours à l'hôtel Crosskeys. Après le petit déjeuner, on descendait sur la plage et on y passait toute la journée. Toute la journée, tous les jours, pendant quinze jours.

— Ce devait être d'une gaieté, youpi ! dit Zoey qui s'affale sur le banc en resserrant son manteau.

— On ne remontait même pas à l'hôtel pour déjeuner. Papa faisait des sandwiches et, en guise de dessert, il achetait des paquets d'*Angel Delight*[1] qu'il battait avec du lait dans des boîtes Tupperware. Le cliquetis de la fourchette contre les parois du bol paraissait si bizarre au milieu des cris des mouettes et du clapotis des vagues. »

Zoey scrute mon visage d'un long regard appuyé : « Tu n'as pas oublié de prendre un de tes médicaments, aujourd'hui ?

— Non. Viens, je vais te montrer l'hôtel où nous allions. »

Nous marchons le long de la digue. Au-dessous, la plage est couverte de seiches. Elles sont épaisses et toutes balafrées, comme si chaque marée les avait projetées les unes contre les autres. Je plaisante en proposant d'en ramasser et de les vendre à une boutique d'animaux, pour les perruches. Mais c'est quand même étonnant. Je ne me rappelle pas avoir jamais vu cela du temps où nous venions ici.

« Peut-être que ça n'arrive qu'en automne, dit Zoey. Ou alors, c'est à cause de la pollution. Toute cette planète de fous est en train de crever. Estime-toi heureuse d'être sortie de là ! »

Puis elle annonce qu'elle a besoin de faire pipi, descend sur la plage et s'accroupit. Je n'en reviens pas. Il n'y a quasiment personne en vue mais d'habitude elle fait spécialement attention à ce que personne ne la voie. L'urine creuse un petit trou dans le sable, puis disparaît en fumant. Et Zoey a une allure très primitive lorsqu'elle se relève et vient me rejoindre.

1. Dessert en poudre pour enfants.

Côte à côte, nous contemplons la mer, l'assaut des vagues qui déferlent, se brisent et se retirent.

« Je suis contente que tu sois mon amie, Zoey », dis-je en serrant très fort sa main dans la mienne.

Nous longeons le port. Si je lui parlais d'Adam, de la virée en moto, de ce qui s'est passé sur la colline ? Non, c'est trop difficile, et d'ailleurs je n'ai pas vraiment envie d'en parler. Je préfère plonger dans mes souvenirs. Tout m'est si familier, ici, la baraque du marchand de souvenirs, les seaux, les pelles, les tourniquets de cartes postales, les murs blanchis à la chaux du petit salon de thé, et son enseigne, un cornet de glace rose géant qui étincelait au soleil. Je retrouve même d'instinct le raccourci qu'on prenait pour aller du port à l'hôtel.

« Cela paraît différent, dis-je à Zoey. Autrefois, tout était plus grand.

— Mais on est bien au bon endroit ?

— Ouais.

— Parfait, on peut repartir, alors ? »

J'ouvre le portillon, m'engage sur le sentier qui va vers l'hôtel.

« Je me demande s'ils me laisseraient regarder notre chambre.

— Mon Dieu ! » gémit Zoey en se laissant tomber sur le muret pour attendre.

Une dame entre deux âges vient nous ouvrir. Elle est grosse, gentille et porte un tablier. Je ne me souviens pas d'elle. Je lui explique que je venais ici quand j'étais petite, qu'on prenait toujours la même chambre avec les lits d'enfants et qu'on restait quinze jours chaque été.

« Et vous cherchez une chambre pour cette nuit ? »

À dire vrai, cela ne m'avait pas traversé l'esprit mais quelle merveilleuse idée !

« On peut avoir la même ? »

Zoey se lève, m'agrippe par le bras et me force à me retourner :

« Qu'est-ce que tu fous, à la fin ?

— Je prends une chambre.

— Mais je ne peux pas rester ici ! J'ai cours, moi, demain.

— Tu en as toujours, des cours. Et des demain, il t'en reste plein. »

Apparemment c'est assez éloquent pour lui fermer le clapet. Elle retourne s'asseoir sur son mur, et regarde le ciel.

« Excusez-la, madame. »

Mais l'hôtelière, très sympa, ne semble pas soupçonner quoi que ce soit. Peut-être ai-je l'air d'avoir cinquante ans, aujourd'hui, peut-être prend-elle Zoey pour ma fille, une ado insupportable.

« Il y a un lit à baldaquin dans cette chambre, maintenant, mais elle a toujours sa salle de bains séparée.

— Très bien. On la prend. »

Nous la suivons dans l'escalier. Son énorme derrière oscille au rythme de ses pas. Je me demande à quoi ça ressemblerait de l'avoir pour mère.

« Voilà, dit-elle en ouvrant la porte. Vous allez la trouver changée, nous avons complètement renouvelé la décoration. »

En effet. Un très haut lit à baldaquin ancien, tapissé de violet, envahit la pièce.

« Nous avons beaucoup de jeunes mariés en voyage de noces, explique-t-elle.

— Fantastique ! » grogne Zoey.

Je ne reconnais pas la chambre ensoleillée dans laquelle nous nous réveillions tous les matins. Les lits de camp ont disparu, remplacés par une table où sont disposés une bouilloire et un service à thé. Mais il reste la même fenêtre arrondie, les mêmes penderies le long du mur.

« Je vous laisse », dit notre hôtesse.

Zoey enlève ses chaussures et grimpe sur le lit.

« Je te signale que le prix de la nuit est de soixante-dix livres. Tu as assez d'argent ?

— Justement, j'allais vérifier.

— Tu es folle !

— Non, dis-je en montant près d'elle sur le lit. Mais si je t'explique, ça va peut-être te paraître idiot.

— Essaie toujours ! »

Alors je lui raconte notre dernier été ici. Papa et Maman se disputaient de plus en plus. Un beau matin, au petit déjeuner, Maman a refusé de manger : elle en avait marre des saucisses et des tomates en boîte, d'ailleurs ce serait beaucoup moins cher d'aller à Benidorm.

« Eh bien, vas-y ! dit Papa. Tu nous enverras une carte postale de là-bas. »

Maman m'a prise par la main et nous sommes remontées dans la chambre.

« Si on se cachait, m'a-t-elle dit. Ce serait amusant, non ? »

J'étais très excitée. Elle avait abandonné Cal et Papa. C'est moi qu'elle avait choisie.

On s'est cachées dans la penderie.

« Personne ne nous trouvera ici. »

Effectivement, personne ne nous a trouvées, quoique je ne sois pas bien sûre que qui que ce soit nous ait cherchées. On est restées assises là-dedans des heures jusqu'à ce que Maman sorte en rampant pour prendre un crayon dans son sac, rentre dans le placard et écrive soigneusement son nom à l'intérieur de la porte. Puis elle m'a passé le crayon pour que j'en fasse autant.

« Comme ça, a-t-elle dit, même si nous ne revenons jamais, nous resterons là pour toujours. »

Zoey me regarde, incrédule.

« C'est tout. Fin de l'histoire ?

— C'est tout, oui.

— Attends ! Ta mère et toi avez écrit votre nom dans un placard et nous avons fait quatre-vingts kilomètres pour que tu me le racontes ?

— Zoey, nous disparaissons régulièrement. En quelques années, toutes nos cellules sont remplacées par d'autres. Il n'y a pas une parcelle de mon corps qui soit la même qu'à cette époque-là. J'étais quelqu'un d'autre quand j'ai écrit mon nom dans cette penderie, quelqu'un en bonne santé. »

Zoey se redresse, furieuse.

« Ouais ! Et si ta signature est toujours là, tu vas guérir comme par miracle, c'est ça ? Et si elle n'est plus là, hein ? Tu as entendu, la bonne femme t'a dit que cette chambre avait été entièrement refaite. »

Je déteste quand elle braille sur ce ton.

« Regarde pour moi dans la penderie, Zoey, tu veux bien ?

— Non. Tu m'as traînée de force ici alors que je n'avais pas envie de venir. Je m'emmerde. Et maintenant, il faudrait que j'aille regarder dans cette connerie de placard ? Tu es incroyable, quand même !

— Pourquoi es-tu si en colère ?

— Je me tire, dit-elle en descendant du lit. Ça me prend la tête de te voir chercher des signes comme ça, partout, tout le temps. »

Elle ramasse son manteau là où elle l'avait laissé tomber en entrant et le tire d'un coup sec.

« Tu ressasses tes problèmes indéfiniment, comme si tu étais la seule au monde à en avoir. On est tous dans le même bateau, tu sais. On naît, on bouffe, on chie et on meurt. Et voilà. »

Je suis toujours désemparée quand elle hurle comme ça.

« C'est quoi, ton problème, Zoey ?

— C'est à toi qu'il faut poser la question !

— À part celui qui est évident, je n'ai aucun problème.

— Dans ce cas, je vais très bien aussi.

— Non, tu ne vas pas bien. Regarde-toi !

— Regarde-moi quoi ? Qu'est-ce que j'ai ?

— L'air triste. »

Elle chancelle, s'appuie près de la porte.

« Triste ? »

Un terrible silence s'installe. Je remarque un petit accroc dans le papier peint au-dessus de son épaule. Des traces de doigts sales autour de l'interrupteur. Une porte s'ouvre et se ferme quelque part au rez-de-chaussée. Quand Zoey se retourne vers moi, je comprends que la vie est faite d'une succession de moments, chacun marquant une étape vers l'instant final.

Quand elle me répond enfin, c'est d'une voix grave et triste :

« Je suis enceinte.

— Mon Dieu !

— Je ne voulais pas te le dire.

— Tu es sûre ?

— J'ai fait deux tests, répond-elle en s'écroulant sur une chaise près de la porte.

— Tu ne t'es pas trompée ?

— Si le deuxième petit voyant devient rose et reste rose, tu es enceinte. Les deux fois, il est resté rose.

— Mon Dieu !

— Arrête de répéter ça !

— Scott est au courant ?

— Oui. Je n'ai pas pu le trouver, le jour du supermarché, et il n'a pas répondu au téléphone de tout le week-end, alors je suis allée chez lui hier et je l'ai forcé à m'écouter. Il me hait. Tu aurais dû voir l'expression de son visage…

— Qu'est-ce qu'il en pense ?

— Il pense que je suis une conne. Il se demande comment j'ai pu être aussi stupide. Il sort avec quelqu'un d'autre. C'est vrai, elles avaient raison, les deux filles. »

J'ai envie de m'approcher d'elle, de lui caresser l'épaule, de détendre doucement l'arc de son dos, mais je me retiens, elle n'aimerait sans doute pas ça.

« Qu'est-ce que tu vas faire ? »

Elle hausse les épaules mais je devine tout le désarroi que cache ce geste. Elle a l'air d'avoir douze ans. Elle a l'air d'une gamine paumée, traversant les océans seule sur un bateau, sans compas ni provisions.

« Tu peux le garder, Zoey.

— Ce n'est pas drôle.

— Je ne voulais pas être drôle. Garde-le. Pourquoi pas ?

— Je ne vais pas le garder pour te faire plaisir ! »

Ce n'est évidemment pas la première fois qu'elle y réfléchit.

194

« Alors, débarrasse-t'en. »

Elle émet un petit gémissement en appuyant sa tête contre le mur derrière elle et regarde le plafond, l'air désespéré.

« J'en suis à plus de trois mois. Tu crois que c'est trop tard ? Tu crois qu'on m'autorisera à avorter ? dit-elle en essuyant ses larmes avec sa manche. Quelle imbécile je suis ! Comment ai-je pu être aussi conne ? Maman va finir par le découvrir. J'aurais dû aller demander la pilule du lendemain dans une pharmacie. Je voudrais n'avoir jamais rencontré ce type ! »

Je ne sais que répondre. M'écouterait-elle, d'ailleurs ? Elle est à cent lieues d'ici, là, assise sur cette chaise.

« Je voudrais juste qu'il disparaisse, dit-elle, en me regardant droit dans les yeux. Tu me détestes ?

— Non.

— Tu m'en voudras si je fais ce qu'il faut ? »

Ça se pourrait bien…

« Je vais nous préparer une tasse de thé », dis-je.

Il y a des sablés sur une assiette, des petits sachets de sucre et du lait. Elle est vraiment chouette, cette chambre. Je regarde par la fenêtre en attendant que l'eau bouille. Deux garçons jouent au foot sur la digue. Il pleut, ils ont rabattu leur capuche, je me demande comment ils voient la balle. Il y a quelques minutes, nous étions là toutes les deux, Zoey et moi. Je lui tenais la main.

« Il y a des départs de bateaux tous les jours, de ce port. Peut-être qu'ils vont dans de lointains pays chauds.

— Je vais dormir, dit-elle. Tu me réveilleras quand ce sera fini. »

Mais elle ne bouge pas de sa chaise et ne ferme pas les yeux.

Une famille passe sous la fenêtre. Le père pousse un landau, une petite fille en imper rose plastique serre la main de sa mère sous la pluie. Elle est mouillée, gelée peut-être, mais elle sait qu'elle sera bientôt rentrée à la maison. Au sec. Lait chaud. Dessin animé. Biscuit et pyjama plus tôt que d'habitude, peut-être.

Comment peut-elle s'appeler ? Rosie ? Amber ? Elle paraît faite pour porter un nom de couleur. Scarlett[1] ?

Ce n'est pas prémédité. Sans même réfléchir, je traverse la pièce et ouvre la penderie. Surpris, les cintres tintent les uns contre les autres. Une odeur d'humidité me prend à la gorge.

« C'est toujours là ? » demande Zoey.

L'intérieur de la porte est ripoliné de blanc. Entièrement repeint. Je le touche du bout des doigts mais ça ne s'en va pas. C'est si brillant que la chambre semble onduler sur les bords.

Tous les sept ans, nous disparaissons.

« Tu n'aurais pas dû regarder », soupire Zoey.

Je ferme l'armoire, retourne vers la bouilloire.

En versant l'eau, je calcule dans ma tête. Zoey est enceinte de trois mois. Il en faut neuf pour fabriquer un bébé. Donc il naîtra en mai, comme moi. J'aime bien le mois de mai. Il y a deux week-ends prolongés. Des cerisiers en fleur. Des jacinthes des bois. Des tondeuses à gazon. L'odeur grisante de l'herbe fraîchement coupée.

Il y a cent cinquante-quatre jours d'ici mai.

---

1. *Rosie* : rosé ; *Amber* : ambre ; *Scarlett* : écarlate.

Vingt-trois

Cal revient au petit trot du fond du jardin et tend la main :

« Un autre », dit-il.

Maman ouvre la boîte de feux d'artifice posée sur ses genoux, regarde longuement comme si elle choisissait un chocolat, en prend un délicatement et lit l'étiquette avant de le lui tendre :

« Jardin enchanté », annonce-t-elle.

Cal repart au galop vers Papa. Les bords de ses bottes se frottent l'un contre l'autre quand il court. Filtrée par les branches du pommier, la lumière de la lune éclabousse la pelouse.

Maman et moi avons sorti des chaises de la cuisine et sommes assises ensemble près de la porte du jardin. Il fait froid. Les petits jets de vapeur de notre respiration ressemblent à des fumées de cigarettes. L'hiver est arrivé, ça sent la terre humide, comme si la vie s'accroupissait, s'aplatissait au sol pour économiser de l'énergie.

« Tu te rends compte à quel point c'est angoissant quand tu disparais sans dire à personne où tu es ? » demande Maman.

Venant de la plus grande experte en disparition de tous les temps, cela me fait franchement rire. Elle a l'air étonnée, manifestement inconsciente de l'ironie de ses propos.

« Papa m'a dit qu'à ton retour tu avais dormi quarante-huit heures d'affilée.

— J'étais fatiguée.

— Lui était terrifié.

— Et toi ?

— Bien sûr, nous l'étions tous les deux.

— Et voici le Jardin enchanté », prévient Papa.

Un crépitement retentit et un bouquet de fleurs incandescentes s'ouvre sous nos yeux, s'épanouit dans le ciel, retombe et s'éteint dans l'herbe.

« Oh ! s'écrie Maman. C'était ravissant.

— Moi, j'ai trouvé ça ennuyeux, crie Cal en cavalant vers nous.

— Qu'est-ce que tu penserais d'une fusée, alors ? propose-t-elle en ouvrant sa boîte.

— Génial ! » applaudit Cal qui repart à fond de train et fait un tour de jardin enthousiaste en brandissant la fusée avant d'aller la tendre à Papa.

Ensemble, ils la plantent dans le sol. Je pense à l'oiseau, au lapin de Cal, à toutes les créatures mortes dans notre jardin, dont les squelettes se bousculent sous la terre.

« Pourquoi au bord de la mer ? demande Maman.

— J'en rêvais.

— Pourquoi la voiture de Papa ?

— Conduire était sur ma liste.

— Tu sais, tu ne peux pas continuer à faire n'importe quoi uniquement parce que tu en as envie. Pense un peu aux gens qui t'aiment.

« — Qui ?

— Les gens qui t'aiment.

— Attention à la détonation ! prévient Papa. Bouchez-vous les oreilles. »

La fusée éclate en un seul boum, tellement violent que l'explosion ébranle tout mon corps. Les ondes de la déflagration ricochent jusque dans mes veines. Envahissent mon cerveau.

Maman ne m'a jamais dit qu'elle m'aimait. Jamais. Et je ne pense pas qu'elle le fasse un jour. Maintenant, ce serait un manque de tact, ça ressemblerait trop à de la pitié et nous embarrasserait toutes les deux. Parfois, je pense aux rapports sereins que nous devions avoir, elle et moi, avant ma naissance, lorsque j'étais lovée dans le noir, au plus profond d'elle. Parfois. Pas souvent.

Mal à l'aise, elle remue sur sa chaise :

« Tessa, dit-elle sur un ton faussement anodin, est-ce que c'est dans tes projets de tuer quelqu'un ?

— Bien sûr que non !

— Ah bon, dit-elle, manifestement soulagée. Et c'est quoi, le prochain plan de ta liste ?

— Tu veux vraiment savoir ?

— Je veux vraiment savoir.

— OK. Devenir célèbre. »

Maman secoue la tête, consternée, mais Cal, revenu chercher des munitions, trouve ça hilarant.

« Essaie de voir combien de pailles tu peux tenir en même temps dans ta bouche, propose-t-il. Le précédent record est de deux cent cinquante-huit.

— D'accord, je vais y penser.

— Ou tu pourrais te faire tatouer tout le corps comme de la peau de léopard. Ou alors on pourrait te pousser dans ton lit sur l'autoroute. »

Maman le regarde pensivement et lui tend la « Cascade des vingt et un feux ».

Nous les comptons. Ils éclatent avec un léger bruit, explosent en un bouquet d'étoiles et dérivent lentement vers le sol. Je me demande si demain matin il y aura des taches jaune soufre, vermillon ou aigue-marine sur le gazon.

Suit une comète, qui apaise le goût de Cal pour l'action. Papa l'allume et elle file au-dessus du toit, traînant derrière elle une queue phosphorescente.

Maman a acheté des bombes fumigènes. Elles coûtent 3,50 £ pièce. Franchement impressionné, Cal crie le prix à Papa.

« C'est une dépense très exagérée », répond Papa.

Maman brandit deux doigts en V vers lui et il rit si chaleureusement qu'elle en frissonne.

« J'en ai eu deux pour le prix d'une, m'explique-t-elle. Faut bien que ça ait un avantage de tirer un feu d'artifice en plein décembre… »

Les bombes saupoudrent le jardin de fumées vertes. Il y en a partout, comme une invasion de lutins. Cal et Papa reviennent du fond du jardin en crachotant et en riant.

« C'est dingue, toute cette fumée, gémit Papa. On se croirait à Beyrouth.

— Tiens, un Soleil, maintenant, c'est ce que je préfère », dit Maman en le lui tendant.

Et elle se lève pour maintenir le poteau de la haie pendant que Papa enfonce le clou dedans à coups de marteau. Ils plaisantent ensemble.

« Ne me tape pas sur les doigts, dit-elle en lui lançant un coup de coude.

— C'est ce qui va arriver si tu me pousses ! »

Cal vient s'asseoir près de moi et déchire un paquet de cierges magiques.

« Je parie que je serai célèbre avant toi.

— Je parie que non.

— Je vais être le plus jeune à avoir jamais fait partie du Cercle magique.

— Encore faut-il qu'on te le propose.

— On *va* me le proposer. Parce que j'ai du talent. Alors que toi, qu'est-ce que tu sais faire ? T'es même pas fichue de chanter.

— Eh là ! Qu'est-ce que j'entends ? » dit Papa.

Maman soupire :

« Nos deux enfants veulent devenir célèbres.

— Ah bon ?

— La célébrité est le prochain défi de la liste de Tessa. »

Papa s'attendait à tout sauf à cela, ça se lit sur sa figure. Il laisse glisser son marteau et se tourne vers moi :

« Célèbre ?

— Ouais.

— Et comment ?

— Je n'ai pas encore décidé.

— Je pensais que c'était fini, cette histoire de liste.

— Non.

— Après la voiture, et tout ce qui s'est passé...

— Non, Papa. Je n'ai pas fini. »

Je pensais que Papa était capable de n'importe quoi pour moi, qu'il pouvait me sauver de tout. Mais il ne peut pas, ce n'est qu'un homme. Maman l'entoure de son bras et il se penche vers elle.

Je les regarde, tous les deux. Ma mère. Mon père. Son visage à lui est dans l'ombre, ses cheveux à elle auréolés de lumière. Je reste immobile. Près de moi, Cal ne moufte pas.

« Waouh ! » me chuchote-t-il.

La douleur est pire que je n'aurais jamais pu l'imaginer.

Je vais me rincer la bouche dans la cuisine et crache dans l'évier. C'est si visqueux que je dois ouvrir le robinet tout grand pour que la puissance du jet l'évacue. L'évier est froid contre ma peau.

J'éteins la lumière et contemple ma famille par la fenêtre. Debout sur la pelouse, ils sont en train de trier ce qu'il reste de feux d'artifice. Papa les sort un par un, pointe sa torche dessus. Ils choisissent, referment la boîte et vont jusqu'au fond du jardin.

Peut-être suis-je déjà morte. Peut-être que ce sera cela, ni plus ni moins. Les vivants continueront à vivre dans leur univers, à toucher, à marcher. Et moi, prisonnière du néant, je ne cesserai de taper silencieusement sur la vitre qui nous séparera.

Je sors de l'autre côté de la maison, ferme la porte derrière moi et m'assieds sur le perron. À un froissement de broussailles, je devine la fuite furtive de je ne sais quel petit animal nocturne apeuré par mon apparition. Je ne panique pas, ne fais pas un geste. Mes yeux s'habituent à l'obscurité, je discerne la clôture et les buissons qui la bordent. Je vois la rue de l'autre côté de la grille, le pinceau de lumière des réverbères sur les pavés et les voitures parquées dans la rue, les reflets dans les fenêtres des maisons voisines.

Ça sent le kebab et l'oignon frit. Si ma vie était différente, je serais partie zoner avec Zoey. On achèterait des chips. Quelque part à un coin de rue, on lécherait nos doigts pleins de sel en attendant de passer à

202

l'action. Mais non. Je suis ici. Morte sur le pas de la porte.

J'entends Adam avant de le voir, je reconnais le bruit guttural de sa moto. Au fur et à mesure qu'il approche, les ondes sonores font vibrer l'air, danser les arbres. Il s'arrête devant chez lui, coupe le contact et les lumières. Nous replongeons dans le silence et l'obscurité tandis qu'il enlève son casque, l'accroche au guidon et pousse sa bécane à l'intérieur.

Je crois essentiellement à la théorie du chaos. Si nos vœux se réalisaient, mes os ne me feraient pas mal comme s'ils avaient épuisé tout leur espace intérieur. Je n'aurais pas un voile devant les yeux impossible à dissiper.

Pourtant, en regardant Adam remonter l'allée, j'ai l'impression de pouvoir faire un choix. Même si c'est le hasard qui régit l'univers, je me sens le pouvoir de provoquer un changement.

Je me penche sur le muret qui sépare nos petits jardins côté rue. Il est en train de cadenasser sa moto le long de sa maison. Il ne me voit pas. Je m'approche derrière lui, sûre de moi, de mon pouvoir.

« Adam ? »

Il se retourne, surpris.

« Merde ! J'ai cru voir un fantôme ! »

Il se dégage de lui une odeur pure de froid, comme celle d'un animal surgi de l'ombre. Je m'approche un peu plus.

« Qu'est-ce que tu fais ici ? demande-t-il.

— On a décidé d'être amis.

— Heu, oui…, répond-il, troublé.

— Eh bien, je ne veux plus. »

Un espace nous sépare, et dans cet espace il fait noir. J'avance d'un pas, nous sommes si proches l'un de l'autre que nos souffles s'emmêlent. Se confondent.

« Tessa, je sais que c'est un signe, mais je m'en fous.

— Le pire qui puisse arriver, c'est quoi ?

— Que cela fasse mal.

— Ça fait déjà mal. »

Il acquiesce sans mot dire. Le temps paraît s'interrompre, tout s'arrête, et cette minute précise où nous nous regardons, si près l'un de l'autre, cette minute-là n'appartient qu'à nous. Il se penche vers moi, une étrange chaleur m'envahit. J'oublie tous ces tristes visages aperçus derrière toutes ces fenêtres, ces visages qui hantent mes pensées. Il se penche vers moi et je ne sens que la chaleur de son souffle sur ma peau. Nous nous embrassons légèrement. À peine. Incertains. Seules nos lèvres se touchent.

Nous nous reculons pour nous regarder. Quels mots pourraient remplacer ce regard que nous échangeons ? Autour de nous, les ombres de la nuit se rassemblent, nous observent. Toutes ces choses perdues et retrouvées.

« Merde, Tess !

— Ne t'inquiète pas, je ne romprai pas. »

Pour le lui prouver, je le pousse contre le mur de sa maison et l'y maintiens. Et cette fois, il ne s'agit plus de tendresse. Ma langue explore sa bouche, cherche, trouve la sienne. Ses bras m'enlacent, me réchauffent. Sa main maintient mon cou. La mienne descend le long de son dos. Je me presse contre lui, plus près, mais ce n'est pas assez près. Je voudrais grimper à l'intérieur de lui. Vivre en lui. Être lui. Nous ne sommes plus que désir. Je le lèche avidement, picore le bord de ses lèvres.

Je ne m'étais jamais rendu compte que j'étais si affamée.

Il me repousse.

« Merde ! Merde ! » répète-t-il en passant la main dans ses cheveux sombres, humides, qui luisent comme des poils d'animal.

La lumière des réverbères se reflète dans ses yeux.

« Qu'est-ce qui nous arrive ?

— J'ai envie de toi », lui dis-je.

Mon cœur cogne. Je me sens absolument vivante.

Vingt-quatre

Zoey n'aurait pas dû me demander de l'accompagner. Depuis que nous avons franchi la porte, je ne peux pas m'empêcher de compter mentalement. Nous sommes là depuis sept minutes. L'heure de son rendez-vous est dans six minutes. Elle est enceinte depuis quatre-vingt-quinze jours.

J'essaie de penser à des chiffres au hasard mais ils ont tous l'air de se recouper avec quelque chose. Huit : il y a huit étroites fenêtres dans le mur d'en face. Un : l'unique réceptionniste est discrète, elle aussi. Cinq cents : cinq cents livres, c'est le prix que devra payer Scott pour se débarrasser du bébé.

Zoey me sourit nerveusement au-dessus de son magazine.

« Je parie que tu ne peux pas t'offrir ce genre d'endroit avec la Sécurité sociale. »

Jamais. Ici, les sièges sont en cuir, il y a un tas de magazines de luxe empilés sur la grande table basse carrée et il fait si chaud que je dois retirer mon manteau. Je pensais que la salle d'attente serait pleine de filles désespérées, pétrissant leur mouchoir, mais nous sommes seules, Zoey et moi. Pâle, l'air fatiguée, elle s'est tiré les cheveux en queue-de-cheval et porte encore son vieux jogging poché.

« Tu sais de quels symptômes je serai le plus contente d'être débarrassée, dit-elle en les comptant sur ses doigts. D'abord, mes seins sont tout veinés de bleu, on dirait une carte de géographie. Je me sens lourde, même mes doigts sont pesants. Je passe mon temps à vomir. J'ai un mal de tête permanent et les yeux qui piquent.

— Rien de bien ?

— Si. J'ai une nouvelle odeur, dit-elle après un temps de réflexion. Une odeur très agréable. »

Je me penche au-dessus de la table basse pour la renifler. Elle sent le tabac, le parfum, le chewing-gum. Et quelque chose d'autre.

« La fécondité.

— Quoi ?

— Le fait que tu sois fertile.

— C'est ton jules qui t'a appris ça ? » demande-t-elle en me regardant comme si j'étais débile.

Je ne réponds pas, et elle se replonge dans son magazine. Vingt-deux pages de nouveaux gadgets sexy. Comment écrire une lettre d'amour parfaite. Pourrons-nous vraiment un jour voyager dans l'espace ?

« Un jour, j'ai vu un film, l'histoire d'une fille qui meurt. Quand elle arrive au paradis, le bébé mort-né de sa sœur est déjà là et elle prend soin de lui jusqu'à ce qu'ils soient tous réunis. »

Zoey feint de ne pas entendre, tourne une page qu'elle prétend avoir lue.

« Cela pourrait m'arriver, Zoey.

— Ça ne t'arrivera pas.

— Il est si petit, ton bébé, qu'il tiendrait dans ma poche.

— Arrête, Tessa !

— L'autre jour, tu cherchais des vêtements de bébé. »

Zoey s'affale dans son fauteuil, ferme les yeux, laisse tomber les coins de sa bouche, on dirait qu'elle est débranchée.

« S'il te plaît, tais-toi, je t'en prie. Si c'était pour me critiquer, tu aurais mieux fait de ne pas venir. »

Elle a raison. J'y pensais la nuit dernière quand je n'arrivais pas à dormir. De l'autre côté du couloir, le robinet de la douche coulait goutte à goutte et une bestiole – cafard, araignée ? – a traversé le tapis de bain à fond de train.

Je me suis levée et je suis descendue en robe de chambre, avec l'intention de me faire un chocolat chaud ou peut-être de regarder un peu la télévision. Mais quand je suis entrée dans la cuisine, il y avait une souris prise dans un des pièges que Papa met pour les cafards. La seule partie de son corps qui n'était pas engluée sur le carton était une patte arrière qu'elle utilisait comme une pagaie pour tenter de m'échapper. Elle agonisait. Je savais qu'il fallait que je la tue pour abréger ses souffrances mais je ne savais pas comment faire sans lui en causer davantage. Couteau à découper ? Ciseaux. Coup de crayon à l'arrière de sa tête ? Tout ce que j'envisageais était de pures atrocités.

Finalement j'ai récupéré un vieux pot de glace en carton que j'ai rempli d'eau. J'ai trempé la souris dedans et l'ai maintenue sous l'eau avec une cuiller de bois. Avant de ne plus pouvoir respirer, elle m'a regardée, étonnée. Trois minuscules petites bulles se sont échappées, l'une après l'autre.

J'envoie un texto au bébé de Zoey : **Cache-toi**.

« À qui t'envoies un message ?

— À personne.

— Montre ! » dit-elle en se penchant sur la table.

J'efface et lui montre l'écran vierge.

« C'était à Adam ?

— Non. »

Elle me jette un regard noir.

« Tu as pratiquement fait l'amour avec lui dans le jardin et maintenant, tordue comme tu es, tu fais comme si ce n'était pas arrivé.

— Il n'en a rien à foutre.

— Bien sûr que si ! Sa mère est sortie et vous a surpris, c'est tout. Sinon, il t'aurait volontiers baisée.

— C'était il y a quatre jours, Zoey. Si ça l'intéressait, il m'aurait appelée.

— Il est peut-être trop occupé », dit-elle en haussant les épaules.

Nous restons assises en silence autour de ce mensonge. Mes os pointent sous ma peau, j'ai des marbrures rouges sous les yeux et je commence à dégager une odeur bizarre. Adam est probablement encore en train de se rincer la bouche, à l'heure qu'il est…

« L'amour est très mauvais pour toi, de toute façon. J'en suis une preuve vivante. »

Elle claque son magazine sur la table basse et regarde sa montre, excédée.

« Je paie pour quoi, exactement, tu peux me dire ? C'est peut-être une plaisanterie, en fait. Ils prennent ton fric et se contentent de te laisser transpirer en espérant que tu te sentiras si gênée que tu rentreras chez toi. »

Je change de siège pour m'asseoir près d'elle, lui prends la main et la garde entre les miennes. Elle a l'air un peu surprise, mais ne la retire pas.

Les fenêtres sont en verre fumé, on ne voit pas la rue. Quand nous sommes arrivées, il commençait à neiger. Emmitouflés jusqu'aux oreilles, les gens faisaient leurs courses de Noël en grelottant. Ici, les radiateurs nous inondent de chaleur et les haut-parleurs de musique suave. Le monde entier pourrait s'écrouler que nous ne nous en apercevrions pas.

« Quand tout ça sera fini et qu'on sera de nouveau toi et moi, dit Zoey, on reprendra ta liste. Au numéro six. La gloire, c'est ça ? J'ai vu cette femme à la télé l'autre jour, celle qui est en phase terminale d'un cancer et qui a fait un triathlon. Ça t'irait, ça ?

— Elle a un cancer du sein.

— Et alors ?

— Alors, ce n'est pas la même chose.

— Pourquoi ? Courir et pédaler l'ont motivée. Elle a vécu bien plus longtemps que prévu, et elle est vraiment célèbre.

— Je déteste courir ! »

Zoey hoche la tête, l'air de penser que je suis vraiment capricieuse.

« Et pourquoi pas *Big Brother*[1] ? Ils n'ont jamais eu quelqu'un comme toi jusqu'à présent ?

— Ça ne reprend pas avant l'été prochain.

— Et alors ?

---

1. Célèbre émission anglaise de télé-réalité.

— Alors, réfléchis deux minutes… »

C'est à ce moment précis qu'une infirmière sort d'un bureau voisin et se dirige vers nous.

« Zoey Walker ? Si vous voulez bien me suivre…

— Mon amie peut venir avec moi ? demande Zoey en me faisant signe de me lever.

— Je suis désolée, mais il vaut mieux qu'elle attende ici. Il ne s'agit que d'un entretien, aujourd'hui, et ce n'est pas le genre de discussion qu'il est facile d'avoir en présence d'une amie. »

Elle a l'air très sûre de ce qu'elle affirme, et Zoey guère en mesure de lui résister. Elle me tend son manteau et suit l'infirmière. La porte du bureau se ferme derrière elle.

Je me sens solide. Pas petite, grande au contraire, combative, vivante. C'est tellement palpable, être ou ne pas être. Bientôt, je ne serai plus. Le bébé de Zoey est là. Son pouls bat. Bientôt, il ne sera plus. Et quand Zoey sortira de cette pièce, en ayant apposé sa signature sur la ligne en pointillé, elle sera différente. Elle aura compris ce que je sais déjà, l'omniprésence de la mort dans nos vies.

Et cela vous laisse un goût de métal entre les dents.

Vingt-cinq

« Où est-ce qu'on va ? »

Papa quitte son volant d'une main pour me caresser le genou.

« Chaque chose en son temps.

— Est-ce que cela va être intimidant ?

— J'espère que non.

— Est-ce que nous allons rencontrer quelqu'un de célèbre ? »

Il a l'air soudain inquiet.

« C'est ça que tu voulais dire, dans ta liste ?

— Pas vraiment, non. »

Nous traversons la ville sans qu'il lâche le morceau. Nous dépassons la zone de HLM, prenons le périphérique, et je ne devine toujours pas. On joue aux devinettes, je pose n'importe quelle question au hasard, ce qui le fait rire. J'aime bien le faire rire, c'est si rare.

« Atterrissage sur la Lune ?

— Non.

— Star Academy ?

— Avec ta voix de diva ? »

213

Je téléphone à Zoey pour lui demander si elle veut m'aider à deviner mais elle est obnubilée par son problème.

« Il faut que je sois accompagnée d'un adulte responsable. À qui je vais bien pouvoir demander ?

— Je viendrai, moi.

— Non, ils veulent dire un vrai adulte. Comme un parent, quoi.

— Ils ne peuvent pas te forcer à en parler à tes parents.

— Quelle saloperie, ce truc ! Je pensais qu'ils me donneraient une pilule et que ça partirait tout seul. Pourquoi j'ai besoin de cette foutue opération ? C'est pas plus grand qu'un petit pois. »

Là, elle se trompe. Hier soir, je me suis plongée dans *Le Livre de la Médecine familiale* du *Reader's Digest*. Je voulais savoir, justement, la dimension des futurs bébés à la seizième semaine. Et j'ai découvert qu'ils avaient à peu près la taille d'une fleur de pissenlit. Du coup, j'ai lu plein d'autres choses. Sur le *colostrum* et le *prurigo strophulus*, par exemple. Ou sur ces charmantes maladies qu'on se refile en société ou en famille, comme l'eczéma, l'angine ou le croup.

« Tu es toujours là ?

— Oui.

— Bon, je te laisse. J'ai des sortes de remontées acides dans la gorge et la bouche. »

C'est une indigestion. Elle devrait se masser le côlon et boire du lait. Ça passera. Tous les symptômes de Zoey disparaîtront, quelle que soit sa décision à propos du bébé. Mais je ne lui dis pas. J'éteins mon portable et me concentre sur la route devant moi.

« Elle est vraiment sotte, cette fille, dit Papa. Plus elle attend, plus ce sera difficile. Mettre fin à une grossesse, ce n'est pas comme jeter des ordures à la poubelle.

— Elle le sait très bien, Papa. De toute façon, tu n'as pas à t'en mêler, ce n'est pas ta fille.

— Non, ce n'est pas ma fille », admet-il.

J'écris un texto à Adam : **kesketudevi 1 ?** Et puis je l'efface.

Il y a six jours, sa mère pleurait, debout sur le seuil de leur porte. Le feu d'artifice la terrorisait, disait-elle. Pourquoi l'avait-il abandonnée en cette nuit de fin du monde ?

« Donne-moi ton numéro de portable, m'a-t-il chuchoté. Je t'appellerai. »

Nous avons échangé nos numéros. C'était très érotique. J'ai pris cela pour une promesse.

« La célébrité, dit Papa. Qu'est-ce que c'est que la célébrité, hein ? »

Shakespeare, je dirais. Je me souviens, à l'école, sur tous les exemplaires de ses œuvres, il y avait le même portrait de lui, avec sa barbichette et sa plume à la main. Il a inventé des tonnes de mots nouveaux et, des centaines d'années plus tard, tout le monde sait encore qui il est. À son époque, il n'y avait ni voitures, ni avions, ni fusils, ni bombes, ni pollution. Ni stylos. C'était la reine Élisabeth Ire qui était sur le trône à ce moment-là. Elle aussi était célèbre, pas seulement parce que c'était la fille d'Henri VIII, mais à cause des pommes de terre, de l'Armada, du tabac. Et parce qu'elle était très intelligente.

Et puis il y a Marilyn, aussi. Ou Elvis. Même des icônes modernes comme Madonna resteront dans les mémoires. Maintenant que les Take That refont des tournées, les places sont toutes vendues en quelques secondes. Ils ont des poches sous les yeux et Robbie ne chante même plus mais les gens en redemandent toujours. C'est ça, la gloire, pour moi. Quand je mourrai, je voudrais que tout le monde arrête ce qu'il est en train de faire et se déplace en personne pour venir me dire au revoir. Qu'est-ce que ça peut être d'autre ?

« Et pour toi, Papa, c'est quoi, la célébrité ?

— Laisser quelque chose de soi derrière soi, je dirais », répond-il après un temps de réflexion.

Je pense à Zoey et à son bébé. Qui grandit. Grandit.

« OK, nous voilà arrivés », annonce Papa.

Arrivés où ? Je me demande. Ça ressemble à une bibliothèque, un de ces grands bâtiments fonctionnels, cubiques, pleins de fenêtres, avec un parking et des places réservées à la direction. Nous nous garons dans une allée désaffectée.

La femme qui répond à l'interphone demande qui nous venons voir. Papa murmure un nom mais elle n'entend pas et il doit répéter :

« Richard Green, redit-il en me lançant un coup d'œil.

— Richard Green ?

— Un chef comptable avec lequel je travaillais le connaît, m'explique-t-il, pas mécontent de son petit effet.

— Et quel rapport avec moi… ?

— Il veut t'interviewer. »

Je m'immobilise sur la marche.

« Une interview ? À la radio ? Mais tout le monde va m'entendre !

— C'est plus ou moins l'idée, non ?

— À propos de quoi veut-il m'interviewer ? »

Et là, Papa se met à rougir. Peut-être parce qu'il est en train de comprendre que c'est la pire idée qu'il ait jamais eue, vu que la seule caractéristique qui me rende extraordinaire est ma leucémie. Si je n'étais pas malade, je serais en classe, ou je ferais l'école buissonnière. Je serais peut-être chez Zoey, en train de lui chercher des Rennies dans l'armoire à pharmacie. Je serais peut-être couchée dans les bras d'Adam.

L'hôtesse fait comme si tout allait bien. Elle nous demande nos noms, nous donne un badge que nous épinglons docilement sur nos manteaux, et nous annonce que la productrice sera à nous dans quelques minutes.

« Asseyez-vous, nous dit-elle en nous montrant une rangée de chaises de l'autre côté du hall.

— Tu n'es pas obligée de parler, me chuchote Papa. J'irai tout seul, si tu préfères, tu n'auras qu'à m'attendre ici.

— Et toi, qu'est-ce que tu leur raconteras ?

— Le peu de services qu'il y a pour enfants cancéreux, le manque de moyens des médecines parallèles, le prix de ton régime alimentaire qui n'est pas pris en charge par la Sécurité sociale… Oh, j'ai de quoi parler des heures sur ce foutu sujet. Je suis un spécialiste.

— De la collecte de fonds, en quelque sorte ? Mais moi je ne veux pas devenir célèbre en ramassant un peu de fric, je veux être célèbre en étant étonnante. Devenir une icône. Une idole. Tu vois ce que je veux dire ?

— Et comment s'y prendrait-on, concrètement parlant ? » dit Papa en se tournant vers moi, les yeux brillants de larmes.

Derrière nous, un distributeur à eau fait des bulles en glougloutant. Je me sens mal. Je pense à Zoey, à son bébé qui a déjà des ongles bien formés, de tout petits, petits ongles.

« Tu veux que je demande à l'hôtesse d'annuler ? propose Papa. Je ne veux pas que tu dises que je t'ai forcée. »

J'ai un tout petit peu pitié de lui en le voyant racler ses chaussures par terre comme un écolier. Il y a un tel fossé d'incompréhension entre nous.

« Non, Papa. Tu n'as pas à décommander.

— Tu vas entrer dans le studio, alors ?

— Oui.

— Formidable, Tess », dit-il en étreignant ma main.

Une femme monte l'escalier, se dirige vers nous et serre chaleureusement la main de Papa.

« Nous nous sommes parlé au téléphone.

— Oui.

— Et vous devez être Tessa ?

— Je suis Tessa. »

Elle me tend la main mais je ne la serre pas, faisant semblant de ne pas pouvoir bouger les bras. Elle pensera peut-être que c'est dû à ma maladie. D'un air chagrin, elle détaille mon manteau, mon écharpe et mon chapeau. Peut-être sait-elle qu'il ne fait pas si froid que ça dehors.

« Il n'y a pas d'ascenseur, dit-elle. Ça va aller, l'escalier ?

— Très bien, dit Papa.

— Richard vous attend avec une telle impatience », minaude-t-elle, soulagée.

Elle flirte avec Papa tandis que nous descendons au studio et je ne peux pas m'empêcher de penser que l'attitude protectrice un peu lasse de Papa à mon égard doit attirer les femmes. Leur donner envie de venir à son secours. De le sauver de moi. De toute cette souffrance.

« L'interview sera en direct », dit-elle en baissant la voix car nous arrivons à la porte du studio. Vous voyez cette lumière rouge ? Cela veut dire que Richard est à l'antenne et que nous ne pouvons pas entrer. Dans une minute, il lancera une musique d'enchaînement et la lumière passera au vert. »

À son ton, on sent que nous sommes supposés être impressionnés. Alors je lui demande :

« Quel est l'angle de Richard ? Le total mélo pauvre petite fille mourante, ou bien a-t-il prévu quelque chose d'original ?

— Pardon ? »

Son sourire se crispe, elle lance un regard inquiet vers Papa. Est-elle au moins capable de flairer qu'il y a de l'hostilité dans l'air ? Papa intervient rapidement.

« Les services pour adolescents atteints de cancer sont trop rares dans les hôpitaux. Si nous pouvions au moins attirer l'attention sur ce point, ce serait formidable. »

La lumière rouge passe au vert.

« C'est à vous, annonce-t-elle en ouvrant la porte. Tessa Scott et son père ! »

On dirait un aboyeur introduisant des invités à une soirée, un bal. Mais Richard Green n'a rien d'un prince charmant. Il empeste le tabac, se soulève vaguement de sa chaise pour nous tendre une main grassouillette et terriblement moite, se rassied en soufflant comme un phoque, agite ses papiers.

« Asseyez-vous, dit-il. Je commencerai par vous présenter et on lance tout de suite le sujet. »

Autrefois je regardais Richard Green quand il présentait le journal régional à l'heure du déjeuner. Il faisait fantasmer une des infirmières de l'hôpital. Maintenant, je comprends pourquoi on l'a relégué à la radio.

« OK, dit-il. On y va. Soyez aussi naturels que possible. Que ce soit détendu. »

Puis il se tourne vers le micro :

« Et maintenant, je suis très honoré d'accueillir dans ce studio notre nouvelle invitée, une courageuse jeune fille nommée Tessa Scott. »

Mon cœur accélère quand il prononce mon nom. Est-ce qu'Adam va l'entendre ? Ou Zoey ? Elle est peut-être allongée sur son lit, avec la radio. Nauséeuse. À moitié endormie.

« Tessa est atteinte de leucémie, et elle est venue aujourd'hui, accompagnée de son père, nous parler de l'expérience qu'elle vit depuis quatre ans. »

Papa se penche en avant, comme s'il était prêt à intervenir. C'est donc à lui que Richard pose la première question :

« Parlez-nous du moment où vous vous êtes aperçu que Tessa était malade, monsieur. »

Papa démarre sur son terrain favori. Il décrit cette sorte de rhume interminable, qui a duré des semaines sans que notre médecin généraliste en comprenne la cause tant la leucémie est une maladie rare.

« Puis nous avons remarqué que Tessa avait des contusions, des bleus dans le dos, dus à la diminution de son nombre de plaquettes. »

Mon père, ce héros. Il raconte qu'il a dû abandonner son métier de conseiller financier, comment notre vie a alors sombré dans les méandres des services hospitaliers et des traitements.

« Le cancer n'est pas une maladie localisée, poursuit-il. Il atteint le corps tout entier. Quand Tessa a décidé d'arrêter les traitements les plus agressifs, nous avons mis en place un mode de vie holistique, à la maison. Elle suit un régime spécial. C'est extrêmement coûteux, mais je suis absolument persuadé que ce n'est pas la nourriture dans notre vie qui nous apporte la santé, c'est la vie dans notre nourriture qui est vraiment importante. »

Je suis étonnée. Qu'est-ce qu'il cherche, là ? Que les gens décrochent leur téléphone et promettent de l'argent pour les légumes bio ?

L'air grave, Richard se tourne vers moi :

« Vous avez décidé d'arrêter tout traitement, Tessa. Ce doit être une décision très difficile à prendre quand on a seize ans.

— Pas vraiment », dis-je, la gorge sèche.

Il m'encourage à poursuivre d'un signe de tête. Je regarde Papa, qui me lance un clin d'œil.

« La chimio prolonge la durée de vie, dis-je. Mais on se sent terriblement mal. Le traitement qu'on m'administrait était très lourd, et je savais que si j'arrêtais, je pourrais faire bien plus de choses.

— Votre père dit que vous voulez devenir célèbre. C'est pour cela que vous êtes venue à la radio aujourd'hui ? Pour décrocher votre quart d'heure de gloire ? »

Il me fait passer pour une de ces malheureuses gamines qui mettent une annonce dans le journal local parce qu'elles aimeraient être demoiselles d'honneur et ne connaissent personne qui se marie. Il me fait passer pour une pauvre conne. Je respire un grand coup.

« J'ai dressé une liste de choses que je veux accomplir avant de mourir. Devenir célèbre fait partie de ma liste. »

L'œil de Richard s'allume. Il est journaliste et sait reconnaître un bon sujet.

« Votre père ne m'a pas parlé de cette liste.

— Parce que la plupart de mes objectifs sont illégaux. »

Alors qu'il s'endormait quasiment en écoutant Papa, il dresse l'oreille, tendu sur le bord de sa chaise :

« Ah bon ? Comme quoi, par exemple ?

— Par exemple, j'ai piqué la voiture de Papa et je suis partie me balader toute une journée alors que je n'ai pas mon permis. Je n'ai même pas passé l'examen.

— Oh oh ! Attention à votre prime d'assurance, monsieur Scott ! »

Il pousse Papa du coude pour bien lui montrer qu'il plaisante mais Papa est complètement déstabilisé. Je me sens si coupable que je détourne les yeux.

« Un jour, je me suis promis de dire oui à tout ce qu'on me suggérait.

— Et qu'est-ce qui s'est passé ?

— J'ai fini au fond d'une rivière.

— Il y a une pub comme ça qui passe à la télé, dit Richard. C'est ça qui vous a donné l'idée ?

— Non.

— Elle a failli se rompre le cou en montant à l'arrière d'une moto », raconte Papa pour nous ramener sur un terrain moins miné.

Mais c'est lui qui a eu cette idée d'interview, il est piégé maintenant.

« J'ai failli me faire arrêter pour fauche dans un magasin. Je voulais enfreindre la loi autant de fois que possible en une seule journée. »

Richard commence à donner des signes de nervosité, maintenant.

« Et puis il y a eu le sexe.

— Ah.

— Et la drogue.

— Et le rock'n'roll ! enchaîne Richard en reprenant l'antenne d'un ton enjoué. Généralement, les gens qui apprennent qu'ils sont atteints d'une maladie mortelle ont plutôt tendance à mettre de l'ordre dans leurs affaires, à mener à bien ce qu'ils ont entrepris. Je pense, chers auditeurs, que vous serez d'accord avec moi : voici une jeune personne qui prend la vie par les cornes ! »

À partir de là, on nous pousse prestement dehors. Je m'attends à ce que Papa me passe un savon, mais non. Nous remontons lentement l'escalier. Je suis épuisée.

« Les auditeurs enverront peut-être de l'argent. C'est déjà arrivé. Des gens qui voudront t'aider », dit Papa.

La pièce de Shakespeare que je préfère est *Macbeth*. Quand il tue le roi, d'étranges phénomènes se produisent à travers tout le royaume. Les chouettes ululent, les grillons pleurent. L'eau des océans ne suffit pas à laver tout ce sang.

« Si on recevait assez d'argent, on pourrait aller dans ce centre de recherche aux États-Unis.

— L'argent ne sert à rien dans mon cas, Papa.

— Bien sûr que si ! Nous n'avons pas les moyens de faire ce voyage sans aide, mais ces chercheurs américains obtiennent un certain succès avec leur programme de reconstruction des défenses immunitaires. »

Je m'accroche à la rampe. C'est une rampe en plastique, brillante et douce au toucher.

« J'aimerais que tu arrêtes, Papa.

— Que j'arrête quoi ?

— De faire comme si j'allais guérir. »

Vingt-six

Papa passe son plumeau sur la table basse, le dessus de la cheminée, les quatre appuis de fenêtre. Il ouvre plus grand les rideaux et allume deux lampes. Comme pour interdire à l'obscurité d'entrer.

Assise à côté de moi sur le divan, Maman redécouvre avec étonnement ce qui lui était familier :

« J'avais oublié, dit-elle.

— Quoi ?

— Cette façon que tu as de t'agiter.

— C'est un reproche ? » demande-t-il, l'air soupçonneux.

Elle lui prend le plumeau des mains et lui tend en échange le verre de sherry qu'elle n'a cessé de remplir et de vider à petites lampées depuis le petit déjeuner.

« Tiens ! Tu as du retard à rattraper. »

Je crois qu'elle s'est réveillée éméchée. En tout cas, elle s'est réveillée dans le lit de Papa. Cal m'a traînée sur le palier pour que je le constate.

« Numéro sept ! lui ai-je dit.

— De quoi tu parles ?

— De ma liste. Mon numéro sept, c'était d'abord : faire le tour du monde, et puis finalement j'ai changé

225

contre rabibocher Papa et Maman pour qu'ils revivent ensemble. »

Il m'a décoché un large sourire pour me féliciter de cet exploit, mais en réalité les parents n'ont eu aucun besoin de moi...

Nous avons ouvert nos cadeaux par terre dans leur chambre, eux nous regardant paresseusement du haut de leur lit. On avait l'impression de remonter loin, très loin dans le temps.

Papa s'affaire à présent autour de la table, ajuste les couverts et les sets de table. Il a décoré la table de diablotins, de petits bonshommes de neige en coton hydrophile, et plié des serviettes en papier en lys origami.

« Je leur ai dit de venir à une heure, dit-il.

— Je me demande bien pourquoi tu les as invités, ronchonne Cal derrière son recueil annuel de *Beano*[1]. Ils sont bizarres, ces gens !

— Chut ! dit Maman. Et l'esprit de Noël ?

— Noël mon cul, marmonne-t-il, et il se roule sur le tapis en la regardant mélancoliquement. J'aurais aimé qu'on soit juste tous les quatre. »

Maman le taquine du bout du pied mais il ne sourit pas. Alors elle le menace avec le plumeau.

« Je vais t'épousseter, moi !

— Essaie un peu, tiens ! »

Il se lève d'un bond en riant et se précipite à l'autre bout de la pièce vers Papa. Maman le poursuit mais

---

1. Bande dessinée anglaise qui paraît toutes les semaines depuis 1938.

Papa s'interpose et feint de l'empêcher de passer comme dans un combat de karaté.

« Vous allez finir par casser quelque chose », leur dis-je, mais personne ne m'écoute.

Maman passe le plumeau entre les jambes de Papa et le secoue. Il le lui arrache, le pointe sur son estomac et la pourchasse ainsi autour de la table.

C'est fou ce que ça peut m'énerver, bizarrement ! Je souhaitais qu'ils revivent ensemble mais je n'avais pas vraiment imaginé ça comme ça. Je m'attendais à quelque chose de plus profond entre eux.

Ils chahutent tellement que nous n'entendons pas la sonnette. Quelqu'un frappe à la fenêtre.

« Oups ! Nos invités sont là ! » dit Maman en allant leur ouvrir d'un pas léger.

Papa, toujours souriant, remonte son pantalon. Cal et lui la suivent dans l'entrée.

Moi, je reste là où je suis, sur le divan. Je croise les jambes, les décroise. Feuillette distraitement le programme de télévision.

« Regarde qui est là », dit Maman en introduisant Adam dans le salon.

Il porte une chemise à col à boutons et un chino à la place de son jean habituel. Et il s'est coiffé.

« Joyeux Noël !

— À toi aussi.

— Je t'ai apporté une carte de vœux. »

Maman me lance un clin d'œil.

« Bon, eh bien, je vous laisse tous les deux », dit-elle sans grande subtilité.

Adam s'assied sur un bras de fauteuil en face de moi et me regarde lire sa carte. L'image est un renne de dessin animé avec des guirlandes de houx autour de la ramure. À l'intérieur, il a écrit : « Passe une bonne année ! »

Sans le moindre baiser.

Je la pose sur la table basse entre nous et nous la regardons tous les deux. Quelque chose me fait mal. Une douleur insidieuse et tenace, que rien ne semble pouvoir stopper. Je me lance :

« À propos de l'autre soir…

— Quoi, l'autre soir ? demande-t-il en se laissant glisser au fond du fauteuil.

— Tu ne crois pas qu'on devrait en parler ? »

Il hésite, comme si c'était une question piège :

« Peut-être.

— J'ai l'impression de t'avoir choqué. J'ai raison ? »

J'ose le regarder mais, avant qu'il ait le temps de répondre, la porte s'ouvre brusquement et Cal surgit comme une bombe.

« Des quilles de jongleur ! Mais comment savais-tu que j'en avais envie, dit-il en se plantant devant Adam, l'air émerveillé. C'est trop cool ! Regarde, je sais déjà presque m'en servir. »

Ce n'est pas vraiment le cas. Les quilles de bois s'éparpillent dans toute la pièce. Adam rit, les ramasse et se lance dans une démonstration. Il est étonnamment adroit, et les rattrape dix-sept fois de suite avant qu'elles lui échappent.

« Tu crois que tu pourrais faire la même chose avec des couteaux ? demande Cal. Un jour, j'ai vu un type qui jonglait avec trois couteaux et une pomme. Il épluchait la pomme et la mangeait tout en jonglant. Tu crois que tu pourrais m'apprendre avant que j'aie douze ans ?

— Je peux t'aider à t'exercer. »

Ils ont l'air tellement à l'aise en rassemblant les quilles entre eux. Cela leur semble si naturel de faire des projets.

La mère d'Adam entre et vient s'asseoir près de moi sur le divan. Nous nous serrons la main, ce qui est un peu bizarre. Elle a de petites mains sèches, et paraît fatiguée comme si elle revenait d'un long voyage.

« Je m'appelle Sally, dit-elle. Nous avons un cadeau pour vous aussi. »

Elle me tend un sac en plastique dans lequel il y a une boîte de chocolats qui n'est même pas emballée. Je la pose sur mes genoux.

Cal lui tend ses quilles de jongleur.

« Vous voulez essayer ? »

L'air perplexe, elle se lève quand même.

« Je vais vous montrer comment faire », lui dit Cal.

Adam vient prendre la place de sa mère, se penche tout contre moi et me dit en souriant :

« Non, je ne suis pas choqué. »

Je lui rends son sourire. J'ai envie de le toucher mais j'en suis empêchée par l'arrivée de Papa, une bouteille de sherry dans une main, le couteau à découper dans l'autre. Le déjeuner est prêt, annonce-t-il.

Il y a des montagnes de nourriture. Papa a préparé de la dinde, de la purée, des pommes de terre sautées, cinq légumes différents, de la farce et de la sauce. En fond musical, nous avons droit à son CD de Bing Crosby, des chansons vieillottes qui parlent de neige et de traîneaux à clochettes.

Je pensais que les adultes discuteraient ensemble d'hypothèque ou autres sujets assommants. Mais comme Papa et Maman, légèrement pompettes, se taquinent gentiment, ce n'est pas du tout guindé.

Même Sally ne peut pas s'empêcher de sourire quand Maman raconte que ses parents trouvaient Papa trop classe ouvrière et lui interdisaient de le voir. Elle parle d'écoles privées, de bal des débutantes, et du poney de sa sœur qu'elle lui piquait souvent pour traverser la ville la nuit et aller rendre visite à Papa dans sa cité HLM. Ce souvenir fait rire Papa.

« Oh, ce n'était qu'une petite ville mais c'est vrai que nous habitions chacun à une extrémité. Ce pauvre poney était tellement crevé qu'il n'a plus jamais gagné de gymkhana de sa vie. »

Maman remplit le verre de vin de Sally. Cal nous gratifie d'un tour de passe-passe avec le couteau à beurre et sa serviette. Ses manipulations sont encore maladroites mais Sally le regarde quand même avec un certain respect. Peut-être les euphorisants qu'elle prend lui permettent-ils d'entrevoir une autre dimension de la réalité.

« Tu connais d'autres numéros ? demande-t-elle.

— Plein ! répond Cal au comble du bonheur. Je vous montrerai après le déjeuner. »

Adam est assis en face de moi. Mon pied touche le sien sous la table. Tout mon être ressent intensément ce contact entre nous. Je le regarde manger. Quand il boit une gorgée de vin, j'imagine le goût qu'auraient ses baisers.

« Montons, lui disent mes yeux. Montons tout de suite. Échappons-nous. »

Comment réagiraient-ils ? Que pourraient-ils faire de toute façon ? Nous, on se déshabillerait et puis on se glisserait dans mon lit.

« Oh, les diablotins ! dit Maman. On a oublié de tirer les diablotins ! »

Nous croisons les bras pour former la chaîne tradi-
tionnelle tout autour de la table. Et quand nous tirons,
jaillit une explosion de chapeaux, de blagues et de jou-
joux en plastique.

Cal lit son histoire drôle à voix haute : « *Batman et
Robin sont passés sous un rouleau compresseur : comment
les appelle-t-on maintenant ?* » Personne ne devine.
« *Platman et Ruban !* » hurle-t-il.

Tout le monde rit, sauf Sally. Peut-être pense-t-elle
à son mari mort écrasé. La blague que j'ai tirée, moi,
n'est qu'un jeu de mots idiot, l'histoire d'un type qui
va boire un coup au bar et en ressort avec un coup de
barre. Celle d'Adam n'est même pas une plaisanterie,
une simple constatation : si l'univers était apparu
aujourd'hui, toute l'histoire du monde connue se résu-
merait aux dix dernières secondes.

« C'est vrai, dit Cal. Les humains sont vraiment insignifiants par rapport au système solaire.

— Je devrais essayer de trouver un job dans une
usine de diablotins, dit Maman. Vous imaginez ce que
ce doit être amusant d'inventer des histoires drôles
toute l'année ?

— Dans ce cas-là, moi, je pourrais charger les
pétards », dit Papa en lui faisant un clin d'œil.

Ils ont vraiment beaucoup trop bu, tous les deux.

« Est-ce que je lis la mienne ? » demande Sally en se
tapotant les cheveux.

Tout le monde se tait pour l'écouter raconter, le
regard mélancolique :

« *Un citron et une vache font un hold-up. Le citron
dit :*

Pas un zeste, je suis pressé !

La vache :

Que personne ne bouse ! »

Cal explose de rire, se laisse tomber de sa chaise et gigote les jambes en l'air. Enchantée de son succès, Sally relit sa blague. C'*est* drôle. Le rire démarre en vague dans mon ventre et remonte jusqu'à ma gorge. Sally pouffe à son tour, émet un gloussement bruyant qui la surprend elle-même. La voir rire est contagieux : Maman, Papa et Adam s'esclaffent à leur tour. Quel soulagement ! Quel sacré soulagement. Je ne me souviens même pas de la dernière fois que j'ai eu un fou rire. J'en pleure. Adam me tend sa serviette à travers la table en voyant les larmes rouler sur mes joues.

« Tiens », dit-il, et ses doigts effleurent les miens.

Je m'essuie les yeux. Montons, montons dans ma chambre. Je voudrais que mes mains parcourent ton corps. Je le pense si intensément que je m'apprête à dire à voix haute : « J'ai un cadeau pour toi, Adam, mais il est dans ma chambre, il faut que tu montes pour le voir », lorsque quelqu'un tape au carreau.

C'est Zoey, le visage appuyé contre la fenêtre, comme Marie dans l'histoire de Noël. Elle n'était pas censée arriver avant l'heure du thé, et ses parents devaient l'accompagner.

Une bouffée de froid entre avec elle. En tapant des pieds sur la moquette, elle lance :

« Joyeux Noël, tout le monde !

— Bon Noël à toi », répond Papa en levant son verre vers elle.

Maman se lève pour aller l'embrasser.

« Merci », dit Zoey, et elle fond en larmes.

Maman va chercher une chaise et des mouchoirs. Deux *mince pies*[1] et une large portion de *brandy butter*[2] apparaissent comme par magie. Dans son état, Zoey ferait mieux de ne pas prendre d'alcool mais peut-être que le cognac ne compte pas s'il est mélangé à du beurre. Elle renifle et dit :

« Quand j'ai regardé par la fenêtre, j'ai eu l'impression de voir une publicité. J'ai failli repartir.

— Qu'est-ce qui se passe, Zoey ? » demande Papa.

Elle enfourne une bouchée de *pie* arrosée de *brandy butter*, mâche rapidement et avale.

« Que voulez-vous savoir ?

— Ce que tu as envie de nous dire.

— Eh bien, j'ai le nez bouché et je me sens la pire des nulles, voilà. C'est ça que vous voulez savoir ?

— C'est parce que ton taux d'HCG a augmenté, lui dis-je. L'hormone de la grossesse. »

Silence. Un ange passe. Tout le monde me regarde.

« Je l'ai lu dans le *Reader's Digest*. »

Je me demande si je n'aurais pas mieux fait de me taire. J'ai oublié que Cal, Adam et Sally ignorent que Zoey est enceinte. Mais aucun d'entre eux ne relève, et Zoey elle-même a l'air de s'en ficher pas mal. Elle se contente d'ingurgiter une seconde bouchée de *mince pie*.

« Il s'est passé quelque chose chez toi ? lui demande Papa.

— Je l'ai annoncé à mes parents », dit-elle en remplissant méticuleusement sa cuiller.

Papa n'en revient pas.

---

1. Pâtisserie de Noël à base de pommes, d'airelles et de raisins de Corinthe.
2. Sauce à base de cognac et de beurre qui accompagne généralement les Christmas puddings.

« Tu leur as annoncé ? Aujourd'hui ?

— Oui. Ce n'était peut-être pas le bon moment, admet-elle en s'essuyant la bouche avec sa manche.

— Qu'est-ce qu'ils ont dit ?

— Oh ! Un million de choses. Plus horribles les unes que les autres. Ils me détestent. Tout le monde me déteste, en fait. À part le bébé.

— Tu vas avoir un bébé ? demande Cal avec un large sourire.

— Ouais.

— Je parie que c'est un garçon.

— Non, dit-elle en secouant la tête. Je ne veux pas avoir de garçon.

— Mais tu veux bien avoir un bébé ? » demande Papa avec une grande douceur.

Zoey hésite, comme si c'était la première fois qu'elle réfléchissait à la question. Puis elle lui sourit, les yeux humides, émerveillés. Je n'ai jamais vu une telle expression sur son visage.

« Oui, je crois que je le veux vraiment. Je l'appellerai Lauren. »

Elle est enceinte de dix-neuf semaines, son bébé est formé, il pèse plus ou moins cent quarante grammes. S'il naissait maintenant, il tiendrait dans la paume de ma main. La peau de son ventre serait transparente, veinée de rose. Il m'entendrait si je lui parlais.

« J'ai mis ton bébé sur ma liste. »

Ça non plus, je n'aurais probablement pas dû le dire à voix haute. C'est sorti tout seul. Une fois de plus, tout le monde me regarde.

Papa tend sa main à travers la table pour toucher la mienne.

« Tessa. »

Je déteste son geste et le repousse.

« Je veux être là pour sa naissance.

— Il faut encore attendre cinq mois, Tess, dit Zoey.

— Et alors ? Ça ne fait que cent soixante jours. Mais si tu préfères, j'attendrai dehors et j'entrerai quand ce sera fini. Je veux être une des premières personnes au monde à l'embrasser. »

Elle se lève, fait le tour de la table, passe ses bras autour de mes épaules. Son odeur a changé. Son ventre a durci, elle dégage une grande chaleur.

« Je tiens absolument à ce que tu sois près de moi, Tessa », dit-elle.

Vingt-sept

C'est déjà l'après-midi. On a débarrassé la table, allumé la télévision. Nous écoutons tous ensemble le discours de la reine, puis Cal fait quelques tours de prestidigitation.

Zoey, assise avec Sally et Maman sur le canapé, leur raconte chaque détail de son histoire d'amour foireuse avec Scott. Elle leur demande même des conseils sur l'accouchement.

« Est-ce que ça fait vraiment aussi mal qu'on le dit ? »

Papa est plongé dans son nouveau livre, *Manger Bio*, et assène des statistiques sur les produits chimiques et les pesticides à qui veut bien l'entendre.

Adam parle essentiellement à Cal. Il lui montre comment faire tournoyer les quilles de bois et lui apprend un nouveau tour avec une pièce de monnaie. Je passe mon temps à changer d'avis sur lui. Non pas que je me demande s'il me plaît ou non, mais plutôt si lui m'aime ou pas. De temps à autre, nos regards se croisent à travers la pièce mais c'est toujours lui qui se détourne le premier.

« Il a envie de toi », me souffle Zoey à un moment donné, mais, en admettant que ce soit vrai, comment passer à l'acte ?

Depuis le début de l'après-midi, je feuillette le livre que Cal m'a offert : *Cent façons surprenantes de rencontrer votre Créateur.* C'est très amusant et pourtant cela n'arrive pas à stopper cette sensation qu'un espace à l'intérieur de moi est en train de rétrécir. Je me suis assise sur cette chaise dans un coin depuis deux heures et cela m'a isolée. Je sais que c'est ma faute, je sais que j'ai tort, mais je ne sais pas comment me comporter autrement.

À quatre heures, il fait nuit. Papa allume et apporte un assortiment de petits-fours et d'amuse-gueule. Maman suggère qu'on joue aux cartes. Je m'esquive dans l'entrée pendant qu'ils installent les chaises. J'en ai marre d'être enfermée entre quatre murs, marre du chauffage central, marre des jeux de société. Je décroche mon manteau et sors dans le jardin.

Le froid me surprend. Il met mes poumons en feu, transforme mon haleine en fumée. Je relève ma capuche, serre le nœud sous le menton et attends.

Peu à peu, comme émergeant d'un brouillard, chaque détail du jardin se précise : mon regard zoome sur le buisson de houx qui griffe l'appentis à outils, sur un oiseau posé sur la haie, les plumes hérissées par le vent.

À l'intérieur, les autres doivent être en train de distribuer les cartes en faisant circuler le bol de cacahuètes mais dehors chaque brin d'herbe scintille, raidi par le givre. Dehors, le ciel a amoncelé tellement d'étoiles qu'on se croirait dans un conte de fées. Même la lune n'en revient pas.

Je me dirige vers le pommier. Mes bottes écrasent des brindilles tombées dans l'herbe, mes doigts effleurent les nœuds du tronc, essaient de sentir sa couleur d'ardoise pilée. Quelques feuilles détrempées pendent encore des branches, les derniers fruits flétris achèvent de pourrir.

Cal dit que les humains sont faits de la cendre nucléaire d'étoiles éteintes. Il dit qu'après ma mort, je redeviendrai poussière, brillance, pluie. Si c'est vrai, je veux qu'on m'enterre ici, sous cet arbre. Ses racines pénétreront dans mes entrailles humides et assécheront mon corps. Je réapparaîtrai en fleur de pommier. Au printemps, je m'éparpillerai en vrillant dans l'air tel un confetti et collerai aux chaussures des membres de ma famille. Ils me mettront dans leur poche et répandront la soie subtile que je serai devenue sur leurs oreillers pour les aider à dormir. À quoi rêveront-ils, alors ?

En été, ils me mangeront. Adam sautera par-dessus la haie pour me voler, entêté par mon odeur, ma rondeur, ma peau brillante et saine. Il demandera à sa mère de me cuisiner en crumble ou en strudel, et il m'engloutira.

Je m'étends par terre et essaie de l'imaginer. Vraiment, vraiment. Je suis morte. Je me transforme en pommier. Ce n'est pas évident. Je pense à l'oiseau que j'ai vu en sortant. Il s'est envolé. Je pense à ce qui se passe dans la maison. Est-ce que je commence à leur manquer ?

Je me retourne sur le ventre, appuie mon visage dans l'herbe dont la froide humidité me repousse. Je la ratisse du bout des doigts, renifle l'odeur de la terre sur ma peau, une odeur de moisissure de feuilles, de souffle de vers de terre.

« Qu'est-ce que tu fais ? »

Je me retourne lentement sur le dos. Le visage d'Adam est penché sur moi.

« Je suis venu te chercher. Tu vas bien ?

— Ça va très bien. J'avais juste un peu chaud », dis-je en m'asseyant et en brossant la terre de mon pantalon.

Il approuve d'un hochement de tête, comme si cela suffisait à expliquer que mon blouson soit plein de feuilles mouillées. J'ai l'air d'une gourde, j'en ai conscience. Et cette capuche serrée sous le menton, comme si j'étais une petite vieille… c'est nul. Je la dénoue en vitesse.

Sa veste craque quand il s'assied près de moi.

« Tu veux une clope ? »

Je prends la cigarette qu'il me roule. Il me l'allume, allume la sienne et nos deux fumées volent sans bruit dans le jardin. Je sens qu'il m'observe. Mes pensées sont si précises que je ne serais pas surprise qu'elles clignotent au-dessus de ma tête, comme une pub de néon au-dessus d'un fish and chips. Je te désire. J'ai envie de toi. *Envie. Envie. Envie.* Avec un cœur de néon rouge scintillant entre les mots.

Je m'allonge sur l'herbe pour échapper à l'acuité de son regard. Le froid humide pénètre à travers mon pantalon.

Il s'étend près de moi, contre moi. Cela fait mal, tellement mal de le sentir si proche. J'en suis malade.

« C'est le baudrier d'Orion, dit-il.

— Où ça ?

— Tu vois ces trois étoiles alignées ? explique-t-il en tendant le bras vers le ciel. Ce sont Mintaka, Alnilham et Alnitak. »

Elles scintillent au bout de son doigt au fur et à mesure qu'il les énumère.

« Tu en sais, des choses.

— Quand j'étais petit, mon père me racontait souvent des histoires sur les constellations. Si tu regardes Orion avec des jumelles, en dessous tu verras un énorme nuage gazeux. C'est là que sont nées toutes les nouvelles étoiles.

— Des nouvelles étoiles ? Je pensais que l'univers était en train de mourir.

— Ça dépend sous quel angle tu le regardes. Il est aussi en expansion. »

Il se roule sur le côté et se redresse sur un coude.

« J'ai entendu ton frère parler de tes rêves de célébrité.

— Et il t'a raconté le bide total que je me suis tapé ?

— Lui, non, rit-il. Mais toi, tu ne vas pas y couper ! »

J'aime le faire rire. Il a une bouche magnifique et cela me donne un prétexte pour le regarder en face. Alors je lui raconte le ridicule épisode de la radio en le rendant plus cocasse qu'il n'a été en réalité. Je me mets en scène en super-héroïne, une anarchiste des ondes. Et comme ça marche, j'enchaîne en lui racontant que j'ai piqué la voiture de Papa pour emmener Zoey au bord de la mer. Nous sommes allongés dans l'herbe humide, avec l'immensité du ciel au-dessus de nous, la lune est basse et brillante, et je lui parle de la penderie de l'hôtel, je lui explique que mon nom a disparu à jamais de l'univers. Je lui parle même de ma manie d'écrire sur les murs. C'est si facile de parler dans le noir, je ne m'en étais jamais rendu compte jusqu'à présent.

À la fin de mon récit, il dit :

« Ne t'inquiète pas, Tess, on ne risque pas de t'oublier. »

Puis :

« Tu crois qu'on va beaucoup leur manquer si on va chez moi un quart d'heure ? »

Nous nous sourions.

Envie. Envie, clignote le signal au-dessus de ma tête.

Son bras m'effleure tandis que nous passons par le trou de la clôture. À peine un frôlement mais tout mon corps est électrisé.

Je le suis dans la cuisine.

« Attends-moi là une minute, dit-il. J'ai un cadeau pour toi. »

Il disparaît dans l'entrée, et je l'entends grimper l'escalier à toute vitesse.

Il me manque à peine parti. Quand il n'est pas près de moi, j'ai l'impression de l'avoir inventé.

« Adam ? »

C'est la première fois que je l'appelle par son nom. Il résonne étrangement dans ma bouche, comme un mot doué d'un tel pouvoir qu'il suffirait que je le répète assez souvent pour changer l'ordre des choses. Je l'appelle du bas de l'escalier :

« Adam ?

— Je suis en haut. Monte si tu veux. »

Je monte.

Sa chambre est comme la mienne, mais à l'envers. Il est assis sur son lit, l'air embarrassé, un petit paquet argenté dans la main.

« Je ne sais même pas si ça va te plaire. »

Je m'assieds près de lui. Chaque nuit, un simple mur nous sépare tandis que nous dormons. Je vais percer un trou dans cette cloison, derrière ma penderie, pour me créer un accès secret à son univers.

À l'intérieur du papier cadeau, il y a un sac. Dans le sac, une boîte. Et dans la boîte, un bracelet : sept pierres de couleurs différentes reliées par une chaîne d'argent.

« Je sais que tu essaies de ne rien acquérir de nouveau mais j'ai pensé qu'il te plairait. »

Je suis tellement émue que je n'arrive pas à articuler un seul mot.

« Tu veux que je t'aide à le mettre ? »

Je tends ma main et il passe le bracelet autour de mon poignet, accroche le fermoir. Puis il croise ses doigts entre les miens. Ensemble, nous regardons nos mains enlacées, posées sur le lit entre nous. La mienne paraît transformée, enchaînée à la sienne, le bracelet lui donne une autre dimension. Et ses mains à lui me sont encore tout à fait inconnues.

« Tessa ? »

Nous sommes dans sa chambre. Il n'y a qu'une cloison entre son lit et le mien. Nous nous tenons par la main. Il m'a offert un bracelet.

« Tessa ? » répète-t-il.

Quand je le regarde, cela ressemble à de la peur. Ses yeux verts sont pleins d'ombres. Sa bouche est belle. Il se penche vers moi et je sais. Je suis sûre.

Ce n'était pas encore arrivé, mais maintenant oui.

Numéro huit : l'amour.

Vingt-huit

Mon cœur a des ratés.

« Je peux le faire.

— Non, dit Adam. Laisse-moi t'aider. »

Chaque agrafe est l'objet de toute son attention, puis il m'enlève mes bottes et les range soigneusement.

Je le rejoins par terre. Défais ses lacets, soulève ses pieds l'un après l'autre pour lui retirer ses baskets. Je caresse ses chevilles, ma main se faufile sous son pantalon, remonte le long de ses mollets. Je le touche, je passe mes doigts dans le duvet de ses jambes. Je ne me serais jamais crue si audacieuse.

Cela devient un jeu, comme le strip-poker mais sans cartes ni dés. Je dézippe son blouson et le laisse tomber par terre. Il déboutonne mon manteau et le fait glisser sur mes épaules. Il trouve une feuille du pommier dans mes cheveux. Je passe ma main dans ses boucles drues et sombres, entortille une mèche autour de mon doigt.

Tout paraît important avec lui, alors je prends mon temps pour chaque bouton de sa chemise. Qui devient une petite planète blanc nacré et parfaitement ronde sous nos regards attentifs.

Nous savons exactement quoi faire l'un et l'autre, c'est étonnant. Je n'ai pas à réfléchir. Je ne suis pas non plus entraînée. Ce n'est ni de l'adresse ni du savoir-faire. Nous découvrons ensemble le chemin.

Je lève les bras en l'air comme un enfant pendant qu'il m'ôte mon sweat-shirt. L'électricité statique fait crépiter mes cheveux dans l'obscurité, mes petits cheveux tout neufs, et ça me fait rire. J'ai l'impression d'avoir un corps sain et appétissant.

Le dos de ses doigts effleure mes seins à travers mon soutien-gorge et il devine dans mon regard qu'il peut continuer. Tellement de gens m'ont touchée, palpée, examinée, manipulée, opérée. Je pensais que mon corps s'était engourdi, qu'il était devenu insensible à tout contact.

Pendant quelques minutes, nous échangeons des petits baisers légers, il mordille doucement ma lèvre supérieure, ma langue explore l'orée de sa bouche. Des fantômes, des arbres, le ciel envahissent la pièce.

Nos baisers se font plus profonds. Nous nous coulons l'un dans l'autre. Comme la première fois que nous nous sommes embrassés, c'est impératif, violent.

« J'ai envie de toi », dit-il.

Moi aussi, j'ai envie de lui.

Je veux qu'il voie mes seins. Je veux retirer mon soutien-gorge pour les lui montrer. Je l'attire vers le lit. Nous continuons à nous embrasser : gorges, cous, bouches… La chambre semble s'embraser, une telle flamme brûle entre nous.

Couchée sur le lit, je soulève mes hanches pour retirer mon jean. Je veux m'exposer à son regard, je veux qu'il me voie tout entière.

« Tu es sûre ? demande-t-il.

— Certaine. »

C'est simple.

Il déboutonne mon jean. Je défais sa ceinture d'une seule main, comme dans un tour de magie. Souligne son nombril d'un doigt tout en faisant glisser son caleçon.

Et puis je sens sa peau toucher la mienne, son poids peser sur moi, sa chaleur s'imposer… Jamais je n'avais imaginé ce que l'on ressent. Je n'avais pas compris que faire l'amour, c'est réellement *faire* l'amour.

Modifier les choses. S'émouvoir l'un l'autre. Un cri d'extase m'échappe, se fond au râle de son désir.

Sa main descend sous ma hanche. La mienne vient la rejoindre, nos doigts se soudent. Je ne sais plus quelle est ma main, quelle est la sienne.

Je suis Tessa.

Je suis Adam.

C'est magnifique de ne plus pouvoir situer ses propres limites.

Nos doigts explorent nos peaux, nos langues explorent notre goût.

Et jamais nos regards ne se quittent, nous coordonnons nos mouvements, comme des musiciens, des danseurs. Synchronisés. Les yeux dans les yeux.

Elle monte, cette douleur entre nous, elle change et s'amplifie. Je le veux. Je le veux plus près. Je ne peux pas m'approcher assez. Je noue mes jambes autour des siennes, appuie mes deux mains sur son dos pour l'attirer plus profond en moi.

Mon cœur s'éveille, s'unit à mon âme, mon corps implose. L'amour se propage dans tout mon être en cercles concentriques, comme une pierre fait des ronds dans l'eau.

Adam crie de bonheur.

Je le rejoins et le serre très fort. Émerveillée. Par lui. Par nous. Par ce cadeau.

Il me caresse la tête, les joues, embrasse mes larmes.

À ce moment précis, je suis vivante, heureuse d'être sur terre. Avec lui.

Vingt-neuf

Le sang jaillit de mon nez. Debout devant le miroir de l'entrée, je le vois couler sur mon menton et entre mes doigts jusqu'à ce que mes mains soient toutes visqueuses. Ça tombe goutte à goutte sur le sol, se faufile dans la trame du tapis.

« S'il vous plaît, non. Pas maintenant, pas ce soir. »

Mais ma prière silencieuse ne suffit pas à l'arrêter.

J'entends Maman, là-haut, qui souhaite bonne nuit à Cal. Elle ferme la porte de sa chambre et va à la salle de bains. J'attends, je l'écoute faire pipi, tirer la chasse d'eau. Je l'imagine se lavant les mains, se les essuyant. Peut-être en se regardant dans la glace, comme moi je le fais ici. Je me demande si elle se sent aussi loin de sa propre image que moi, aussi stupéfaite.

Elle ferme la salle de bains et se dirige vers l'escalier. Je vais à sa rencontre.

« Oh, mon Dieu !

— Je saigne du nez.

— Mais tu vas perdre tout ton sang ! Viens par là, vite ! »

Elle agite les bras, me pousse dans le salon. De grosses gouttes sombres éclaboussent la moquette sur mon passage. Des coquelicots fleurissent à mes pieds.

« Assieds-toi, dit Maman. Penche-toi en arrière et pince-toi le nez. »

Comme c'est exactement le contraire de ce que l'on m'a dit de faire, j'ignore son conseil. Adam va passer me prendre dans dix minutes et nous irons danser. Maman m'observe un moment, puis sort de la pièce en courant. Elle doit avoir envie de vomir, j'imagine. Mais non, elle revient avec une serviette de table :

« Penche-toi en arrière et appuie ça sur ton nez. »

Cette fois j'obéis, puisque ma méthode a échoué. Le sang descend dans ma gorge. J'en avale le plus possible mais j'en ai quand même plein la bouche et n'arrive plus à respirer. Je me penche en avant et crache dans la serviette. Un gros caillot sombre, étrangement sombre, brille au milieu du sang. Ce n'est manifestement pas quelque chose qui devrait sortir de mon corps.

« Donne-moi ça », dit Maman.

Je lui tends la serviette et elle regarde attentivement avant de la plier. Ses mains sont aussi maculées de sang que les miennes, maintenant.

« Qu'est-ce que je vais faire, Maman ? Il va arriver d'une minute à l'autre.

— Ça va s'arrêter.

— Mais regarde mes vêtements !

— Il vaudrait mieux que tu t'allonges », dit-elle, l'air désespérée.

Ça non plus, ce n'est pas la chose à faire, mais l'hémorragie ne s'arrête pas, donc tout est fichu maintenant. Maman s'assoit sur le bord du canapé. Je m'étends la tête en arrière et vois des formes s'allumer et disparaître. Je m'imagine sur un bateau qui sombre. Une ombre bat des ailes au-dessus de moi.

« Tu te sens mieux ? demande Maman.

— Beaucoup mieux. »

Mais je ne suis pas sûre qu'elle me croie car elle court à la cuisine et revient avec un bac à glaçons. Elle s'accroupit près de moi et le vide sur ses genoux. Les glaçons roulent sur son jean et sur la moquette. Elle en ramasse un, l'essuie un peu et me le tend.

« Mets ça sur ton nez.

— Des petits pois surgelés, ce serait plus commode, Maman. »

Elle y réfléchit un instant, repart en courant et revient avec un paquet de maïs surgelé.

« Ça ira, ça ? Il n'y a plus de petits pois. »

Je ne peux pas m'empêcher de rire, c'est bon signe, j'imagine.

« Quoi ? Qu'est-ce qu'il y a de drôle ? »

Elle a le mascara qui coule et les cheveux en bataille. Je cherche son bras et elle m'aide à me redresser. Comme une petite vieille. Je bascule mes jambes vers le sol et me pince le haut du nez entre deux doigts comme on m'a appris à l'hôpital. Je sens mon pouls battre violemment dans mes tempes.

« Ça ne s'arrête pas, n'est-ce pas ? Je vais appeler ton Papa.

— Il va penser que tu n'es pas capable d'assumer.

— Qu'il pense ce qu'il veut ! »

Elle compose le numéro à toute allure. Se trompe. Recommence.

« Réponds, allez, réponds, quoi… »

La lumière est blafarde, tous les bibelots de la cheminée sont décolorés comme des os blanchis.

« Il ne répond pas. Pourquoi ne répond-il pas ? C'est si bruyant que ça, une allée de bowling ?

— C'est la première fois qu'il sort depuis des semaines, Maman. Laisse-le tranquille, on va se débrouiller. »

Son visage se décompose. Elle ne m'a jamais accompagnée à aucune transfusion, à aucune ponction lombaire. Elle n'était pas autorisée à être près de moi pour la transplantation de moelle osseuse mais elle aurait pu assister à beaucoup d'examens et ne l'a jamais fait. Même ses promesses de venir plus souvent nous voir se sont évanouies avec Noël. C'est son tour d'affronter un peu la réalité.

« Il faut que tu m'emmènes à l'hôpital, Maman.

— Mais Papa a pris la voiture, répond-elle, horrifiée.

— Appelle un taxi.

— Et Cal ?

— Il dort, non ? »

Elle hoche la tête, désespérée. Ce n'est pas son truc, l'organisation.

« Écris-lui un petit mot.

— On ne peut pas le laisser tout seul !

— Il a onze ans, Maman. Il est grand, maintenant. »

Elle hésite un instant, puis feuillette son carnet d'adresses pour trouver un numéro de taxi. Je scrute son visage et ce que j'y lis – la peur, le désarroi – n'est guère encourageant. Je ferme les yeux, et me remémore le personnage d'une mère que j'avais vue, un jour dans un film. Elle vivait en pleine montagne, un fusil à la main, avec une ribambelle d'enfants. Sûre. Infaillible.

Je colle cette image de mère sur la mienne, comme du sparadrap sur une blessure.

Quand je rouvre les yeux, elle est cramponnée à une pile de serviettes et remorque mon manteau derrière elle.

« Il ne faut probablement pas que tu t'endormes. Allez, viens ! Je vais t'aider à te lever. On a sonné à la porte. »

Je me sens hébétée et fiévreuse, peut-être tout cela n'est-il qu'un mauvais rêve. Elle me relève et nous nous traînons jusqu'à l'entrée. J'entends quelqu'un chuchoter de l'autre côté de la porte.

Ce n'est pas le taxi, c'est Adam, sur son trente et un pour sortir avec moi. Je veux me cacher et titube vers le salon, mais il me voit.

« Tess ! Oh, mon Dieu ! Qu'est-ce qui s'est passé ?

— Un saignement de nez, lui dit Maman. Nous pensions que c'était le taxi qui arrivait.

— Vous allez à l'hôpital ? Je vous emmène dans la voiture de mon père. »

Il entre dans la maison et essaie de passer son bras autour de moi pour me conduire à la voiture. Comme si j'étais d'accord pour qu'il prenne le volant et que moi je flanque du sang partout sur le cuir de la banquette, comme si tout ça n'avait aucune importance. J'ai l'air d'une victime de la route. Il ne se rend pas compte que je n'ai aucune envie qu'il me voie comme ça ?

Je le repousse.

« Rentre chez toi, Adam.

— Je t'emmène à l'hôpital », répète-t-il, au cas où je n'aurais peut-être pas entendu la première fois, au cas où tout ce sang m'aurait rendue idiote.

Maman le prend par le bras et l'entraîne doucement vers la porte.

« On va se débrouiller, Adam. Tout va bien. D'ailleurs, regarde, voilà le taxi qui arrive.

— Je veux être avec elle.

— Je sais, dit-elle. Je suis désolée. »

Je me dirige vers le taxi. Il touche ma main au passage.

« Tess ! »

Je ne réponds pas. Je ne le regarde même pas. Sa voix est si ferme que si je croise son regard, je risque de changer d'avis. Trouver l'amour juste au moment de partir et devoir y renoncer… c'est une plaisanterie de si mauvais goût. Mais c'est ce qu'il faut que je fasse. Pour lui et pour moi. Avant que ça commence à faire encore plus mal que maintenant.

Maman étale des serviettes sur la banquette arrière du taxi, serre nos ceintures et ordonne au taxi de faire un demi-tour spectaculaire dès que nous franchissons la porte.

« C'est ça, dit-elle. Allez-y, foncez. »

On croirait qu'elle joue dans un film.

Adossé au portail, Adam nous regarde partir, agite le bras en signe d'adieu. Il rapetisse de plus en plus au fur et à mesure que nous nous éloignons.

« C'était gentil de sa part », dit Maman.

Je ferme les yeux. Même assise, j'ai l'impression que je vais m'effondrer.

Maman me secoue d'un coup de coude :

« Ne t'endors pas. »

La lumière de la lune rebondit sur le pare-brise. Le brouillard, dans les phares.

Nous devions aller danser. Je voulais réessayer de boire de l'alcool. Je voulais monter sur les tables et chanter à tue-tête. Je voulais escalader la clôture du parc, piquer un bateau et faire le tour du lac. Je voulais rentrer chez Adam, me glisser dans son lit et faire l'amour.

Je murmure à voix basse : « Adam ».

Mais son nom, comme tout le reste, est submergé de sang.

À l'hôpital, ils dénichent une chaise roulante. Je suis une urgence, m'expliquent-ils en me poussant à toute allure loin du hall d'entrée. Nous laissons derrière nous les habituelles victimes de querelles d'ivrognes, de drogues dures et autres femmes battues, et cavalons dans les couloirs vers un endroit plus important.

Bizarrement, l'atmosphère de l'hôpital me rassure. C'est un monde à part, l'hôpital, avec ses propres lois et chacun y joue un rôle déterminé.

C'est au service des urgences qu'on trouve les hommes jeunes qui ont des voitures trop rapides et des freins mal réglés. Ou les motards qui ont mal pris leur virage.

Aux blocs opératoires, les maladroits qui ont tripoté une carabine à air comprimé ou les gens agressés par un psychopathe alors qu'ils rentraient chez eux. Et puis tous les accidentés du manque de bol, les gosses dont les cheveux se sont coincés dans un escalator ou les femmes dont le soutien-gorge à armature a attiré la foudre.

Dans les services des profondeurs de l'hôpital sont rassemblés tous les maux de tête récalcitrants, les reins qui ne jouent plus leur rôle, les éruptions bizarres, les grains de beauté suspects, les tumeurs au sein, les rhumes qui ont mal tourné. Au quatrième étage, il y a la salle Marie-Curie réservée aux enfants cancéreux. C'est là-haut que se consument leurs corps, lentement, silencieusement.

Et puis il y a la morgue, où dorment les morts dans leurs tiroirs réfrigérés, avec une étiquette au doigt de pied indiquant leur identité.

La pièce où j'aboutis est stérile et très éclairée. Il y a un lit, un lavabo, un médecin et une infirmière.

« Je crois qu'elle a soif, dit Maman. Elle a perdu tellement de sang. Ne pourrait-on pas lui donner à boire ? »

Le médecin écarte sa proposition d'un geste.

« Ce qu'il faut, c'est lui bourrer le nez.

— Le bourrer ? »

L'infirmière propose une chaise à Maman et s'assied près d'elle.

« Le docteur va lui introduire des compresses stériles dans le nez pour arrêter le sang. Vous pouvez rester, si vous voulez. »

Je grelotte. L'infirmière se lève pour me couvrir d'une couverture qu'elle me remonte jusqu'au menton. Je frissonne de nouveau.

« Quelqu'un est en train de penser à toi, dit Maman. C'est ça que ça veut dire. »

Pour moi, cela a toujours signifié que, dans une autre vie, quelqu'un se tenait près de ma tombe.

Le médecin me pince le nez, examine ma bouche, tâte ma gorge et ma nuque.

« Madame ?

— Moi ? dit Maman, interloquée, en se redressant sur sa chaise.

— A-t-elle déjà eu des signes de thrombocytopénie ?

— Pardon ?

— S'est-elle plainte de maux de tête ? Avez-vous remarqué des bleus de la taille d'une tête d'épingle ?

— Je n'ai pas regardé. »

Le docteur soupire, comprend vite que c'est comme s'il lui parlait chinois et pourtant, bizarrement, il insiste :

« Quand a eu lieu la dernière transfusion de plaquettes ?

— Je ne sais pas exactement, répond Maman, de plus en plus perplexe.

— A-t-elle pris de l'aspirine ou autres médicaments du même genre récemment ?

— Je suis désolée, je ne sais rien de tout cela. »

Je décide de voler à son secours. Elle n'est pas assez forte pour faire face, et risque de s'en aller purement et simplement si ça devient trop difficile.

« La dernière transfusion, c'était le 21 décembre. »

J'ai la voix rauque. Le sang glouglloute dans ma gorge.

Le médecin fronce le sourcil.

« Ne parlez pas, surtout. Madame, approchez, et prenez la main de votre fille dans la vôtre. »

Maman vient docilement s'asseoir au bord du lit.

« Serrez la main de votre mère une fois pour répondre oui, deux fois pour dire non, d'accord ?

— D'accord.

— Chut ! Ne parlez pas, serrez-lui la main. »

Suit l'habituel interrogatoire, contusions, maux de tête, aspirine, mais cette fois Maman connaît les réponses.

« Bonjela ou Teejel ? » demande le médecin.

Deux pressions de main.

« Non, dit Maman, elle n'en a pas utilisé.

— Anti-inflammatoires ?

— Non », dit Maman.

Elle me regarde dans les yeux. Enfin, elle parle mon langage.

« Bien. Je vais boucher l'entrée de votre nez avec de la gaze. Si cela ne suffit pas, nous bloquerons l'arrière. Et si l'hémorragie persiste, nous devrons cautériser. On vous a déjà cautérisé le nez ? »

Je serre la main de Maman si fort qu'elle grimace.

« Oui, dit-elle. Elle connaît. »

C'est horriblement douloureux. J'ai senti ma chair griller pendant des jours.

« Il va falloir vérifier votre taux de plaquettes. Cela ne m'étonnerait pas qu'il soit tombé en dessous de vingt. Je suis désolé, poursuit-il en posant la main sur mon genou, c'est une mauvaise soirée pour vous.

— En dessous de vingt ? répète Maman.

— Oui, elle a sans doute besoin de deux unités. Ne vous inquiétez pas, cela ne prendra pas plus d'une heure. »

Et il bourre mon nez de coton stérile. J'essaie de me concentrer sur des idées simples : une chaise, les deux bouleaux argentés dans le jardin d'Adam, leurs feuilles qui frissonnent au soleil.

Mais je n'arrive pas à m'y cramponner.

J'ai l'impression d'avoir avalé une serviette hygiénique, j'ai la bouche sèche et du mal à respirer. Je regarde Maman mais tout ce que je vois est que, dégoûtée, elle a détourné le regard. Comment est-ce possible que je me sente plus vieille que ma propre

258

mère ? Je ferme les yeux pour ne pas avoir à constater sa lâcheté.

« Ce n'est pas agréable, hein ? dit le médecin. Vous ne pouvez pas essayer de la distraire un peu, Madame ? »

J'aurais préféré qu'il ne lui dise rien. Qu'est-ce qu'elle va faire ? Danser ? Chanter ? Ou peut-être disparaître ? C'est sa grande spécialité.

Un long silence s'installe. Puis :

« Tu te rappelles le jour où nous avons tous goûté des huîtres pour la première fois et que ton papa a vomi dans la poubelle au bout de la jetée ? »

J'ouvre les yeux. Ses mots dissipent comme par enchantement le brouillard qui embrumait la pièce. Même l'infirmière sourit.

« Elles avaient exactement le même goût que la mer, tu te rappelles ? »

Oui, je me rappelle. On en avait acheté quatre, une pour chacun. Maman avait penché la tête en arrière et avalé tout rond. J'en avais fait autant. Mais Papa, lui, avait mâché la sienne et elle était restée coincée entre ses dents. Il avait couru le long de la jetée en se tenant l'estomac et, quand il était revenu, il avait avalé une canette de soda d'un seul trait. Cal non plus n'avait pas aimé. « C'est peut-être une nourriture féminine », avait conclu Maman, et elle en avait racheté deux autres pour elle et moi.

Elle continue à évoquer une petite ville de bord de mer, l'hôtel, la promenade sur la plage, les journées ensoleillées, chaudes et lumineuses.

« Tu adorais cet endroit, raconte-t-elle. Tu passais des heures à ramasser des coquillages et des galets. Un jour, tu as attaché une ficelle à un morceau de bois flotté et toute la journée tu l'as promené sur la plage, en faisant semblant d'avoir un chien. »

L'infirmière se met à rire, Maman sourit.

« Tu étais une adorable petite fille pleine d'imagination. Et tellement facile. »

Si je pouvais parler, je lui demanderais : pourquoi m'avoir abandonnée, alors ? Et peut-être qu'elle me parlerait enfin de l'homme pour lequel elle a quitté Papa. Peut-être me parlerait-elle d'un amour si intense que je commencerais enfin à l'admettre.

Mais je ne peux pas parler. J'ai la gorge serrée, brûlante. Donc je continue à écouter Maman retracer les soleils d'antan, les jours évanouis, la beauté disparue. C'est un délice. Elle est très inventive. Même le docteur a l'air de s'amuser. D'après son récit, le soleil brillait et, chaque jour, nous assistions au ballet des dauphins jouant dans les vagues.

« Oxygène ! commande le médecin en m'adressant un clin d'œil comme s'il me proposait de la came. Bravo ! On n'a pas besoin de cautériser. »

Il donne quelques précisions à l'infirmière puis s'arrête sur le pas de la porte pour un petit signe d'adieu.

« Jusqu'ici, c'est vous qui êtes ma meilleure patiente de la soirée », me dit-il.

Puis il s'adresse à Maman :

« Et vous n'étiez pas si mal, vous non plus. »

« Eh bien, quelle soirée ! dit Maman alors que nous montons dans le taxi du retour.

— J'ai bien aimé que tu sois près de moi. »

Elle a l'air surprise. Contente, même.

« Je ne suis pas sûre d'avoir été d'un grand secours. »

La lumière du petit matin éclaire la route. Il fait glacial dans ce taxi, l'air semble raréfié, comme dans une église.

« Tiens », dit Maman.

Elle déboutonne son manteau pour me le mettre sur les épaules.

« Allez-y, mettez la gomme ! » lance-t-elle au chauffeur, et nous rions ensemble.

Nous prenons le même chemin qu'à l'aller. Elle est très bavarde, pleine de projets pour le printemps et Pâques. Elle veut passer plus de temps à la maison, dit-elle. Inviter à dîner de vieux amis de Papa et elle. Organiser une fête pour mon anniversaire en mai.

Peut-être qu'elle est sincère, cette fois.

« Tu sais, dit-elle. Tous les soirs, quand les forains du marché ferment leurs étals, je sors pour ramasser des fruits et des légumes abandonnés par terre. Quelquefois, ils balancent des cageots entiers de mangues. La semaine dernière, j'ai trouvé cinq loups de mer laissés comme ça, dans un sac en plastique. Si je commence maintenant à mettre des provisions dans le congélateur de ton papa, les dîners et les fêtes ne lui coûteront pas un penny. »

La voilà partie dans la fête, avec jeux et cocktails, orchestres et animateurs. On louera la salle communale, on la décorera de banderoles et de ballons. Je me serre contre elle et pose ma tête sur son épaule. Je suis sa fille, après tout. J'essaie de rester immobile, je voudrais que rien ne change, c'est si bon de m'endormir doucement dans la chaleur de son manteau, bercée par sa voix.

« Regarde ! Comme c'est étrange ! »

J'ai beaucoup de mal à ouvrir les yeux.

« Quoi donc ?

— Là-bas, sur le pont. Ça n'y était pas avant. »

Le taxi s'est arrêté à un feu rouge, à la hauteur de la gare. Même à cette heure matinale, c'est encombré, une foule de taxis déposent déjà les banlieusards qui veulent éviter l'heure de pointe. Sur le pont, bien au-dessus de la route, des lettres ont éclos dans la nuit. Plusieurs personnes s'arrêtent pour regarder. Il y a un T chancelant, un E en dents de scie, deux courbes enchaînées pour le double S. Et, à la fin, un énorme A, plus gros que les autres lettres.

« Quelle coïncidence ! » dit Maman.

Mais ce n'en est pas une.

J'ai mon téléphone dans ma poche. Mes doigts hésitent sur le clavier.

Il a dû faire ça dans la soirée. Il a dû escalader le parapet, s'asseoir dessus à califourchon, se pencher dans le vide pour écrire.

Mon cœur cogne. Je sors mon téléphone et écris : **t encore vivan ?**

C'est vert, le taxi démarre, passe sous le pont, s'engage dans High Street. Il est six heures et demie. Peut-être dort-il encore ? Et s'il avait perdu l'équilibre et s'était écrasé sur la route en contrebas ?

« Oh, mon Dieu ! s'écrie Maman. Mais tu es partout ! »

High Street n'est pas encore réveillée : dans la rue assoupie, les rideaux métalliques des magasins montent toujours la garde. Et tous affichent mon nom : la nouvelle maison de la presse, les luxueux volets du magasin bio, en plus énorme encore le magasin de meubles Handie's, le King's Chicken Joint et le Barbecue Café. Mon nom s'inscrit sur le sol devant la banque et tout le long du trottoir jusqu'à Mothercare. J'ai envahi toute la rue et scintille tout autour du rond-point.

« C'est un miracle ! murmure Maman.

— C'est Adam.

— Adam, Adam votre voisin ? »

Elle a l'air stupéfaite.

Mon téléphone annonce un message : **oui, toi oci ?**

Je ris tout haut. En rentrant, je vais toquer à sa porte et m'excuser. Il va me sourire, comme hier quand il m'a vue le regarder pousser un tas de mauvaises herbes le long de son allée et qu'il m'a dit : « Tu ne peux pas t'empêcher d'approcher, hein ? » Cela m'a fait rire parce que en fait c'était vrai mais le dire tout haut rendait ça moins douloureux.

« C'est Adam qui a fait ça pour toi ? »

Maman frissonne d'excitation. Elle a toujours adoré les histoires d'amour.

Je réponds au texto d'Adam : **vivante oci, jarive**.

Un jour, Zoey m'a demandé quel avait été le meilleur moment de ma vie, jusqu'à présent. Et je lui ai raconté l'époque où, ma copine Lorraine et moi, on s'exerçait à marcher sur les mains. J'avais huit ans. Le lendemain avait lieu la vente de charité de l'école, Maman avait promis de m'acheter un coffret à bijoux. Étendue dans l'herbe, je tenais la main de Lorraine, le bonheur m'étourdissait, le monde me semblait si beau.

Zoey m'a traitée de nulle. Mais honnêtement, c'est la première fois de ma vie que j'ai été consciente d'être heureuse.

Embrasser Adam a remplacé cet instant-là dans mon hit-parade. Puis faire l'amour avec lui est monté en tête de classement. Et maintenant, voilà qu'il a fait ça pour moi. Me rendre célèbre. Afficher mon nom face au monde entier. J'ai passé la nuit à l'hôpital, la tête remplie de coton hydrophile. Je serre dans ma main un sac en papier plein d'antibiotiques et d'analgésiques, mon bras me fait mal parce qu'on a injecté deux unités de plaquettes dans mon cathéter. Et pourtant, c'est incroyable ce que je peux me sentir heureuse.

Trente

« Je voudrais qu'Adam s'installe à la maison. »

Stupéfait, Papa se détourne de l'évier, ses bras ruissellent d'eau savonneuse qui goutte sur le sol.

« Ne dis pas n'importe quoi !

— Non. Je parle sérieusement.

— Et où serait-il censé dormir ?

— Dans ma chambre.

— Il n'est pas question que j'accepte une chose pareille, dit-il en se retournant vers l'évier où il chahute bols et assiettes. C'est sur ta liste ? Avoir un petit ami à demeure ?

— Il s'appelle Adam.

— Pas question !

— Bon, alors c'est moi qui irai vivre chez lui.

— Et tu crois que sa mère t'acceptera ?

— Bon, dans ce cas, on fichera le camp en Écosse et on vivra dans une ferme. Tu préfères ? »

Une grimace de colère crispe sa bouche lorsqu'il se retourne à nouveau vers moi.

« La réponse est non, Tess. »

Je déteste cette façon autoritaire de trancher, comme si c'était à lui de tout décider. Je monte bruyamment dans ma chambre et claque la porte. Il s'imagine que c'est une histoire de sexe. Il n'est pas capable de voir plus loin que ça ? De comprendre à quel point c'est difficile de demander ça ?

Il y a trois semaines, à la fin du mois de janvier, Adam m'a emmenée en moto, plus vite que d'habitude, et plus loin, à la limite du Kent, sur une terre plate et marécageuse qui descend vers la mer. Il y avait là trois éoliennes dont les pales fantomatiques tournoyaient dans le vent.

Adam faisait des ricochets dans l'eau. Je me suis assise sur les galets et lui ai raconté que ma liste m'échappait, partait dans tous les sens.

« Il y a tellement de choses que je voudrais faire. Dix, ça ne suffit plus.

— Comme quoi, par exemple ? »

Au début, c'était facile. Un vrai inventaire. Le printemps. Les jacinthes et les tulipes. Nager sous le ciel bleu et calme du soir. Un long voyage en train, un paon, un cerf-volant. Un autre été ? Mais je n'ai pas osé lui dire ce que je désirais le plus.

Le soir, il est rentré chez lui. Comme tous les soirs, pour veiller sur sa mère. Il dort à quelques mètres de moi, de l'autre côté du mur, au fond de ma penderie.

Le lendemain, il est arrivé avec des tickets d'entrée au zoo. Nous avons pris le train. Vu des loups et des antilopes. Sous mes yeux, un paon a déployé sa queue, émeraude et aigue-marine. Nous avons déjeuné au restaurant et Adam a commandé pour moi une assiette de fruits avec des raisins noirs et des tranches de mangue fraîche.

Quelques jours plus tard, il m'a emmenée nager dans une piscine de plein air chauffée. Après le bain, nous

nous sommes assis, drapés dans nos serviettes, les jambes pendantes dans l'eau. Nous avons bu un chocolat chaud en riant des enfants qui poussaient des cris perçants dans l'air frisquet.

Un matin, il m'a monté une potée de crocus dans ma chambre.

« Le printemps », a-t-il annoncé.

Il m'a emmenée en moto sur notre colline. Il avait acheté un cerf-volant de poche et nous l'avons fait voler ensemble.

Jour après jour, c'était comme si quelqu'un avait démonté, puis remonté ma vie, après en avoir soigneusement astiqué chaque pièce.

Mais nous n'avons jamais passé une seule nuit ensemble.

Et puis, le jour de la Saint-Valentin, on s'est aperçu que j'étais de nouveau anémiée douze jours seulement après une transfusion de sang.

« Qu'est-ce que cela veut dire ? ai-je demandé au chef de service.

— Cela veut dire que vous avez franchi une étape de plus. »

Respirer devient de plus en plus difficile. J'ai des cernes de plus en plus sombres sous les yeux. Mes lèvres ont l'air d'un plastique collé en travers d'une porte.

La nuit dernière, je me suis réveillée à deux heures du matin. Mes jambes me faisaient mal, des élancements sourds, comme une rage de dents. J'avais pris du paracétamol avant de me coucher mais j'avais besoin de codéine. En allant à la salle de bains, j'ai vu – par la porte restée entrouverte – que Maman était dans la chambre de Papa. Ses cheveux s'étalaient sur l'oreiller et Papa l'enlaçait d'un bras protecteur. Cela fait trois fois en quinze jours qu'elle passe la nuit ici.

Je suis restée un moment sur le palier à les regarder dormir, avec la certitude que je ne pouvais plus, désormais, rester seule dans le noir.

Maman monte et s'assied sur mon lit. Debout près de la fenêtre, je contemple le crépuscule. Le ciel semble menaçant. D'impatientes nuées s'approchent en volant bas.

« Il paraît que tu voudrais qu'Adam emménage ici ? »

J'écris mon nom sur la buée de la vitre. Les traces de mes doigts qui salissent les carreaux me rappellent mon enfance.

« Ton père accepterait une nuit de temps en temps, poursuit Maman, mais il n'est pas question qu'Adam vive ici, Tess.

— Papa avait dit qu'il m'aiderait à réaliser ma liste.

— Mais il t'aide, Tessa ! Il vient juste d'acheter des billets pour qu'on aille tous ensemble en Sicile !

— Parce qu'il a envie de passer une semaine entière avec toi ! »

Je me retourne vers elle, elle fronce les sourcils en me dévisageant comme si elle ne m'avait jamais vue de sa vie.

« Il a vraiment dit ça ?

— Il est amoureux de toi, c'est évident. Voyager n'est même plus sur ma liste.

— Ah bon ? Je pensais que c'était le numéro sept ?

— Non, je l'ai remplacé par vous voir de nouveau vivre ensemble, Papa et toi.

— Oh, Tessa ! »

C'est bizarre parce qu'elle est la personne que je connais la plus à même de comprendre une histoire d'amour.

« Parle-moi de lui, dis-je en la regardant en face, bras croisés.

— De qui ?

— De l'homme pour lequel tu nous as quittés.

— Pourquoi reparler de cela maintenant ? dit-elle en secouant la tête.

— Parce que tu m'as dit que tu n'avais pas eu le choix. C'est bien ça que tu m'as dit, n'est-ce pas ?

— J'ai dit que j'étais malheureuse.

— Il y a des tas de gens malheureux, mais ils ne s'enfuient pas.

— S'il te plaît, Tess, je n'ai vraiment pas envie de parler de ça.

— Nous t'aimions. »

Au pluriel. Au passé. Et pourtant la phrase semble encore trop immense pour cette petite pièce.

Elle lève vers moi son visage pâle et anguleux.

« Pardon.

— Tu dois l'avoir aimé plus que tu n'as jamais aimé personne. Ce devait être quelqu'un de merveilleux, d'envoûtant. »

Pas de réponse.

Évident. Un amour aussi fort. Je retourne vers la fenêtre.

« Donc tu dois comprendre ce que je ressens pour Adam. »

Elle se lève pour me rejoindre, se tient tout près de moi mais sans me toucher.

« Est-ce que lui éprouve la même chose pour toi, Tess ?

— Je ne sais pas. »

J'ai envie de me pencher sur son épaule comme si tout allait bien. Mais je me contente d'effacer mon nom de la vitre et de contempler la nuit. Il fait étrangement sombre, dehors.

« Je vais en parler à ton père. Il est en train de dire bonsoir à Cal ; quand il aura fini, je l'emmènerai boire une bière quelque part. Vous pouvez rester tout seuls ?

— Je vais demander à Adam de venir. Je lui préparerai à dîner.

— D'accord. »

Elle s'en va, mais se retourne sur le pas de la porte :

« Tu as de tendres et jolis souhaits, Tess. Mais, tu sais, les autres ne peuvent pas toujours te donner ce que tu veux. »

Je coupe deux grandes tranches de pain sur la planche et les mets sous le gril. Je cherche des tomates dans le tiroir à légumes et, comme Adam, adossé à l'évier, me regarde faire, je prends une tomate dans chaque main, les monte à la hauteur de mes seins et improvise une sorte de danse du ventre.

Il rit. Je coupe les tomates en rondelles et les dispose à côté du pain sur le gril. En attendant que les toasts soient grillés, je sors la râpe à fromage du placard, le fromage du Frigidaire et je gratte un petit tas de fromage râpé sur la planche. J'ai un T-shirt très court qui ne descend pas tout à fait jusqu'à mon pantalon. Je sais que, lorsque je me penche sur une hanche, Adam aperçoit une certaine courbe (la dernière qui me reste) entre le bas de ma colonne et le haut de mes fesses.

Quand j'ai fini le râpé, je me lèche les doigts un à un, délibérément, et cela produit l'effet escompté. Adam vient m'embrasser la nuque.

« Tu sais à quoi je pense ? » murmure-t-il.

Évidemment que je sais.

« J'ai envie de toi. »

Il me force à me retourner et m'embrasse sur la bouche.

« Très envie. »

J'adore la façon dont il dit cela, comme si une force inconnue s'emparait de lui.

« Et tu sais ce dont j'ai envie, moi ? »

Il sourit. Sûr de ce que je vais dire. Je ne veux pas interrompre ce sourire.

« De toi. »

Ce qui est vrai. Et pas tout à fait vrai.

J'éteins le gaz avant de monter. Le pain a cramé. Et l'odeur de brûlé me rend triste.

Dans ses bras, j'oublie tout. Mais après, alors que nous sommes couchés tranquillement l'un près de l'autre, je me souviens.

« Je fais de mauvais rêves », lui dis-je.

Il me caresse la hanche, le haut de la cuisse. Sa main est chaude et ferme.

« Raconte-moi.

— Je rêve que je vais quelque part. »

Je marche pieds nus à travers champs jusqu'au bord de l'univers. J'escalade des clôtures, chemine péniblement dans l'herbe haute. Chaque fois, je vais plus loin. La nuit dernière, j'ai abouti dans un petit bois sombre. De l'autre côté coulait une rivière. Un brouillard planait à la surface de l'eau. Il n'y avait pas de poissons et comme je pataugeais pour en sortir, la boue suintait entre mes orteils.

Adam passe un doigt sur ma joue. Puis il m'attire vers lui et m'embrasse. Sur la joue. Le menton. L'autre joue. Puis sur la bouche. Tout doucement.

« Si je pouvais, je viendrais avec toi.

— Ça fait très peur.

— Je suis très courageux. »

Ça, je sais. Combien de gens seraient ici, près de moi, pour commencer…

« Adam, je voudrais te demander quelque chose. »

Il attend. Calmement, sa tête tout contre la mienne. C'est difficile. Je ne trouve pas les mots. J'ai l'impression que les livres rangés sur l'étagère au-dessus de nous commencent à remuer en soupirant.

Il s'assied et me tend un feutre.

« Écris-le sur le mur. »

Je regarde ce que j'ai écrit depuis des mois. Tous mes désirs gribouillés. Auxquels je pourrais en ajouter tant d'autres. Ouvrir un compte joint avec lui, prendre un bain en chantant avec lui, l'écouter ronfler pendant des années et des années.

« Vas-y, m'encourage-t-il. Il va falloir que je rentre bientôt. »

Et c'est grâce à ces mots-là, avec tout ce qu'ils supposent de monde extérieur, de choses à faire, de lieux où être, que je me décide à écrire :

Je voudrais que tu viennes vivre ici avec moi. Je voudrais les nuits. J'écris vite, maladroitement, comme ça il ne pourra peut-être pas me déchiffrer. Et puis je me cache sous la couette.

Petit silence. Puis :

« Je ne peux pas, Tess. »

272

Je ressors de ma cachette. Je ne distingue pas son visage, simplement une lueur dans ses yeux. Le reflet des étoiles, peut-être. Ou de la lune.

« Parce que tu ne veux pas ?

— Parce que je ne veux pas laisser ma mère seule. »

Je déteste sa mère, les rides de son front, les plis autour de ses yeux, je déteste son air blessé. Elle a perdu son mari mais c'est tout ce qu'elle a perdu.

« Tu ne peux pas venir une fois qu'elle s'est endormie ?

— Non.

— Lui as-tu déjà demandé, au moins ? »

Il sort du lit sans me toucher et se rhabille. Si seulement c'était possible de lui coller des cellules cancéreuses au cul. Je pourrais l'atteindre d'ici et il serait à moi pour toujours. Je soulèverais le tapis et le tirerais sous le plancher jusqu'aux fondations de la maison. Nous ferions l'amour face aux vers de terre. Mes doigts pénétreraient jusque sous sa peau.

« Je vais te hanter, lui dis-je. Mais de l'intérieur. Chaque fois que tu tousseras, tu penseras à moi.

— Arrête ! Tu me prends la tête », dit-il.

Et il s'en va.

J'attrape mes vêtements et le suis. Il prend son blouson sur la rampe de l'escalier. Je l'entends traverser la cuisine et ouvrir la porte de derrière.

Il est encore sur le seuil lorsque je le rejoins. Derrière lui, de gros flocons de neige tournoient dans le jardin. Cela a dû commencer au moment où nous sommes montés dans la chambre. L'allée est toute blanche, la pelouse aussi. Et il y en a encore plein le ciel. Le monde paraît tout silencieux et rétréci.

« Toi qui voulais de la neige… » dit Adam.

Il tend la main dehors pour attraper un flocon et me le montrer. C'est un vrai de vrai. Comme ceux qu'on nous faisait découper dans des napperons, au jardin d'enfants, pour les coller sur les fenêtres. Nous le regardons fondre sur sa paume.

Je prends mon manteau. Adam m'apporte mes bottes, mon écharpe, mon bonnet, et m'aide à descendre les marches du perron. Le froid me coupe le souffle. Il neige tellement que l'empreinte de nos pas s'efface au fur et à mesure que nous avançons.

Encore plus profonde sur la pelouse, la neige crisse sous nos pas. Nous traversons ensemble cette étendue vierge. Essayons d'y inscrire nos noms en tassant la neige avec nos pieds, d'atteindre l'herbe enfouie sous cette épaisseur, mais de la neige fraîche recouvre aussitôt nos empreintes.

« Regarde », dit Adam.

Il s'étend sur le dos, bat des pieds et des mains, hurle qu'il a trop froid au cou, à la tête. Se relève d'un bond, époussette la neige de son pantalon.

« C'est pour toi, dit-il. Un ange de neige. »

C'est la première fois qu'il me regarde depuis que j'ai écrit sur le mur. Ses yeux sont embués de tristesse.

« Tu as déjà mangé une glace à la neige ? »

À ma demande, il va chercher à la cuisine un bol, du sucre glace, de la vanille et une cuiller. Et, suivant mes instructions, il met deux poignées de neige dans le bol et fouette tous les ingrédients ensemble. Le résultat, marronnasse, a un goût bizarre et ne ressemble en rien à mes souvenirs d'enfant.

« Peut-être qu'il faut plutôt du yaourt et du jus d'orange. »

Il part en courant, revient, on fait un autre essai. C'est pire. Mais, cette fois, cela le fait rire.

« Tu as une bouche magnifique, lui dis-je.

— Tu grelottes. Il vaudrait mieux que tu rentres.

— Pas sans toi. »

Il regarde sa montre. Je lui demande :

« Tu sais comment on appelle un bonhomme de neige dans le désert ?

— Il faut que j'y aille, Tess.

— Une flaque.

— Sérieusement.

— Tu ne peux pas partir maintenant. Je ne retrouverais jamais mon chemin dans cette tempête. »

Je déboutonne mon manteau, le laisse tomber pour dénuder mes épaules. Il y a sept minutes, Adam m'embrassait à cet endroit précis, mes épaules. Il me fait un clin d'œil. Il a de la neige sur les cils.

« Qu'est-ce que tu attends de moi, Tessa ?

— Toi, la nuit.

— Mais *quoi*, exactement ? »

Je savais bien qu'il comprendrait.

« Je voudrais que tu sois près de moi dans le noir. Que ta présence me soutienne. Que tu m'aimes. Que tu m'aides quand j'ai peur. Que tu t'approches tout près du bord pour comprendre. »

Son regard est d'une grande intensité.

« Et si je me trompe ?

— C'est impossible de se tromper.

— Je vais peut-être te décevoir.

— Non, tu ne me décevras pas.

— Je risque de paniquer.

— Ça n'a pas d'importance. L'essentiel est que tu sois là. »

Il me fixe droit dans les yeux à travers la neige. Ses yeux sont très verts.

Je lis dans son regard qu'il anticipe tout ce qui l'attend. Je ne sais pas ce qu'il lit dans mes yeux à moi. Mais il est courageux. J'ai toujours su qu'il était courageux. Il me prend par la main et me guide vers la maison.

Dans ma chambre, je me sens tout alourdie, comme si mon lit m'engloutissait, m'attirait vers le fond. Adam met un temps fou à se déshabiller, puis reste debout à grelotter en caleçon.

« Je viens près de toi, alors ?

— Seulement si tu le souhaites aussi. »

Il lève les yeux au ciel : décidément, la partie n'est jamais gagnée avec moi. C'est tellement difficile d'obtenir ce que je veux. J'ai toujours peur que les autres me l'accordent uniquement parce qu'ils se sentent coupables. Je veux qu'Adam ait envie d'être là. Comment pourrai-je jamais l'expliquer ?

Il grimpe dans le lit.

« Tu ne penses pas qu'il faudrait prévenir ta mère ?

— Je lui dirai demain. Elle survivra.

— Tu ne fais pas ça parce que tu as pitié de moi ?

— Arrête, Tessa ! » dit-il en secouant la tête.

Nous nous blottissons l'un contre l'autre mais le froid de la neige nous fait encore frissonner, nous avons les pieds et les mains glacés. Nous pédalons pour nous réchauffer les jambes. Adam me frictionne, me caresse, me prend dans ses bras. Je sens son sexe grossir. Cela me fait rire. Lui aussi rit, mais nerveusement, comme si je me moquais de lui.

« Tu as envie de moi ?

— J'ai toujours envie de toi, répond-il en souriant. Mais il est tard. Il faut que tu dormes. »

Dehors, le monde paraît plus brillant sous la neige. Je m'endors en regardant la lumière, filtrée par la fenêtre, se refléter sur la peau d'Adam et la faire scintiller.

Quand je me réveille, c'est toujours la nuit et il dort. La couleur sombre de ses cheveux tranche sur l'oreiller et il a jeté son bras en travers de moi, comme pour me retenir. Il soupire, s'arrête de respirer, remue, se remet à respirer normalement. Il est dans la phase profonde du sommeil, à mi-chemin entre notre univers et un tout autre monde. C'est étonnamment réconfortant pour moi.

Mais sa présence ne m'empêche pas d'avoir mal aux jambes. Je lui laisse la couette, me drape dans la couverture et boitille jusqu'à la salle de bains pour prendre de la codéine.

Quand j'en ressors, Papa est sur le palier, en robe de chambre. J'avais oublié jusqu'à son existence. Il n'a pas mis de pantoufles, ses orteils paraissent pâles et interminables.

« Ce doit être l'âge, lui dis-je. Ce sont les vieux qui se lèvent la nuit.

— Je sais qu'Adam est là, avec toi, répond-il en resserrant sa robe de chambre.

— Et Maman, elle est là, avec toi ? »

Il ignore ma question, qui n'est pourtant pas anodine, me semble-t-il.

« Je te l'avais défendu. »

Je regarde par terre, en espérant qu'il ne va pas s'éterniser là-dessus. Ma jambe gauche semble prête à éclater, comme si mes os enflaient. Je remue mon pied.

« Je ne suis pas sorti pour te gâcher le plaisir, Tess, mais c'est mon rôle de veiller sur toi. Je ne veux pas que tu aies mal.

— Ça, ça me paraît un peu compromis. »

Je le dis en plaisantant mais Papa ne sourit même pas.

« Adam est encore un enfant, Tessa. Tu ne peux pas te reposer sur lui pour tout, il risque de te décevoir.

— Il ne me laissera pas tomber.

— Et s'il le faisait ?

— Je t'aurai toujours toi, de toute façon. »

C'est étrange de le serrer dans mes bras, là, sur le palier, en pleine nuit. Nous nous étreignons plus étroitement que jamais. Finalement, il desserre les bras et me regarde, l'air grave.

« Je serai toujours là pour toi, Tess. Quoi que tu fasses, quoi que tu aies encore à faire, quoi qu'il reste sur ta stupide liste. Il faut que tu le saches.

— Il ne reste quasiment rien, sur ma liste. »

Le numéro neuf est l'emménagement d'Adam ici. Plus essentiel que faire l'amour. Il s'agit d'affronter la mort, mais pas toute seule. Il s'agit que mon lit cesse d'être un endroit terrifiant pour être celui où repose Adam, plein de chaleur et d'amour pour moi.

Papa m'embrasse le sommet du crâne.

« File, maintenant. »

Il se dirige vers la salle de bains.

Moi, je retourne près d'Adam.

Trente et un

La magie du printemps est ensorcelante.

Le bleu. Les nuages cotonneux et haut perchés. L'air plus chaud qu'il n'a été depuis des semaines.

« La lumière était différente, ce matin, dis-je à Zoey. Ça m'a réveillée. »

Elle déplace son poids dans la chaise longue.

« Tu en as de la chance. Moi, ce sont des crampes dans les jambes qui m'ont réveillée. »

Nous sommes assises sous le pommier. Zoey a pris une couverture sur le canapé et s'est drapée dedans mais moi je n'ai pas froid du tout. C'est une de ces tièdes journées de mars où la terre se réveille. La pelouse est parsemée de pâquerettes. Des petits groupes de tulipes pointent le nez le long de la clôture. Même l'odeur du jardin est différente, humide et mystérieuse.

« Ça va ? demande Zoey. Tu as l'air un peu bizarre.

— Je me concentre.

— Sur quoi ?

— Des signes. »

Elle émet un petit grognement, prend la brochure de l'agence de voyages que j'ai sur les genoux et commence à la feuilleter.

« Bon, alors moi, je vais me torturer avec ça, pendant ce temps-là. Tu me préviens quand tu as fini. »

Je n'aurai jamais fini.

Cette déchirure entre les nuages par laquelle filtre la lumière. Cet oiseau effronté qui traverse le ciel en droite ligne. Il y a des signes partout. Des signes rassurants.

Cal y croit, lui aussi, maintenant, quoique de façon plus concrète. Il appelle cela des « sortilèges-trompe-la-mort ».

Il a mis de l'ail sur toutes les portes et aux quatre coins de mon lit. Il a fabriqué des panneaux DÉFENSE D'ENTRER qu'il a accrochés aux portails, devant et derrière la maison.

Hier soir, pendant que nous regardions la télévision, il a ligoté une de ses jambes à une des miennes avec une corde à sauter. Comme si nous allions participer à une course à trois jambes.

« Personne ne pourra t'enlever si tu es liée à moi, a-t-il décrété.

— On peut t'emmener toi aussi ! »

Il a haussé les épaules : aucune importance…

« En Sicile non plus, on ne t'attrapera pas. Personne ne sait où tu seras. »

Demain nous prenons l'avion. Pour aller passer une semaine au soleil. Je taquine Zoey avec les images du catalogue, les plages volcaniques au sable noir, les montagnes qui tombent dans la mer, les trattorias et pizzerias. Sur certaines photos, on aperçoit en arrière-plan la silhouette isolée de l'Etna, énorme, explosif.

« Le volcan est toujours en activité, dis-je à Zoey. La nuit, on le voit cracher des étincelles et quand il pleut, tout est plein de cendres.

— Il ne va pas pleuvoir, de toute façon. Il doit faire chaud, au moins 30°. »

Elle referme la brochure d'un coup sec.

« Je n'en reviens pas que ta mère ait cédé sa place à Adam !

— Papa non plus n'en revient pas.

— Est-ce que les remettre ensemble ne figurait pas sur ta liste ? demande-t-elle après un temps de réflexion.

— Oui, numéro sept. »

Elle jette la brochure sur l'herbe.

« C'est terrible. Je me sens triste, maintenant.

— C'est hormonal.

— Tellement triste, tu ne peux pas imaginer.

— Je te dis que c'est hormonal. »

Elle jette un regard désespéré vers le ciel puis, presque aussitôt, m'adresse un grand sourire.

« Est-ce que je t'ai raconté que j'allais chercher les clefs dans trois semaines ? »

Parler de son futur appartement lui remonte toujours le moral. Le conseil municipal a décidé de lui accorder une allocation. Avec laquelle elle pourra acheter de la peinture et des papiers peints. Elle est tout excitée en me parlant de la couleur qu'elle envisage pour sa chambre, des carrelages qu'elle veut pour la salle de bains, avec un motif de poisson tropical.

Je l'écoute mais, c'est bizarre, on dirait que les contours de son corps deviennent flous. J'essaie de me concentrer sur le plan de sa cuisine mais Zoey m'apparaît comme cernée par une brume de chaleur.

« T'es sûre que tu vas bien ? Tu as de nouveau une drôle de tête. »

Je me penche en avant et me masse le crâne. Il faut absolument que je dissipe cette douleur, là, derrière les yeux.

« Tu veux que j'appelle ton père ?

— Non.

— Tu veux un verre d'eau ?

— Non. Attends-moi, je reviens dans une minute.

— Où vas-tu ? »

Je ne vois pas Adam mais je l'entends. Il est en train de bêcher une plate-bande pour que sa mère puisse planter des fleurs en notre absence. J'entends sa botte appuyer sur la pelle, la résistance de la terre humide.

Je passe par le trou dans la clôture. La nature murmure son renouveau, les bourgeons s'ouvrent, de jeunes pousses au vert délicat se frayent un chemin pour faire surface.

Il a retiré son pull-over, ne porte qu'un T-shirt et un jean. Il s'est fait couper les cheveux hier et la courbe de son cou vers l'épaule est stupéfiante de beauté. Il sourit en me voyant le regarder, pose sa bêche, s'approche.

« Salut, toi ! »

Je me penche vers lui et attends un peu de me sentir mieux. Il a chaud. Sa peau est salée et sent le soleil.

« Je t'aime. »

Silence. Stupeur. Avais-je l'intention de lui dire ça ?

Il sourit, ce sourire en coin qu'il a.

« Moi aussi, je t'aime, Tess. »

Je pose ma main sur sa bouche.

« Ne le dis pas si tu ne le penses pas.

— Je le pense. »

Son haleine embue mes doigts, il embrasse la paume de ma main.

J'enfouis ces trésors dans mon cœur, son odeur sur mes doigts, son goût sur mes lèvres. J'en aurai besoin, comme autant de talismans, pour survivre à cet impossible voyage.

Il me caresse le visage d'un doigt, le front, les joues, le menton, les lèvres.

« Ça va ? »

J'acquiesce d'un geste.

Il me dévisage, vaguement perplexe.

« Tu as l'air si calme. Quand j'ai fini, je viens te voir, d'accord ? Si tu as envie, on peut aller se balader en moto, dire au revoir à la colline. »

J'approuve d'un hochement de tête. D'accord.

Il m'embrasse avant de me quitter. Il sent le beurre.

Je me cramponne à la clôture en repassant par la brèche. On entend un chant d'oiseau très sophistiqué et Papa est sur le pas de la porte de la cuisine, un ananas à la main. Ce sont des bons signes. Aucune raison de s'affoler.

Je retourne vers mon transat. Zoey fait semblant de dormir mais ouvre un œil à mon arrivée.

« Je me demande s'il t'aurait tapé dans l'œil si tu n'étais pas malade.

— La réponse est oui.

— Il est beaucoup moins beau que Jake.

— Mais beaucoup plus gentil.

— Je parie qu'il t'énerve, par moments. Je parie qu'il te raconte des conneries sans aucun intérêt, ou qu'il veut te baiser quand tu n'as pas envie.

— Non, jamais.

— C'est un mec comme un autre, non ? » proteste-t-elle avec un regard noir.

Comment lui expliquer ? La douceur de son bras autour de mes épaules le soir. Le rythme de sa respiration qui évolue au fil des heures et m'annonce les promesses de l'aube. Son baiser rituel le matin quand il se réveille. Sa main sur ma poitrine qui maintient mon cœur en vie.

Brandissant toujours son ananas, Papa apparaît dans l'allée.

« Il faut que tu rentres, chérie, Philippa est arrivée. »

Mais je n'ai pas envie d'être à l'intérieur. J'ai un problème avec les murs. Je préfère rester sous le pommier, respirer le printemps.

« Tu peux lui demander de venir ici, Papa ? »

Avec un haussement d'épaules, Papa s'exécute.

« Il faut qu'on me fasse une prise de sang, dis-je à Zoey.

— D'accord, répond-elle en plissant le nez. On gèle ici, de toute façon. »

Philippa enfile ses gants stériles.

« Alors, l'amour fait toujours des miracles ?

— Demain, c'est notre dixième anniversaire.

— Dix semaines ? Eh bien, ça fait merveille sur toi ! Je vais recommander à tous mes patients de tomber amoureux. »

Elle me soulève le bras et nettoie avec un tampon de gaze les pourtours du cathéter.

« Tu as fait tes bagages ?

— Oui. Deux robes, un bikini et des sandales.

— C'est tout ?

— De quoi aurais-je besoin d'autre ?

— Une crème solaire, un chapeau de paille et un chandail me paraîtraient raisonnables, pour commencer.

284

Je n'ai pas envie de soigner tes coups de soleil au retour. »

J'aime sa façon d'être aux petits soins pour moi. C'est elle mon infirmière permanente depuis des semaines, maintenant. Je crois que je suis sa patiente préférée.

« Comment va Andy ?

— Il a été enrhumé toute la semaine, soupire-t-elle. Lui appelle ça une grippe, évidemment. Tu sais comment sont les hommes… »

Pas vraiment, non, mais je fais comme si. Je me demande si son mari est amoureux d'elle, s'il lui donne l'impression d'être sublime, s'il s'étend enivré dans ses bras dodus.

« Pourquoi vous n'avez pas d'enfants, Philippa ? »

Elle me regarde droit dans les yeux tout en aspirant le sang dans la seringue.

« Je n'aurais pas survécu à ce genre de peur. »

Elle aspire une seconde seringue de sang, la transfère dans une bouteille, nettoie mon cathéter, range tout son matériel dans sa trousse et se lève. L'espace d'un instant, j'ai l'impression qu'elle va se pencher pour me serrer dans ses bras mais elle ne le fait pas.

« Passe de jolies vacances. Et n'oublie pas de m'envoyer une carte postale. »

Je la regarde se dandiner jusqu'au portail. Avant de le franchir, elle s'arrête pour me faire un signe d'adieu.

Zoey vient me rejoindre.

« Qu'est-ce qu'elle cherche dans ton sang, exactement ?

— La maladie. »

Elle approuve d'un hochement de tête imperceptible et s'assied près de moi.

« Ton père est en train de préparer le déjeuner, à propos. Il l'apporte dans une minute. »

Une feuille danse. Une ombre voyage en travers de la pelouse.

Il y a des signes partout. Ceux qu'on fabrique. Ceux qui viennent à vous.

Zoey me prend la main et la presse sur son ventre.

« Elle bouge ! Mets ta main là, non, un peu plus loin. Là, c'est ça. Tu sens ? »

Je sens un lent balancement, comme si le bébé effectuait un paresseux saut périlleux. Je ne peux plus retirer ma main. J'ai tellement envie qu'il recommence.

« Tu es la première personne à la sentir bouger. Tu l'as sentie, hein ?

— Et comment !

— Imagine-la. Imagine comment elle est vraiment. »

Je le fais souvent. Je l'ai dessinée sur le mur au-dessus de mon lit. Ce n'est pas un très bon dessin mais toutes les dimensions sont exactes : celles du fémur, de l'abdomen, la circonférence de la tête.

Numéro dix de ma liste. Laura Tessa Walker.

« Sa colonne vertébrale est déjà structurée, dis-je à Zoey. Trente-trois anneaux, cent cinquante articulations, un millier de ligaments. Elle a les yeux ouverts, tu savais ça ? Et sa rétine est déjà formée. »

Zoey cligne de l'œil, comment pourrait-elle croire que quiconque puisse détenir une telle information ? Je décide de ne pas lui révéler que son cœur à elle travaille deux fois plus vite qu'en temps normal, et pompe six litres de sang à la minute. Ça risque de la paniquer.

Papa apparaît dans l'allée.

« Ça va, les filles ? »

Il dépose le plateau sur l'herbe entre nous. Salade de cresson et d'avocat. Ananas et kiwis coupés en tranches. Un bol de groseilles.

« Aucun espoir d'hamburger, si je comprends bien », dit Zoey.

Papa la regarde avec désapprobation, se rend compte qu'elle plaisante et lui sourit.

« Je vais sortir la tondeuse à gazon », annonce-t-il en se dirigeant vers la remise.

Adam et sa mère surgissent par la brèche de la clôture.

« Quelle belle journée, n'est-ce pas ? dit Sally.

— C'est le printemps, répond Zoey, la bouche pleine de cresson.

— Non, on n'a pas encore changé d'heure.

— Alors, c'est le réchauffement climatique.

— J'ai entendu dire à la radio que si nous renoncions à l'automobile, cela prolongerait d'un millier d'années l'existence du genre humain sur notre planète », dit Sally, l'air préoccupée.

Adam se met à rire, et secoue ses clefs de voiture devant elle.

« Alors on va à la jardinerie à pied, Maman ?

— Non, je veux acheter des fleurs pour mes plates-bandes, on ne pourra jamais les porter.

— Nous serons de retour dans une heure », promet-il.

Nous les regardons partir. Arrivé au portail, il me lance un clin d'œil.

« Voilà : ça, ça m'agacerait énormément, moi », dit Zoey.

Je ne réponds pas. Avale une tranche de kiwi. Qui a un goût bizarre. Des nuages cavalent dans le ciel, comme des agneaux dans un surprenant champ bleu. Le soleil va et vient. Tout paraît instable.

Papa sort la tondeuse de la remise. Recouverte de vieux chiffons, elle semble sortir d'une longue hibernation. Autrefois il s'occupait minutieusement du jardin, plantait, taillait, tuteurait les nouveaux pieds avec du raphia, l'ensemble donnait l'impression d'être maîtrisé. Maintenant, c'est devenu n'importe quoi. L'herbe est débraillée, les rosiers vivent leur vie dans la cabane à outils.

Nous nous moquons de lui quand la tondeuse refuse de démarrer, mais il répond d'un haussement d'épaules, de toute façon il n'avait pas l'intention de tondre, semble-t-il dire. Il va chercher des cisailles et se met à couper les ronces qui envahissent la haie.

« Je t'ai raconté que j'allais à des réunions de jeunes filles enceintes ? On prend le thé et on apprend à changer un bébé, ce genre de trucs. Je pensais que ce serait chiant, mais pas du tout, on rit beaucoup. »

Un avion traverse le ciel et y inscrit une traînée blanche. Un autre le croise, les deux traces se frôlent. Aucun des deux ne tombe.

« Tu m'écoutes ? dit Zoey. Ça n'a pas l'air de t'intéresser. »

Je me frotte les yeux, essaie de me concentrer. Elle me parle d'une fille avec laquelle elle est devenue copine… Elles doivent accoucher plus ou moins à la même date… puis quelque chose à propos d'une sage-femme. Sa voix semble sortir d'un profond tunnel.

Je remarque que le bouton de sa chemise, celui du milieu, est très tendu.

Un papillon atterrit sur l'allée, déploie ses ailes. Bain de soleil. Les papillons n'apparaissent pas si tôt en saison, d'habitude.

« Tu m'écoutes ou pas ? »

Cal ouvre le portail. Laisse tomber sa bicyclette et fait deux fois le tour du jardin en courant.

« Ça y est, les vacances commencent ! » hurle-t-il.

Pour fêter ça, il grimpe dans le pommier, coince ses genoux entre deux branches et s'accroupit là-haut comme un petit lutin.

Il reçoit un texto, l'écran de son mobile clignote en bleu dans le vert frais des nouvelles feuilles. Cela me rappelle un rêve que j'ai fait il y a quelques nuits : chaque fois que j'ouvrais la bouche, une lumière bleue s'allumait.

Il répond, reçoit très vite un nouveau message. Qui le fait rire. Un autre SMS arrive, puis encore un autre, comme une volée d'oiseaux s'abattant sur l'arbre.

« La sixième a gagné, annonce-t-il joyeusement. Il y avait une bataille navale au parc et c'est nous qui avons gagné. »

Cal qui se fraye son chemin à l'école secondaire. Cal qui a des copains et un portable tout neuf. Cal qui se laisse pousser les cheveux pour ressembler à un champion de skateboard.

« Pourquoi tu me regardes comme ça ? » dit-il en me tirant la langue.

Il saute de son arbre et court vers la maison.

Le jardin s'enfonce dans l'ombre maintenant. Et l'humidité. Un papier de bonbon s'envole dans l'allée.

Zoey frissonne.

« Je crois que je vais y aller, dit-elle en me serrant très fort comme si l'une de nous deux risquait de tomber. Tu es brûlante. C'est normal, ça ? »

Papa la raccompagne.

Adam traverse la clôture par le trou.

« Voilà, c'est fait, dit-il en rapprochant un transat du mien. Elle a acheté la moitié du magasin. Il y en a pour une fortune mais elle est vraiment contente. Elle veut démarrer un jardin aromatique. »

Sortilège trompe-la-mort : serrer très fort la main de son copain.

« Tu vas bien ? »

Je pose ma tête sur son épaule. J'ai l'impression d'attendre quelque chose.

Je repère les bruits, le tintement des assiettes à la cuisine, le bruissement des feuilles, le vrombissement d'une tronçonneuse au loin.

Le soleil se liquéfie, se fond dans l'horizon, le froid tombe.

« Tu es brûlante, dit Adam en me passant la main sur le front, la joue, la nuque. Attends, ne bouge pas. »

Il se lève et se rue vers la maison.

La planète tourne, les arbres filtrent le vent.

Je n'ai pas peur.

Continuer à respirer, juste respirer. C'est facile : inspirer, expirer.

Bizarre : le sol a l'air de monter à ma rencontre, mais je suis plutôt mieux par terre. Étendue, là, je pense à mon nom. Tessa Scott. Un beau nom de trois syllabes. Le corps humain se renouvelle tous les sept ans. Chaque cellule. Tous les sept ans, nous disparaissons.

« Mon Dieu ! Mais elle est brûlante ! Appelle une ambulance ! »

Le visage de Papa vacille au-dessus de moi. Sa voix semble venir de très loin. J'essaie de sourire. Je veux le remercier d'être là mais, pour je ne sais quelle raison, je n'arrive pas à rassembler les mots.

« Ne ferme pas les yeux, Tess. Tu m'entends ? Reste avec nous ! »

Quand je hoche la tête, le ciel tournoie à toute allure, comme si je tombais du haut d'un immeuble.

Trente-deux

La mort me cloue sur un lit d'hôpital, plante ses griffes dans ma poitrine et s'y installe. Je ne savais pas que cela ferait si mal. Je ne savais pas que cela anéantirait tout ce que j'ai pu vivre de bon dans ma vie.

Ça y est, le moment est venu, pour de vrai, et peu importe si, oui ou non, les gens se souviennent de moi comme on me l'a tellement promis, cela n'a aucune espèce d'importance, de toute façon je ne le saurai jamais, je serai partie.

Un trou noir et nébuleux s'élargit dans un coin de la pièce, palpite comme un tissu ondulant entre des arbres.

Je m'entends gémir moi-même dans le lointain. Je ne veux pas écouter. Je surprends les lourds regards échangés. Entre l'infirmière et le médecin, entre mon père et le médecin. Le bruit étouffé de leurs voix. La panique dans celle de Papa.

Pas encore. Pas tout de suite.

J'ai toujours en tête une image d'arbres en fleurs. Des fleurs blanches se détachant sur un ciel bleu qui tournoie. Les êtres sont si peu de chose, si vulnérables, comparés aux étoiles, aux rochers.

Cal arrive. Je le reconnais. Je voudrais lui dire de ne pas avoir peur. Je voudrais qu'il me parle avec sa voix de tous les jours, qu'il me dise quelque chose de drôle. Mais il reste debout près de Papa, calme, enfantin, et chuchote :

« Qu'est-ce qu'elle a ?

— Une infection.

— Elle va mourir ?

— On lui a donné des antibiotiques.

— Alors elle va aller mieux ? »

Silence.

Ça n'est pas censé se passer comme ça. Ça ne devrait pas être si brutal, comme si j'avais été renversée par une voiture. Je ne devrais pas avoir tant de fièvre, ni cette terrible sensation de meurtrissure interne. La leucémie est une maladie à progression lente. Normalement je devrais me sentir de plus en plus faible jusqu'au point où cela me deviendrait bien égal.

Mais ça ne m'est pas encore égal. Jusqu'à quand ?

J'essaie de penser à des choses simples, des pommes de terre à l'eau, du lait. Mais ce sont au contraire des images effrayantes qui surgissent : des arbres morts, des couches de cendre. Des os de mâchoire blanchis.

Je voudrais expliquer à Papa à quel point j'ai peur mais parler est aussi difficile que grimper pour remonter à la surface d'une cuve de mazout. Mes mots proviennent d'un lieu lointain, sombre et glissant.

« Ne me lâche pas.

— Je te tiens.

— Je suis en train de tomber.

— Je suis là. Je te tiens. »

Mais son regard est plein de terreur et son visage ravagé, on dirait qu'il a cent ans.

Trente-trois

Je me réveille et découvre les fleurs. Des bottes de tulipes, des œillets comme pour un mariage, un nuage de gypsophile sur la table de nuit.

Je me réveille et retrouve Papa, qui me tient toujours la main.

Tout ce qui est dans la chambre me paraît merveilleux, la carafe d'eau, cette chaise. Dehors, le ciel est très bleu.

« Tu as soif ? demande Papa. Tu veux quelque chose à boire ? »

J'ai envie de jus de mangue. Plein de jus de mangue. Il me cale un oreiller sous la tête et approche le verre pour que je boive. Son regard rivé au mien. J'aspire, j'avale. Il me laisse le temps de reprendre mon souffle, incline le verre de nouveau. Quand j'ai assez bu, il m'essuie la bouche.

« Comme un bébé », dis-je.

Il hoche la tête en silence, les yeux pleins de larmes.

Je dors. Me réveille à nouveau. Et cette fois, je meurs de faim.

« Une glace, ce serait possible, tu crois ? »

Papa pose son livre en souriant.

« Attends-moi là. »

Il revient très vite avec un Mivvi Fraise. Il enveloppe le bâton d'un mouchoir en papier pour que ça ne coule pas, me le tend et je me débrouille toute seule. C'est fantastiquement bon. Mon corps retrouve des forces. Je ne l'en croyais plus capable. Je ne mourrai pas un Mivvi Fraise à la main.

« Je crois bien que j'en prendrai même un second.

— Cinquante, si tu veux », répond Papa.

Il doit avoir oublié que je n'ai droit ni au sucre ni aux produits laitiers.

« J'ai quelque chose d'autre pour toi. »

Il fouille dans sa poche et en tire un aimant de porte de frigo en forme de cœur, peint en rouge et maladroitement verni.

« C'est Cal qui l'a fait. Il m'a chargé de te dire qu'il t'aime.

— Et Maman ?

— Elle est venue te voir deux fois. Tu étais dans un état très critique, tu sais, Tessa. Visites réduites au strict minimum.

— Adam n'est pas venu, alors ?

— Pas encore. »

Je lèche le bâton de la glace pour en tirer le maximum de saveur. Le bois me râpe la langue.

« Tu en veux un autre ?

— Non, je voudrais que tu partes, maintenant.

— Pour aller où ? demande Papa, surpris.

— Pour aller chercher Cal à l'école, l'emmener au parc et jouer au foot avec lui. Achète-lui des chips. Tu viendras me voir plus tard pour me raconter. »

Un peu étonné, Papa se met à rire.

« Tu t'es réveillée avec un sacré entrain, dis-moi.

— Je voudrais aussi que tu appelles Adam pour lui demander de venir me voir cet après-midi.

— Autre chose ?

— Oui, dis à Maman que je veux des cadeaux. Du jus de fruits très cher, des piles de magazines et des produits de maquillage. Si elle a l'intention de se défiler, elle peut au moins m'acheter des trucs. »

Radieux, Papa cherche un bout de papier pour noter la marque de fond de teint et de rouge à lèvres que je veux. Est-ce que j'ai envie d'autres choses ? suggère-t-il. Alors, je commande des muffins aux myrtilles, du chocolat au lait et un paquet de Creme Eggs. C'est bientôt Pâques, après tout.

Il m'embrasse trois fois le front et promet de revenir plus tard.

Après son départ, un oiseau vient se poser sur le rebord de la fenêtre. Pas un oiseau bien impressionnant, ni un vautour ni un phénix, un simple étourneau. Une infirmière arrive, retape mon lit, remplit ma carafe d'eau. Je lui fais remarquer la présence de l'oiseau, lui dis en plaisantant que c'est la Mort qui me guette. Avec un sourire qui dévoile toutes ses dents, elle me conseille de ne pas tenter le sort.

Mais l'oiseau, lui, dresse la tête en regardant droit vers moi.

« Pas encore », lui dis-je.

Le médecin passe me voir.

« Alors, nous avons trouvé le bon antibiotique, finalement.

— Finalement, oui.

— Il y a quand même eu un moment où on n'en menait pas large.

— Ah bon ?

— Oui, dans votre cas, une infection de cette ampleur risque de faire tout basculer. »

Pendant qu'il m'ausculte, je repère son nom sur son badge. Dr. James Wilson. Il a environ le même âge que mon père, des cheveux noirs, le sommet de son crâne commence à se dégarnir. Plus mince que Papa, il a l'air fatigué. Il regarde mes bras, mes jambes, mon dos pour vérifier si j'ai des hémorragies cutanées, puis il s'assied près de mon lit et note ses observations sur mon dossier.

Les médecins espèrent toujours qu'on soit poli et reconnaissant à leur égard. Cela leur facilite la tâche. Mais aujourd'hui, je n'ai pas envie de faire preuve de tact.

« Il me reste combien de temps ? »

Surpris, il relève la tête.

« Si on attendait que votre père revienne pour entamer cette discussion ?

— Pourquoi ?

— Pour envisager ensemble les différentes options médicales.

— C'est moi qui suis malade, pas mon père. »

La mâchoire serrée, il remet son stylo dans sa poche.

« Ne me forcez pas à des prévisions de ce genre, Tessa. Cela ne sert strictement à rien.

— À moi, si. Ça me servirait de savoir. »

Ce n'est pas que j'aie décidé d'être courageuse. Ce n'est pas une bonne résolution comme on en prend en début d'année. C'est juste que j'ai une perfusion dans le bras et que j'ai gaspillé des journées de ma vie sur un lit d'hôpital. Tout à coup, l'essentiel me paraît vraiment évident.

« Ma meilleure amie attend un bébé qui doit naître dans huit semaines. J'ai besoin de savoir si je serai encore là. »

Il croise les jambes, les décroise aussitôt. J'ai un peu pitié de lui. Les médecins ne sont pas très préparés à la mort.

« Si je suis trop optimiste, vous serez déçue. Mais une prédiction pessimiste ne vous serait d'aucun secours non plus.

— Ça m'est égal. Vous en savez quand même plus long que moi sur la question. S'il vous plaît, James. »

Les infirmières n'ont pas l'autorisation d'appeler les médecins par leur prénom, et normalement je n'oserais jamais moi non plus. Mais quelque chose a changé. Il s'agit de ma mort et j'ai besoin de savoir certaines choses.

« Je ne vous intenterai pas de procès si vous vous trompez. »

Il me lance un petit sourire triste.

« Nous avons réussi à venir à bout de votre infection et vous vous sentez manifestement beaucoup mieux, mais comme votre hémogramme n'est pas redevenu aussi bon que nous l'espérions, nous avons procédé à divers examens. Quand votre père sera de retour, nous pourrons discuter ensemble de leurs résultats.

— Est-ce que les vaisseaux périphériques sont atteints ?

— On ne se connaît pas très bien, vous et moi, Tessa. Vous ne préférez pas qu'on attende votre père ?

— Non, dites-moi. »

Il respire à fond, comme s'il ne pouvait se résoudre à capituler.

301

« Eh bien, oui, nous avons trouvé des cellules malignes dans le sang périphérique. Je suis vraiment désolé. »

Donc, nous y voilà. Le cancer me crible de toutes parts, mon système immunitaire est foutu et on ne peut plus rien pour moi. Si l'on me faisait un examen de sang par semaine, c'était en prévision de ce moment. Et cette fois, il est bien là.

J'ai toujours pensé que l'annonce d'une mort certaine me ferait l'effet d'un coup de poing dans l'estomac : un choc, suivi d'une douleur sourde.

Mais elle n'est pas sourde, cette douleur. Aiguë, au contraire. Les battements de mon cœur accélèrent, mon taux d'adrénaline monte. Je me sens très concentrée.

« Mon père le sait déjà ?

— Oui, nous pensions vous en parler ensemble.

— On a le choix entre quoi et quoi ?

— Votre système immunitaire s'est subitement effondré, Tessa. Le choix est limité. On peut continuer les transfusions de sang et de plaquettes si vous le désirez, mais leur effet sera probablement de courte durée. Si nous constatons une baisse de globules rouges juste après une transfusion, nous serons obligés d'arrêter.

— Et alors ?

— Alors nous ferons tout ce qu'il est possible pour que vous vous sentiez bien et on vous laissera tranquille.

— Des transfusions quotidiennes, ce n'est pas faisable ?

— Non.

— Donc je ne vais pas pouvoir tenir huit semaines, c'est ça ? »

302

Le Dr. Wilson me regarde droit dans les yeux.

« Si vous y arrivez, vous aurez beaucoup de chance. »

Je sais que j'ai l'air d'un tas d'os recouvert d'un film transparent. Adam a un choc, je le vois dans ses yeux.

« Ce n'est pas tout à fait l'image que tu avais gardée de moi, n'est-ce pas ? »

Il se penche pour m'embrasser sur la joue.

« Tu es superbe. »

Mais je pense que c'est ce qu'il redoutait depuis toujours : feindre l'attirance alors que je suis devenue moche et inutilisable.

Il m'a apporté des tulipes du jardin. Je les plante dans la carafe d'eau pendant qu'il regarde les cartes de vœux de guérison que j'ai reçues. Nous bavardons de tout et de rien pendant quelques instants : il me raconte que les plantes achetées à la jardinerie reprennent très bien, que sa mère profite du beau temps maintenant qu'elle sort plus souvent. Il regarde par la fenêtre, s'émerveille en riant de la vue imprenable sur le parking.

« Adam, je voudrais que tu restes naturel. »

Il fronce les sourcils, l'air de ne pas comprendre.

« Ne fais pas semblant de te soucier de moi. Je n'ai pas besoin de toi comme anesthésique.

— Tu veux dire quoi, au juste ?

— Je voudrais que personne ne fasse semblant.

— Je ne fais pas semblant.

— Je ne te reproche rien. Tu ne savais pas que je serais si malade. Et cela ne peut qu'empirer. »

Après un instant de réflexion, il retire ses chaussures.

« Qu'est-ce que tu fais ?

303

— Je reste naturel. »

Il tire la couverture et s'étend près de moi dans le lit. Il me soulève, me serre dans ses bras et me chuchote à l'oreille d'un ton sévère :

« Je t'aime. J'en souffre comme je n'ai jamais souffert de ma vie, mais je t'aime. Comment oses-tu prétendre le contraire ? Ne me dis plus jamais ça, d'accord ? »

Je pose la paume de ma main sur son visage, et il l'appuie très fort contre sa joue. Tout à coup, j'imagine sa solitude à lui.

« Excuse-moi. »

Il évite mon regard. Je crois qu'il essaie de ne pas pleurer.

Nous passons l'après-midi ensemble. Nous regardons MTV, il lit le journal laissé par Papa pendant que je refais un petit somme. Je rêve de lui, alors même qu'il est tout près de moi. Nous marchons ensemble dans la neige mais il fait très chaud et nous sommes en maillot de bain. Il y a des allées vides, des arbres couverts de givre et une route en lacet qui n'en finit pas.

En me réveillant, j'ai de nouveau faim et demande à Adam d'aller me chercher un autre Mivvi Fraise. Il est à peine parti qu'il me manque. Comme si tout l'hôpital était soudain déserté. Comment est-ce possible ? Je croise les mains sous la couverture jusqu'à ce qu'il remonte près de moi dans le lit.

Il enlève le papier de la glace et me la tend. Je la pose sur la table de nuit.

« Touche-moi. »

Ma demande l'embarrasse.

« Ta glace va fondre.

— S'il te plaît.

— Mais je suis tout contre toi, je te touche déjà.

— Comme ça, dis-je en guidant sa main vers ma poitrine.

— Non, Tess, je risque de te faire mal.

— Non, tu ne me feras pas mal.

— Et l'infirmière ?

— Si elle entre, on lui balancera le bassin. »

Il me caresse tout doucement les seins à travers mon pyjama.

« Comme ça ? »

Il m'effleure comme si j'étais un objet précieux, comme s'il en était abasourdi, comme si mon corps continuait à l'émerveiller, même défaillant. Sa peau touche enfin la mienne, et nous frissonnons ensemble, peau contre peau.

« Je voudrais faire l'amour. »

Sa main s'immobilise.

« Quand ?

— Quand je rentrerai à la maison. Juste une fois avant de mourir. Promets-moi. »

L'intensité de son regard m'effraie. Je ne l'ai jamais vu ainsi. Un regard profond et lucide, comme s'il percevait certains aspects du monde que d'autres imaginent à peine.

« Je te le promets. »

Trente-quatre

Ils prennent leur tour, comme des sentinelles. Papa vient tous les matins. Adam tous les après-midi. Papa revient le soir avec Cal. Maman débarque quand ça lui chante, mais, dès sa seconde visite, elle parvient à rester près de moi tout le temps d'une transfusion sanguine.

« L'hémoglobine et les plaquettes arrivent tout de suite », annonce-t-elle pendant qu'on m'installe.

Qu'elle connaisse les termes justes me touche.

Dix jours déjà. J'ai raté Pâques. C'est trop de temps perdu.

Je passe toutes mes nuits seule, dans un lit d'hôpital, alors que je rêve d'Adam, de ses jambes mêlées aux miennes, de sa chaleur.

« Je veux rentrer à la maison, dis-je à l'infirmière.

— Pas encore.

— Je vais mieux.

— Pas assez bien.

— Qu'est-ce que vous espérez ? Que je guérisse ? »

Chaque matin, le soleil se lève et la ville éteint ses lumières. Les nuages parcourent le ciel à toute allure, les voitures entrent et sortent du parking à un rythme frénétique, puis le soleil replonge vers l'horizon et une nouvelle journée se termine. Le temps s'écoule. Le sang coule.

Je fais mes bagages et m'habille. Assise sur le lit, l'air le plus joyeux possible, j'attends James.

« Je rentre à la maison », lui dis-je tandis qu'il examine mon dossier.

Il n'a pas l'air vraiment surpris.

« Vous êtes sûre de votre décision ?

— Sûre. Il fait trop beau dehors, dis-je en lui montrant la fenêtre au cas où il n'aurait pas remarqué la jolie lumière et le ciel bleu ponctué de nuages.

— Maintenir cette numération globulaire exige une certaine rigueur, Tessa.

— Pourquoi ne serais-je pas rigoureuse à la maison ? »

Il me répond d'un air grave.

« Il y a une marge subtile entre la qualité de vie que vous avez quittée et les soins médicaux nécessaires pour la maintenir. Vous êtes la seule à pouvoir juger. Êtes-vous en train de me dire que vous en avez assez ? »

Je pense aux différentes pièces de la maison, aux couleurs des rideaux et des tapis, à l'exacte disposition des meubles. Il y a un périple que j'adore : sortir de ma chambre, descendre l'escalier, traverser la cuisine pour aller dans le jardin. Je veux refaire ce voyage. Je veux m'asseoir dans ma chaise longue sur la pelouse.

« La dernière transfusion n'a tenu que trois jours.

— Je sais. Je suis désolé, dit-il gentiment.

— On m'en a fait une autre ce matin. À votre avis, combien de temps son effet va-t-il durer ?

— Je ne sais pas », soupire-t-il.

Je lisse le drap du plat de la main.

« Je veux juste rentrer à la maison.

— Pourquoi je n'appellerais pas l'Association ? Si leur équipe d'infirmiers nous garantit des visites quotidiennes, alors nous pourrons peut-être réexaminer la question, d'accord ? »

Il raccroche mon dossier au bout de mon lit.

« Je leur téléphone et je reviens vous voir lorsque votre père sera là. »

Après son départ, je compte jusqu'à cent. Une mouche broute ma table de nuit. Je tends le doigt pour caresser ses ailes fragiles. Mais elle me sent arriver, bourdonne en s'envolant vers la vie, zigzague vers l'applique du plafond autour de laquelle elle tournicote, hors de danger.

J'enfile mon manteau, drape mon écharpe autour de mes épaules et prends mon sac. L'infirmière ne lève même pas la tête lorsque je passe devant son bureau pour aller prendre l'ascenseur.

Arrivée au rez-de-chaussée, j'envoie un texto à Adam : **tu trapel ta promesse ?**

Je veux mourir à ma façon. C'est ma maladie, ma mort, mon choix.

C'est à cela qu'il a dit oui.

Quel plaisir de marcher, de mettre un pied devant l'autre, de suivre la ligne jaune peinte sur le sol du corridor jusqu'à la réception. Quel plaisir d'emprunter les portes tambour et de les faire tourner deux fois en l'honneur du génie qui les a inventées. Quel bonheur de respirer dehors.

L'air doux, frais, surprenant, du monde extérieur.

Il y a un kiosque à la sortie. J'achète une plaque de chocolat Dairy Milk et un paquet de bonbons Chewits. La caissière me dévisage bizarrement pendant que je paie : après tous les traitements que j'ai subis, ma peau doit rayonner un peu et certaines personnes discernent cette lueur, comme celle d'un néon qui clignoterait quand je bouge.

Je marche lentement vers la station de taxis, savourant chaque détail : la caméra de surveillance en haut du lampadaire qui se balance sur son axe, le pépiement des téléphones portables tout autour de moi. Je murmure au revoir à l'hôpital qui s'éloigne, tandis que l'ombre des platanes assombrit peu à peu sa façade.

Je croise une fille qui ondule des hanches en se léchant les doigts et dégage des effluves de poulet rôti. Un homme, tenant dans ses bras un bébé braillard, hurle dans son téléphone : « Non, je ne peux pas porter aussi tes foutues patates ! »

Nous formons une mosaïque, nous partageons des instants. Parfois, je me demande si je ne suis pas la seule à m'en rendre compte.

Je propose du chocolat au chauffeur de taxi tandis que nous nous enfonçons dans les embouteillages de l'heure du déjeuner. Aujourd'hui, il fait des heures supplémentaires, me raconte-t-il, et il y a trop de circulation à son goût. Il me montre d'un geste désespéré le flot de voitures qui se traînent au ralenti vers le centre-ville.

« Où est-ce que ça va nous mener, tout ça ? » gémit-il.

Je lui offre un bonbon pour lui remonter le moral. Puis j'envoie un nouveau texto à Adam : **noubli pa ta promesse**.

Le temps a changé, des nuages masquent le soleil. J'ouvre la fenêtre. L'air frisquet d'avril surprend mes poumons.

Le chauffeur pianote impatiemment sur son volant.

« C'est complètement bloqué », grogne-t-il.

Moi, j'aime. J'aime le trafic qui cale ou accélère par à-coups, le vrombissement grave d'un moteur d'autobus, une sirène impatiente dans le lointain. J'aime ramper si lentement dans High Street que j'ai le temps de tout remarquer, les œufs de Pâques invendus dans la vitrine du marchand de journaux, les mégots de cigarettes soigneusement balayés en pile bien nette à l'entrée du Chicken Joint. Je repère des enfants portant des choses très étranges, un ours polaire, une pieuvre. Et sous les roues d'une poussette, à la porte de Mother-care, j'aperçois mon nom : il commence à s'estomper maintenant mais serpente toujours tout au long du trot-toir, jusqu'à la banque.

J'appelle Adam sur son portable et, comme il ne décroche pas, je laisse un nouveau message : **envie 2 toi.**

C'est clair.

Au carrefour, une ambulance, toutes portières ouvertes, est arrêtée en travers de la route qu'illumine le clignotement de ses gyrophares. Ils lancent même des flashes de lumière bleue vers le plafond bas des nuages. Une femme gît sur la chaussée, recouverte d'une couverture.

« Regardez-moi ça... » dit le chauffeur de taxi.

Tout le monde regarde, les occupants des autres voi-tures, les employés de bureau sortis pour déjeuner d'un sandwich. La tête de la victime est cachée mais on voit ses jambes qui dépassent. Elle porte un collant, ses chaussures forment un angle bizarre. Sombre comme de l'eau de pluie, son sang forme une flaque le long de son corps.

Le chauffeur de taxi me lance un coup d'œil dans le rétroviseur :

« Tout d'un coup, on réalise, n'est-ce pas ? »

Oui. La différence est si tangible. Entre être et ne plus être.

En sonnant chez Adam, j'ai l'impression que de la sève monte de mes pieds, s'accumule dans mes chevilles et mes tibias.

Sally entrebâille la porte et me jette un coup d'œil furtif. J'ai une bouffée d'affection pour elle.

« Adam est là ?

— Mais je te croyais à l'hôpital !

— Non, c'est fini.

— Il ne m'a pas dit qu'on te laissait sortir, répond-elle, perturbée.

— C'est une surprise.

— Une de plus ? »

Elle soupire, ouvre un peu plus la porte, regarde sa montre.

« Il ne sera pas là avant cinq heures.

— Cinq heures ?

— Est-ce que tu te sens bien ? » demande-t-elle en fronçant les sourcils.

Non. C'est beaucoup trop tard, cinq heures. À cette heure-là, je risque d'être de nouveau complètement exsangue.

« Où est-il ?

— Il a pris le train pour Nottingham. Passer un entretien préalable.

— Pour entrer où ?

— À l'université. Il veut commencer en septembre. »

Le jardin tournoie

« Tu as l'air aussi surprise que je l'ai été. »

Je me suis endormie dans ses bras sur mon lit d'hôpital. « Touche-moi », lui ai-je demandé et il l'a fait. « Je t'aime, m'a-t-il assuré. Comment oses-tu dire le contraire ? » Il m'a fait une promesse.

Il se met à pleuvoir quand je remonte l'allée vers le portail. Une petite pluie grise et serrée, comme une toile d'araignée qui s'abattrait sur terre.

Trente-cinq

J'ouvre mon placard, arrache ma robe de soie de son cintre et y découpe une bouche grande ouverte, juste sous la taille. J'ai des ciseaux bien aiguisés, c'est facile, comme si leurs lames fendaient de l'eau. Puis je taillade ma robe portefeuille bleue en diagonale à la hauteur des seins. Je les étends l'une près de l'autre sur mon lit, comme deux amies malades, et les caresse.

Ça ne me soulage pas.

Le jean que j'ai bêtement acheté avec Cal me va très mal de toute façon, je l'ampute des jambes à la hauteur des genoux. Je déchire les poches de tous mes pantalons de jogging, perce des entailles dans tous mes chandails et envoie le tout rejoindre les robes sur le lit.

Lacérer mes bottes me prend un temps fou. Mes bras me font mal, ma respiration est sifflante. Mais on m'a fait une transfusion ce matin et le sang d'inconnus coule tout frais dans mes veines, donc je tiens bon. Chaque botte est incisée dans toute la longueur. Deux inquiétantes blessures

Je veux faire le vide. Vivre dans un cadre dépouillé.

J'ouvre la fenêtre et balance les bottes dehors. Elles atterrissent sur le gazon.

Le ciel n'est plus qu'un nuage, sombre et bas. Il tombe une petite pluie fine. La pelouse est toute mouillée, l'herbe détrempée. Le barbecue rouille sur ses roues.

Je sors tous mes autres vêtements du placard. Mes poumons sifflent mais je ne lâche pas. Les boutons rebondissent dans toute la pièce tandis que je taillade mes vestes. Je déchire mes chandails en lambeaux. Cisaille tous mes pantalons. J'aligne mes chaussures sur l'appui de fenêtre et coupe toutes les languettes.

Ça fait du bien. Je me sens vivre.

J'empoigne les robes sur le lit et les balance dans le jardin. Elles tombent ensemble dans le patio et gisent l'une près de l'autre sous la pluie.

Je vérifie mon téléphone. Ni message, ni appel manqué.

Je déteste ma chambre. Tout dans cette pièce me rappelle quelque chose. Le petit bol en porcelaine de St. Ives. Le pot en terre cuite où Maman rangeait les biscuits. Le chien endormi, une pantoufle dans la gueule, qui ronflait silencieusement sur la cheminée de ma grand-mère. Ils tombent tous sur l'herbe, sauf le chien qui se fracasse sur la clôture.

Les livres, eux, restent ouverts. Leurs pages palpitent comme des ailes d'oiseaux exotiques, se déchirent et s'envolent. CD et DVD volent en rase-mottes comme des Frisbees par-dessus la clôture. Adam pourra les écouter et les regarder avec ses nouveaux copains de fac, quand je serai morte.

La couette, les draps, les couvertures, tout y passe. Les bouteilles et boîtes de médicaments de ma table de nuit, les seringues, la crème Diprobase, la crème hydratante. Ma boîte à bijoux.

Je crève mon Sacco, décore le sol de ma chambre de boules de polystyrène et jette l'enveloppe vide dehors sous la pluie. Le jardin a l'air très animé. Il va pousser des choses. Des arbres en pantalons. Des vignes de livres. Je me jetterai moi-même plus tard et prendrai racine dans cet espace sombre à côté de la pelouse.

Toujours aucun message d'Adam. Je balance mon téléphone par-dessus sa haie.

La télévision pèse aussi lourd qu'une voiture. Cela me brise le dos. Me brûle les jambes. Je la tire et la pousse péniblement sur la moquette. Le souffle coupé, je dois m'arrêter. La chambre bascule. Respirer. Respirer. Il faut que j'y arrive. Tout doit disparaître.

Sur le rebord de la fenêtre avec la télé.

Ouste !

Elle vrombit, et se désintègre en une spectaculaire explosion de verre et de plastique.

Ça y est. Tout est parti. Fini.

Le choc est violent : Papa s'arrête pile, immobile, bouche bée.

« Petit monstre », murmure-t-il.

Je plaque mes mains sur mes oreilles.

Il monte et m'attrape par les deux bras. Son haleine sent le tabac froid.

« Ton idée, c'est de ne rien me laisser de toi, c'est ça ?

— Il n'y avait personne ici !

— Cela t'autorisait à tout démolir ?

— Où étais-tu ?

— J'étais au supermarché. Puis je suis allé te rendre visite à l'hôpital. Tu avais disparu. Tout le monde était affolé.

— J'en ai rien à foutre, Papa !

— Eh bien, moi, si ! J'en ai à foutre. Tu vas être complètement épuisée après ça.

— C'est mon corps. J'en fais ce que je veux.

— Parce que tu ne prends plus soin de ton corps, maintenant ?

— Non, j'en ai marre ! Marre des médecins, des piqûres, des analyses de sang, des transfusions. Marre d'être clouée jour après jour sur un lit alors que vous menez vos petites vies. Ras le bol ! Je vous hais tous ! Adam est parti s'inscrire à l'université, tu savais ça ? Il va y rester des années à ne faire que ce qu'il veut et moi, dans moins de quinze jours, je serai sous terre ! »

Papa fond en larmes. Il s'écroule sur le lit, met sa tête dans ses mains et pleure. Je ne sais que dire. Pourquoi est-il plus faible que moi ? Je m'assieds près de lui et pose ma main sur son genou.

« Je ne retournerai pas à l'hôpital, Papa. »

Il s'essuie le nez avec sa manche et me regarde. On croirait voir Cal.

« Tu es sûre que tu en as assez ?

— J'en ai plus qu'assez. »

Je passe mon bras autour de lui et il pose sa tête sur mon épaule. Je lui caresse les cheveux. Nous dérivons sur le même bateau. Un peu de vent souffle de la fenêtre ouverte. Nous restons assis, comme ça, indéfiniment.

« On ne sait jamais, peut-être que si je suis à la maison, je ne mourrai pas.

— Ce serait formidable que tu ne meures pas.

— Je passerai mon bac, à la place. Et puis j'irai à l'université. »

Il soupire, s'étire, ferme les yeux.

« C'est une bonne idée.

— Je trouverai du travail et peut-être qu'un jour j'aurai des enfants : Chester, Merlin et Daisy.

— Que Dieu leur vienne en aide ! dit Papa en ouvrant un œil.

— Tu seras grand-père. On viendra tout le temps te voir. Pendant des années et des années, on viendra te rendre visite. Jusqu'à ce que tu aies quatre-vingt-dix ans.

— Et après ? Plus de visites ?

— Non, à ce moment-là tu mourras. Avant moi. Normalement, quoi. »

Il ne dit rien. L'obscurité commence à envahir la pièce, l'ombre atteint son bras, il semble disparaître.

« Tu ne vivrais plus dans cette maison depuis longtemps, mais dans quelque chose de plus petit, près de la mer. J'ai les clefs car je viens te voir très très souvent et, un jour, j'entre, comme d'habitude, mais les rideaux ne sont pas ouverts et le courrier attend sur le paillasson. Je monte à l'étage pour te chercher. Je suis si soulagée de te voir te reposer tranquillement sur ton lit que j'en ris tout haut. Mais quand je tire les rideaux, je remarque que tu as les lèvres bleuies. Je touche ta joue, elle est froide. Tes mains aussi sont glacées. Je prononce ton nom, encore et encore, mais tu ne m'entends plus et tes yeux restent clos. »

Papa s'assoit. Il pleure de nouveau. Je le serre contre moi et lui caresse le dos.

« Pardon. Je te fais flipper, avec mes histoires ?

— Non, non. »

Il se dégage, s'essuie les yeux d'un revers de main.

« Il vaut mieux que j'aille ranger dehors avant qu'il fasse noir. Je peux te laisser seule, ça ira ?

— Bien sûr. »

Je le regarde faire par la fenêtre. Il pleut fort maintenant, il a mis ses bottes et son anorak. Il va chercher un balai et une brouette dans la cabane à outils. Enfile des gants de jardin. Ramasse la télévision. Balaie le verre cassé. Il range tous les livres dans un carton, ramasse même les feuilles déchirées qui tremblent contre la clôture.

Cal apparaît, en uniforme, avec son cartable et sa bicyclette. Il a l'air raisonnable et plein de santé. Papa va à sa rencontre pour l'embrasser.

Cal laisse tomber sa bécane et aide au nettoyage. On dirait un chasseur de trésor, brandissant chaque trouvaille vers le ciel. Il récupère le collier d'argent que j'ai reçu pour mon dernier anniversaire et mon bracelet de résine couleur d'ambre. Après, ça devient un peu n'importe quoi. Il déniche un escargot, une plume, un caillou spécial. Il trouve une flaque de boue et tape du pied dedans. Ça fait rire Papa qui s'appuie sur son balai pour rire à gorge déployée. Cal se tord de rire aussi.

L'averse bat doucement contre ma vitre, leurs silhouettes s'effacent dans la pluie.

Trente-six

« Alors, tu aurais fini par m'en parler ou pas ? »

Tendu sur le bord de sa chaise, Adam me regarde sans sourire.

« C'était difficile.

— Donc, tu n'aurais rien dit.

— J'ai essayé deux fois, dit-il en haussant les épaules. Mais je trouvais ça si injuste, le simple fait de vivre me paraît injuste. »

Je m'assieds plus en avant du lit.

« Tu ne vas pas t'apitoyer sur toi-même parce que tu vas devoir me survivre quand même !

— Je ne m'apitoie pas.

— Parce que si tu veux mourir aussi, ça peut s'arranger. On part en moto. Tu prends un virage en épingle à cheveux à toute allure juste au moment où il y a un poids lourd qui arrive en face et on meurt ensemble, flots de sang, funérailles à deux places, squelettes enlacés pour l'éternité. »

Il a l'air si horrifié que ça me fait rire. Il me sourit, soulagé. Le brouillard se dissipe, le soleil illumine à nouveau la pièce.

« N'en parlons plus, Adam. Disons que c'est mal tombé, c'est tout.

— Tu as tout balancé par la fenêtre, quand même !

— Pas seulement à cause de toi.

— Non », dit-il, les yeux fermés, la tête appuyée en arrière sur son dossier.

Papa lui a dit que j'en avais fini avec l'hôpital. Tout le monde le sait. Philippa doit passer dans la matinée pour discuter des différentes options, encore que je voie mal lesquelles… L'effet de la transfusion d'aujourd'hui est déjà fini.

« À quoi ressemble-t-elle, cette université ?

— C'est très grand, il y a un tas de bâtiments. J'étais un peu paumé. »

Mais il pense au futur. Ses yeux brillent d'avenir. Il a pris le train pour Nottingham. Il y a tellement d'endroits où il va aller sans moi.

« Tu as rencontré des filles ?

— Non !

— C'est bien pour ça qu'on va à l'université, pourtant ? »

Il se lève, vient s'asseoir sur le bord de mon lit et déclare d'un air très sérieux :

« Je vais à l'université parce que avant de te connaître je menais une vie merdique. Je vais à l'université parce que je ne veux pas rester ici si tu n'y es pas, et continuer à vivre avec ma mère sans que rien ait changé. Sans toi, je ne l'aurais même pas envisagé.

— Je parie que tu m'auras oubliée avant la fin du premier trimestre.

— Je parie que non.

— C'est pratiquement inévitable.

— Arrête ! Faut-il vraiment que je fasse quelque chose d'extravagant pour que tu me croies ?

— Oui !

— Qu'est-ce que tu suggères ? sourit-il.

— Que tu tiennes ta promesse. »

Il s'avance pour soulever la couette mais je l'arrête : « Éteins la lumière, d'abord.

— Pourquoi ? Je veux te voir.

— Non, s'il te plaît. Je ne suis qu'un sac d'os. »

En soupirant, il va éteindre le plafonnier et se rassoit sur le lit. J'ai dû lui faire peur parce qu'il ne me rejoint pas et se contente de me caresser à travers l'édredon, sa main descend tout le long de ma jambe, de la cuisse à la cheville, parcourt l'autre jambe. Ses gestes sont sûrs. J'ai l'impression d'être un instrument de musique qu'on raccorde.

« Je pourrais passer des heures sur chaque centimètre de toi. »

Puis, en riant, comme si ce n'était pas très cool de dire ça, il ajoute :

« Tu es vraiment superbe. »

Dans ses mains, oui. Parce que ses doigts me redonnent un corps.

« Tu aimes que je te caresse comme ça ? »

J'acquiesce d'un geste, alors il s'agenouille sur la moquette, me prend les pieds entre ses deux mains et les réchauffe à travers mes chaussettes.

Il me masse si longuement que cela m'endort presque, mais je me réveille lorsqu'il retire mes chaussettes, soulève mes pieds et les embrasse. Sa langue parcourt chacun de mes orteils, il gratte mes plantes de pied avec ses dents et lèche l'arrondi de mes talons.

Je pensais que mon corps ne pourrait plus jamais sentir cette passion, cette sorte de fièvre urgente que j'ai déjà connue avec lui. Je suis émerveillée de la ressentir à nouveau. Et je sais qu'il l'éprouve, lui aussi. Il enlève son T-shirt, envoie balader ses chaussures. Nos regards se rivent l'un à l'autre.

Tout est étonnamment beau chez lui : ses cheveux très courts, maintenant, encore plus que les miens, l'arc de son dos lorsqu'il retire son jean, la fermeté de ses muscles de jardinier.

« Viens ! »

Il fait chaud dans la chambre, les radiateurs sont brûlants, pourtant je frissonne lorsqu'il soulève la couette et grimpe près de moi. Il prend grand soin de ne pas peser sur moi, et m'embrasse délicatement sur la bouche.

« N'aie pas peur de moi, Adam.

— Je n'ai pas peur. »

Mais c'est ma langue qui trouve la sienne. C'est moi qui prends sa main et l'encourage à déboutonner mon pyjama.

Un bruit monte du fond de sa gorge, un gémissement sourd quand peu à peu ses baisers descendent. Je berce sa tête et lui caresse légèrement les cheveux tandis qu'il tète doucement mes seins comme le ferait un enfant.

« Tu m'as tellement manqué ! »

Sa main glisse vers ma taille, mon ventre, le haut de ma cuisse. Ses lèvres suivent sa main, égrènent des baisers sur ma peau jusqu'à ce que sa tête soit entre mes jambes, alors il me regarde, comme pour me demander la permission.

324

Ça me renverse, l'idée de lui m'embrassant là.

Sa tête s'enfonce dans l'ombre, ses mains étreignent mes jambes, son souffle est brûlant sur ma cuisse. Il commence lentement.

Si je pouvais ruer, je le ferais. Si je pouvais hurler à la lune, je le ferais. Juste pour ressentir ce bonheur-là, alors que je pensais mon corps fermé à jamais au plaisir.

Je suis comblée.

« Viens ! Viens près de moi. »

Un flash d'inquiétude passe dans ses yeux.

« Ça va ?

— Comment as-tu appris à faire ça ?

— Tu as aimé ?

— C'était génial ! »

Il sourit, ridiculement fier de lui.

« Je l'ai vu dans un film, une fois.

— Et toi ? Tu dois te sentir exclu.

— Aucune importance, répond-il avec un haussement d'épaules. Tu es fatiguée maintenant, on n'a pas besoin de faire autre chose.

— Tu pourrais te caresser toi-même.

— Devant toi ?

— Oui, je regarderais.

— Vraiment ? dit-il en rougissant.

— Pourquoi pas. J'ai besoin de plein de souvenirs. »

Il sourit timidement.

« Tu veux vraiment ?

— Vraiment. »

Il se redresse sur les genoux. Même si je n'ai plus aucune énergie en réserve, je le regarde intensément.

Il fixe mes seins tout en se caressant. Jamais je n'ai partagé quoi que ce soit de si intime, jamais je n'ai vu une telle expression d'amour que celle de son visage perplexe, la bouche ouverte, les yeux élargis.

« Je t'aime, Tess ! Je t'aime vraiment comme un fou ! »

Trente-sept

« Dites-moi comment ça va être. »

Philippa hoche la tête, comme si elle s'attendait à cette question. Son visage se fige, professionnel, distant. J'ai l'impression qu'elle a commencé à se détacher de moi. Comment pourrait-il en être autrement ? Son métier est d'administrer des soins aux mourants. Si elle s'approche trop près, elle risque de tomber dans l'abîme.

« À partir de maintenant, tu ne vas plus vouloir manger beaucoup. Tu vas probablement dormir très souvent. Ne pas souhaiter parler, mais il peut te rester assez d'énergie pour de petites conversations d'une dizaine de minutes entre les sommes. Tu peux même avoir envie de descendre au rez-de-chaussée, ou d'aller dans le jardin s'il fait assez chaud et si ton père est assez fort pour te porter. Mais la plupart du temps tu dormiras. Dans quelques jours, tu traverseras des périodes alternées de conscience et d'inconscience. À ce stade-là, tu ne pourras plus répondre aux gens, pourtant tu sentiras leur présence autour de toi et tu entendras ce qu'ils te disent. Et finalement, tu t'endormiras pour toujours, Tess.

— Je vais souffrir ?

— Je crois qu'on pourra toujours contrôler ta douleur.

— Ce n'était pas le cas à l'hôpital. Pas au début.

— Non, admet-elle. Au début, c'est difficile de trouver les bons calmants. Mais je t'ai apporté du sulfate de morphine qui est un antalgique à libération prolongée. J'ai pris aussi de l'Oramorph qu'on pourra ajouter si nécessaire.

— Vous pensez que j'aurai peur ?

— Je pense qu'il n'y a ni bonne ni mauvaise façon de réagir. »

À mon expression, elle devine ce que je ne dis pas : pas de baratin, je vous en prie…

« Tessa, je pense que tu n'as vraiment, vraiment pas eu de chance dans la vie, et que moi, à ta place, j'aurais peur. Mais quelle que soit ta façon d'affronter ces derniers jours, je suis persuadée que ce sera très exactement la bonne façon.

— Je déteste qu'on parle de "jours".

— Tu as raison, dit-elle en fronçant les sourcils. Excuse-moi. »

Elle me parle alors d'analgésiques, me montre des boîtes et des bouteilles. Sa voix est douce, ses mots se dissolvent au-dessus de moi, ses conseils s'égarent. J'ai l'impression que tout se réduit à néant. Une étrange hallucination me hante soudain : ma vie tout entière a tendu vers ce moment-là. Je ne suis née, je n'ai grandi que pour apprendre ces informations et recevoir ces médicaments des mains de cette femme.

« Tu as d'autres questions à me poser, Tessa ? »

J'essaie de penser à tout ce qu'il faudrait que je lui demande. Mais je reste muette, mal à l'aise, comme si elle était venue m'accompagner à la gare et que nous avions toutes deux hâte que le train démarre pour éviter le ridicule des ultimes paroles oiseuses.

L'heure est venue.

Dehors brille un lumineux matin d'avril. Le monde va continuer à tourner sans moi. Je n'ai pas le choix. Le cancer m'a envahie, je suis criblée de part en part. Et on ne peut rien y faire.

« Je descends voir ton père, maintenant, reprend Philippa. J'essaierai de repasser te voir bientôt.

— Vous n'êtes pas obligée.

— Je sais, mais je le ferai. »

Grosse et adorable Philippa, courant de Londres à la côte sud pour aider les gens à mourir. Elle se penche pour m'embrasser. Sa peau est tiède, elle transpire un peu et sent la lavande.

Après son départ, je m'endors et rêve que je suis au salon où tout le monde est assis. Papa émet un bruit que je n'ai jamais entendu avant. Je lui demande :

« Pourquoi pleures-tu ? Qu'est-ce qui s'est passé ? »

Maman et Cal sont côte à côte sur le canapé. Cal porte un costume et une cravate comme un petit joueur de billard.

Et tout à coup, je comprends : je suis morte.

« Je suis là, je suis là, à côté de vous ! »

Je crie mais ils ne m'entendent pas.

Un jour, j'ai vu un film à propos de la mort, où l'on disait que les défunts ne s'en vont pas vraiment, qu'ils vivent silencieusement parmi nous. Je voudrais expliquer ça à ma famille. J'essaie de prendre un crayon sur la table. Mais ma main passe à travers. Et à travers le canapé. Je vais et viens d'une pièce à l'autre comme un passe-muraille. J'effleure le crâne de Papa qui remue sur sa chaise, se demandant sans doute d'où vient ce froid qui le fait frissonner.

Et puis je me réveille.

Papa est assis près de mon lit. Il me prend la main :

« Comment te sens-tu ? »

Je réfléchis à la question, passe mon corps au scanner pour en repérer les signaux :

« Je ne souffre pas.

— Tant mieux.

— Je suis un peu fatiguée.

— Tu as faim ? »

J'aimerais tant pouvoir lui répondre oui. Lui demander un risotto aux crevettes et un pudding à la mélasse, mais ce serait mentir.

« Y a-t-il quelque chose dont tu as envie ? »

Oui. Connaître le bébé. Finir mes études. Devenir adulte. Voyager dans le monde entier.

« Une tasse de thé, peut-être ? »

Papa a l'air content.

« Rien d'autre ? Un biscuit ?

— Du papier et de quoi écrire. »

Il m'aide à m'asseoir. Tapote mes oreillers, oriente la lampe de chevet, prend un bloc et un feutre sur l'étagère. Puis il descend brancher la bouilloire.

Numéro onze. Une tasse de thé.

Numéro douze…

Instructions pour Papa

Je ne veux pas qu'on me mette dans un frigo chez les pompes funèbres. J'aimerais que tu me gardes à la maison jusqu'à l'enterrement. Et, s'il vous plaît, que quelqu'un reste assis près de moi pour que je ne me

330

sente pas seule. Je vous promets de ne pas vous faire peur.

Je voudrais qu'on m'enterre dans ma robe à papillons, mon soutien-gorge et ma culotte lilas, mes bottes noires à fermeture Éclair (tout ça est encore dans la valise que j'avais préparée pour la Sicile). Et je veux porter le bracelet qu'Adam m'a donné.

Ne me maquille pas. C'est ridicule, le maquillage sur les morts.

JE NE VEUX PAS *qu'on me brûle. Les crémations polluent l'atmosphère avec des dioxines, de l'acide chlorhydrique, de l'acide fluorhydrique, du dioxyde de soufre et du dioxyde de carbone. Et puis dans les crématoriums il y a ces rideaux bizarres qui donnent la chair de poule.*

Je voudrais un cercueil en saule biodégradable et qu'on m'enterre dans un bois. Les gens du Centre de la Mort naturelle m'ont guidée pour choisir un endroit pas très loin de la maison et ils t'aideront pour toutes les démarches.

Je voudrais qu'on plante un arbre de la région sur ma tombe, ou à côté. J'aimerais bien un chêne, mais ça peut aussi être un châtaignier ou un saule. Je voudrais que mon nom soit écrit sur une plaque de bois et qu'on laisse pousser des fleurs et des plantes sauvages autour de ma tombe.

J'aimerais que la cérémonie soit très simple. Dis à Zoey d'amener Lauren (si elle est née à ce moment-là), invite Philippa et son mari Andy (s'il a envie de venir) et James (s'il n'est pas trop occupé à l'hôpital).

Je ne veux pas que qui que ce soit qui ne me connaît pas dise quoi que ce soit sur moi. Les gens du Centre de la Mort naturelle seront là pour t'aider, mais qu'ils ne se mêlent pas de tout non plus. Je voudrais que les gens que j'aime se lèvent pour parler de moi, même si cela te fait pleurer. J'aimerais que toi tu ne prononces que des paroles vraies. Tu peux dire que j'étais un monstre, si tu veux, et à quel point je t'ai fait tourner en bourrique. Mais si tu penses quelque chose de gentil, dis-le aussi ! Écris-le avant, parce que apparemment les gens oublient souvent ce qu'ils voulaient dire, aux enterrements.

Surtout, surtout ne lis en aucun cas le fameux poème d'Auden. On l'a trop entendu et c'est trop triste. Demande à quelqu'un de lire le Sonnet 12 de Shakespeare.

Musique : « **Blackbird** » par les Beatles. « **Plain-song** » par The Cure. « **Live like you were dying** » par Tim McGraw et « **All the trees of the field will clap their hands** » par Sufjan Stevens. Il n'y aura peut-être pas assez de temps pour tout mais surtout ne saute pas le dernier. Zoey m'a aidée à choisir, elle a tout sur son iPod (et elle a des baffles, si tu as besoin de les lui emprunter).

Après, allez tous déjeuner au pub. J'ai 260 livres sur mon compte et je souhaite vraiment que vous les utilisiez pour cela. Je t'assure, c'est moi qui invite. Et surtout prends un dessert : du caramel bien collant, un gâteau au chocolat ou une coupe de glace, quelque chose de vraiment mauvais pour toi. Enivre-toi aussi si tu en as envie (mais ne fais pas peur à Cal). Dépense tout l'argent.

Et après, plus tard, quand le temps aura passé, continue à me guetter. J'écrirai peut-être sur le miroir embué quand tu prendras un bain, ou je jouerai avec

les feuilles du pommier quand tu seras dans le jardin.
Ou je me glisserai dans un de tes rêves.

Quand tu peux, va sur ma tombe, mais ne t'y force
pas si tu ne peux pas, ou si tu déménages et que c'est
devenu trop loin. C'est joli en été, là-bas (va voir le
site sur Internet). Vous pourriez apporter le déjeuner et
pique-niquer avec moi. J'adorerais.

Voilà. C'est tout.
Je t'aime.
Tessa xxx.

Trente-huit

« Je vais être le seul élève de l'école qui a une sœur morte.

— Cool ! Tu vas être dispensé de devoirs du soir pendant un temps fou, et toutes les filles vont être dingues de toi. »

Cal réfléchit à cet aspect des choses. Puis demande :

« Est-ce que je serai toujours un frère ?

— Évidemment.

— Mais toi tu ne le sauras pas.

— Bien sûr que si, je le saurai !

— Est-ce que tu viendras me hanter ?

— Tu as envie que je le fasse ? »

Petit sourire nerveux.

« J'aurais peut-être peur.

— Alors, je ne le ferai pas. »

Il n'arrête pas de bouger. Arpente la moquette entre mon lit et le placard. Quelque chose a changé entre nous depuis l'hôpital. Plaisanter ensemble est moins facile.

« Balance la télévision par la fenêtre si tu en as envie, Cal. Moi, ça m'a beaucoup soulagée.

— Je n'ai pas envie.

— Montre-moi un tour de magie, alors. »

Il se précipite pour aller chercher son matériel et revient avec sa veste de prestidigitateur, la noire aux poches invisibles.

« Regarde très attentivement. »

Il noue deux foulards de soie ensemble par un coin et les pousse à l'intérieur de son poing. Puis il ouvre sa main doigt par doigt. Elle est vide.

« Comment arrives-tu à faire ça ? »

Il hoche la tête, se tapote le nez avec sa baguette :

« Les magiciens ne livrent jamais leurs secrets.

— Recommence ! »

Mais, à la place, il bat un jeu de cartes et l'étale :

« Choisis-en une, regarde-la, ne me dis pas ce que c'est. »

Je choisis la dame de pique et la remets dans le paquet. Cal étale de nouveau les cartes, à l'endroit, cette fois. Plus de dame de pique.

« Tu es vraiment très fort, Cal ! »

Il s'effondre sur le lit.

« Pas autant que je voudrais. Je voudrais réussir un numéro plus important, quelque chose d'impressionnant.

— Tu peux me scier en deux, si tu veux. »

Il sourit, puis presque immédiatement fond en larmes, pleure d'abord silencieusement, puis à gros sanglots contenus. À ma connaissance, ce n'est que la seconde fois qu'il pleure, sans doute en a-t-il besoin. Nous faisons mine tous deux de croire qu'il s'agit juste d'un phénomène physique incontrôlable, comme un saignement de nez, rien à voir avec ce qu'il peut éventuellement ressentir. Je l'attire vers moi et le serre dans mes bras. Il sanglote sur mon épaule, ses larmes mouillent mon pyjama. J'aimerais les lécher. Ses larmes, si vraies, si sincères.

« Je t'aime, Cal. »

C'est facile. Même si cela le fait pleurer dix fois plus fort, je suis heureuse d'avoir osé.

Numéro treize : serrer mon frère dans mes bras tandis que le crépuscule s'installe sur l'appui de fenêtre.

Adam monte dans le lit et tire l'édredon sous son menton comme s'il avait froid ou craignait que le plafond ne lui tombe sur la tête.

« Demain, ton père va acheter un lit de camp qu'on installera par terre, près de ton lit.

— Tu ne vas plus dormir avec moi ?

— Peut-être que tu n'en auras plus envie, Tessa. Tu n'aimeras plus qu'on te serre.

— Peut-être que si.

— Alors, je le ferai. »

Mais il est terrifié, cela se lit dans ses yeux.

« Bon, d'accord, je te libère.

— Chut.

— Si, je t'assure, je te rends ta liberté.

— Mais je n'en veux pas, de ma liberté, dit-il en se penchant pour m'embrasser. Réveille-moi si tu as besoin de moi. »

Il s'endort très vite. Moi, je reste les yeux ouverts et écoute les lumières de la ville s'éteindre. Le murmure des « bonne nuit ». Le grincement somnolent des ressorts de sommier.

Je cherche la main d'Adam et la serre très fort. Je suis contente qu'il existe des gardiens de nuit, des infirmières, des chauffeurs de poids lourds. Cela me réconforte d'imaginer que dans d'autres pays, sous d'autres latitudes, des femmes lavent leur linge à la rivière tandis que les enfants entrent en rang à l'école. À cet instant précis, quelque part dans le monde, un garçon grimpe dans la montagne en écoutant le tintement joyeux d'une clochette de chèvre. Cela me rend très heureuse.

Trente-neuf

Zoey est en train de coudre. J'ignorais qu'elle savait. Une robe de bébé jaune citron est posée sur ses genoux. Un œil fermé, elle enfile son aiguille, tire le fil, s'humecte les doigts pour faire un nœud. Qui a bien pu lui apprendre ça ? Je l'observe quelques minutes, elle coud comme si elle n'avait fait que ça toute sa vie. Ses cheveux sont noués sur le sommet de sa tête, découvrant la tendre courbe de son cou. Elle est si concentrée qu'elle s'en mordille la lèvre.

« Vis ! Reste vivante, je t'en prie. »

Elle sursaute.

« Merde ! Je ne savais pas que tu étais réveillée », dit-elle en aspirant la goutte de sang qui perle à son doigt.

Cela me fait rire.

« Tu es resplendissante.

— Je suis énorme, oui ! répond-elle en se soulevant de sa chaise, pour mieux me montrer son ventre protubérant. Monstrueuse. On dirait une ourse. »

J'adorerais être ce bébé à l'intérieur d'elle, minuscule et plein de santé.

Instructions pour Zoey
Ne dis pas à ta fille que le monde est pourri. Montre-lui de jolies choses. Même si tes parents n'ont pas pu l'être pour toi, sois géante pour elle. Et ne te laisse jamais séduire par un garçon qui n'est pas amoureux de toi.

« Tu crois que tu regretteras ta vie d'avant, quand le bébé sera né ? »

Zoey me dévisage d'un air sérieux :

« Tu devrais t'habiller. Ce n'est pas bon pour toi de traîner en pyjama toute la journée. »

Je me rappuie sur mes oreillers et regarde les coins de la pièce. Quand j'étais petite, je rêvais de vivre au plafond : cela avait l'air si propre et clair là-haut, comme le dessus d'un gâteau. Maintenant cela me fait juste penser à des draps de lit.

« J'ai l'impression de te laisser tomber. Je ne serai même pas foutue de faire du baby-sitting ou je ne sais quoi pour t'aider.

— Il fait vraiment beau dehors, insiste Zoey. Si je demandais à Adam ou à ton père de te porter dans le jardin ? »

Des oiseaux joutent sur le gazon. Des lambeaux de nuages s'effilochent dans le bleu du ciel. Cette chaise longue est brûlante comme si elle avait emmagasiné du soleil depuis des heures.

Zoey est plongée dans un magazine. Adam me masse les pieds à travers mes chaussettes.

« Écoutez-moi ça, dit Zoey. C'est l'histoire qui a gagné le concours annuel d'histoires drôles. »

Numéro quatorze, une histoire drôle.

« Un homme va chez le médecin et lui dit : J'ai une fraise qui me pousse sur la fesse. Oh, répond le médecin, j'ai de la crème, pour ça. »

J'éclate de rire. Je suis un squelette qui rit. Nous entendre rire, Adam, Zoey et moi, semble une échappatoire inespérée… Après, tout peut arriver.

Zoey me colle son bébé dans les bras. « Elle s'appelle Lauren. »

Elle est dodue, humide, bave un peu de lait. Elle sent bon. Elle agite les bras vers moi, essaie d'attraper l'air, me pince le nez entre ses petits doigts aux ongles en demi-lune.

« Bonjour, Lauren. »

Je lui dis que je la trouve belle et intelligente. Je lui dis toutes les bêtises que les bébés aiment entendre, j'imagine. Elle me regarde de ses grands yeux insondables et bâille longuement. Je vois tout l'intérieur de sa petite bouche rose.

« Elle t'aime, dit Zoey. Elle sait qui tu es. »

J'installe Lauren Tessa Walker sur mon épaule et lui masse doucement le dos en petits cercles. J'écoute son cœur. Elle semble prudente, décidée. Férocement vivante.

Sous le pommier dansent des ombres. Les branches filtrent des rais de lumière. Une tondeuse ronronne au loin. Zoey lit toujours son magazine mais le referme brusquement en s'apercevant que je suis réveillée.

« Tu as dormi des heures.

— J'ai rêvé que Lauren était née.

— Elle était sublime ? »

— Évidemment. »

Adam lève les yeux et me sourit.

« Salut ! »

Papa descend l'allée en nous filmant.

« Arrête, Papa ! C'est morbide. »

Il rentre ranger son appareil à la maison, ressort avec la poubelle du recyclable, la pose près du portail et coupe des fleurs mortes.

« Viens t'asseoir avec nous, Papa. »

Mais il ne tient pas en place. Il retourne dans la maison, ressort avec un bol de raisins, un assortiment de chocolats et des jus de fruits.

« Quelqu'un veut un sandwich ?

— Merci, moi, les Maltesers, ça me va très bien », dit Zoey.

J'aime bien la façon dont sa bouche se plisse quand elle suce des bonbons.

Sortilèges trompe-la-mort.

Demander à votre meilleure amie de vous lire les passages les plus croustillants de son magazine : les ragots, les trucs de mode. L'inviter à s'asseoir si près de vous que vous pouvez toucher son ventre, son étonnante énormité. Et quand il faut qu'elle rentre chez elle, respirer profondément et lui dire que vous l'aimez. Parce que c'est vrai. Et quand elle se penche pour vous dire qu'elle aussi, la tenir bien serrée contre vous, parce que ce sont des paroles que vous n'échangeriez pas normalement.

Inviter votre frère à s'asseoir près de vous quand il rentre de classe et passer en revue chaque détail de sa journée, chaque leçon, chaque conversation, et même ce qu'il a mangé à la cantine, jusqu'à ce qu'il en ait tellement assez qu'il demande la permission de partir en courant pour aller jouer au foot dans le parc avec ses copains.

Regarder votre mère envoyer balader ses chaussures et se masser les pieds parce que son nouveau job à la librairie exige qu'elle reste debout toute la journée et soit polie avec les clients. Rire quand elle offre un livre à votre père parce que avec la remise qu'elle a, elle peut se permettre d'être généreuse.

Voir votre père lui embrasser la joue. Remarquer leur sourire. Savoir qu'ils sont vos parents, quoi qu'il arrive.

Écouter votre voisine tailler ses roses tandis que les ombres s'allongent sur la pelouse. Elle fredonne une vieille chanson. Et vous, vous êtes allongée avec votre petit ami sous une couverture. Lui dire que vous êtes fière de lui, fière qu'il ait planté ce jardin et encouragé sa mère à s'en occuper.

Observer la Lune. Toute proche et cernée d'un halo rose. Votre petit ami vous explique que c'est une illusion d'optique, qu'elle paraît plus ou moins grosse selon sa position par rapport à la Terre.

Réfléchir à votre dimension par rapport à l'univers.

Et, le soir, quand quelqu'un vous a portée jusqu'à votre chambre et qu'une nouvelle journée se termine, refuser que votre petit ami se couche dans son lit de camp. Lui dire que vous voulez qu'il vous prenne dans ses bras, ne pas avoir peur qu'il risque de refuser, parce que, s'il accepte, c'est qu'il vous aime et c'est la seule chose qui compte. Mêler vos jambes aux siennes.

Écouter son souffle léger dans la nuit.

Et quand vous entendez un bruit, comme le vol d'un milan qui s'approche, comme les ailes d'un moulin qui tournent lentement, dire : « Pas encore, pas tout de suite. »

Continuer à respirer, continuer juste à respirer. C'est facile. Inspirer, expirer.

Quarante

La lumière commence à réapparaître. Les frontières des ténèbres ne sont plus aussi nettes. J'ai la bouche sèche et, dans la gorge, l'âpreté persistante du médicament d'hier soir.

« Bonjour », dit Adam.

Il a une érection, s'en excuse avec un petit sourire timide, va ouvrir les rideaux et reste près de la fenêtre à regarder dehors. Derrière lui, les ternes nuées roses de l'aube.

« Tu vas vivre ici des années sans moi.

— Je vais préparer le petit déjeuner ? » répond-il.

Avec l'art d'un maître d'hôtel stylé, il m'apporte plein de choses. Une glace au citron. Un thermos d'eau chaude. Des tranches d'orange sur une soucoupe. Une couverture supplémentaire. Et en bas, il fait bouillir des bâtons de cannelle parce que je rêve de l'odeur de Noël.

Comment est-ce arrivé si vite ? Comment est-ce devenu vraiment vrai ?

je t'en prie monte dans le lit, monte sur moi, transmets-moi ta chaleur, prends-moi dans tes bras, fais que ça s'arrête.

« Maman est en train de monter un treillage, dit-il. D'abord on a parlé d'herbes aromatiques, puis de roses, maintenant elle veut un chèvrefeuille. Je vais peut-être aller lui donner un coup de main pendant que ton père vient te tenir compagnie. D'accord ?

— Bien sûr.

— Tu n'as pas envie de t'installer dehors, aujour-d'hui ?

— Non. »

Je n'ai pas le courage de bouger. Le soleil me broie les idées et tout me fait mal.

ce fou furieux ordonne à tout le monde d'aller dans un champ et dit je vais choisir l'un de vous un seul d'entre vous va mourir et chacun regarde tout autour en se disant il y a peu de chances que ce soit moi puisque nous sommes des milliers donc statistiquement c'est parfaitement improbable et le fou va et vient en regardant tout le monde et quand il s'approche de moi il hésite et il sourit et puis il me montre du doigt et dit c'est vous c'est un choc mais en fait c'était évident que ce serait moi comment ne le serait-ce pas je le sais depuis toujours

Cal fait irruption :

« Je peux sortir ?

— Pour aller où ? soupire Papa.

— Juste pour sortir.

— Sois un peu plus précis, s'il te plaît.

— Je te le dirai quand j'y serai.

— Ça ne me suffit pas.

— N'importe qui d'autre a le droit d'aller vadrouiller un peu !

— Je me fiche de n'importe qui d'autre. »

Somptueuse colère de Cal qui fonce vers la porte. Cheveux pleins de brindilles, ongles sales. Violence avec laquelle il ouvre la porte d'un coup sec et la claque derrière lui.

« Vous n'êtes qu'une bande de sales cons, tous ! » hurle-t-il en dégringolant l'escalier.

Instructions pour Cal
Ne meurs pas jeune. N'attrape pas de méningite, ni le Sida, ni quoi que ce soit d'autre. Sois en bonne santé. Ne t'engage dans aucune guerre, ne rejoins aucune secte, aucune religion, ne te démolis pas le cœur pour quelqu'un qui ne le mérite pas. N'imagine pas que tu dois être parfait parce que tu es le seul qui reste. Sois comme tu as envie d'être même méchant.

Je saisis la main de Papa. Ses doigts sont à vif, comme si on les avait grattés avec une râpe.
« Qu'est-ce que tu t'es fait ? »
Il hausse les épaules :
« Je ne sais pas. Je n'avais même pas remarqué. »

Autres instructions pour Papa
Permets à Cal de te suffire.

Je t'aime, je t'aime. Que ce message passe de mes doigts aux siens, remonte le long de son bras, jusqu'à son cœur. Écoute-moi. Je t'aime. Pardon de te quitter.

Je me réveille plusieurs heures plus tard. Comment tout cela est-il arrivé ?
Cal est revenu, il est assis près de moi sur le lit, appuyé contre des oreillers.
« Excuse-moi d'avoir crié.
— C'est Papa qui t'a envoyé me dire ça ? »

Il fait oui de la tête. Les rideaux sont ouverts, pourtant il fait de nouveau sombre.

« Tu as peur ? demande Cal tout doucement, comme s'il y réfléchissait mais sans avoir vraiment l'intention d'en parler.

— J'ai peur de m'endormir.

— Tu as peur de ne pas te réveiller ?

— Oui. »

Ses yeux brillent.

« Mais tu sais que ce ne sera pas cette nuit ? Je veux dire, tu le sentirais, n'est-ce pas ?

— Non, ce ne sera pas cette nuit. »

Il pose sa tête sur mon épaule.

« Je déteste, vraiment je déteste tout ça », dit-il.

Quarante et un

Elle fait un de ces tapages dans la nuit, cette cloche qu'on m'a donnée, mais je m'en fiche. Adam apparaît, l'œil vague, en caleçon et T-shirt.

« Tu m'as abandonnée ?

— Je viens de descendre à l'instant pour me faire une tasse de thé. »

Je ne le crois pas. Et je me fous de sa tasse de thé. S'il a vraiment soif, il n'a qu'à boire l'eau tiède de ma carafe.

« Tiens-moi la main. Ne lâche pas. »

Chaque fois que je ferme les yeux, je tombe. Une chute sans fin.

Quarante-deux

Tous les éléments sont les mêmes, la lumière à travers les rideaux, les rumeurs lointaines de la circulation, l'eau qui bout dans la bouilloire.

Ce pourrait être Groundhog Day[1], sauf que mon corps est plus épuisé et ma peau plus transparente. J'existe moins qu'hier.

Et

Adam est dans le lit de camp.

J'essaie de m'asseoir mais n'arrive pas à rassembler tout à fait assez d'énergie.

« Pourquoi as-tu dormi là, par terre ?

— Parce que cette nuit, tu as eu mal », répond-il en me touchant la main.

Il ouvre les rideaux exactement comme hier matin. Reste à la fenêtre pour regarder dehors. Derrière lui, le ciel est pâle et humide.

---

1. Le jour où les marmottes sortent de leur hibernation.

nous avons fait l'amour vingt-sept fois, partagé le même lit soixante-deux nuits, et ça c'est beaucoup d'amour

« Petit déjeuner ? » propose-t-il.

Je ne veux pas être morte.
Je n'ai pas été aimée ainsi assez longtemps.

Quarante-trois

Maman a mis quatorze heures pour accoucher de moi. C'était au cours d'un mois de mai qui a battu tous les records de chaleur. Une chaleur si torride que je n'ai porté aucun vêtement pendant les deux premières semaines de mon existence.

« Je te couchais sur mon ventre et nous dormions des heures, raconte-t-elle. Il faisait trop chaud pour quoi que ce soit d'autre. »

Ce souvenir en entraîne d'autres.

« Nous prenions le bus pour aller voir Papa pendant sa pause déjeuner, tu étais assise sur mes genoux et tu regardais les gens. Tu avais un regard d'une telle intensité. Tout le monde le remarquait. »

La lumière est étincelante. De larges rais de soleil tombent en diagonale sur mon lit. Je n'ai même pas besoin de bouger pour tendre ma main à la chaleur du soleil.

« Tu te rappelles quand nous sommes allés à Cromer et que tu as perdu ton bracelet à breloques sur la plage ? »

Elle a apporté des photos qu'elle me montre une à une.

Un après-midi vert et blanc à enfiler des colliers de pâquerettes.

La lumière blafarde de l'hiver à la ferme municipale.

Des feuilles dorées, des bottes boueuses, et un seau noir fièrement porté.

« Qu'est-ce que tu avais attrapé, tu te rappelles ? »

Philippa m'a bien dit que mon aptitude à écouter serait la dernière chose qui disparaîtrait mais elle ne m'a pas prévenue que je verrais des couleurs quand les gens me parlent.

Des phrases entières forment des arcs-en-ciel à travers la pièce.

Tout s'embrouille dans ma tête. C'est moi qui suis près du lit et Maman qui meurt à ma place. Je soulève les draps pour la regarder, elle est nue, une vieille femme ridée aux poils pubiens gris.

Je pleure la mort d'un chien renversé par une voiture et enterré. Nous n'avons jamais eu de chien. Ce n'est pas un souvenir à moi.

Je suis Maman trottant sur un poney à travers la ville pour aller voir Papa. Il habite dans une cité, le poney et moi prenons l'ascenseur pour monter au huitième étage. Le son métallique des sabots du poney me fait rire.

J'ai douze ans. Je reviens de l'école et Maman m'attend sur le seuil de la maison. En manteau, une valise à ses pieds. Elle me tend une enveloppe : « Tu donneras ça à ton papa quand il rentrera. »

Elle m'embrasse pour me dire au revoir. Je la regarde s'éloigner jusqu'à la ligne d'horizon. Puis, au sommet de la colline, elle se dissipe, comme une bouffée de fumée.

Quarante-quatre

La lumière est à fendre le cœur.

Papa sirote son thé près de mon lit. Je voudrais lui dire qu'il va rater GMTV[1] mais je ne suis pas très sûre que ce soit le cas. Pas sûre de l'heure qu'il est.

Il grignote un petit quelque chose. Des biscuits secs avec des piccalilli et du vieux cheddar. J'aimerais en avoir envie. Être intéressée par les saveurs, les sensations de mou ou de craquant sous la dent.

Il pose son assiette en voyant que je me réveille et me prend la main :

« Que tu es jolie », dit-il.

Je le remercie.

Mais mes lèvres restent immobiles et il ne semble pas m'entendre.

Alors je lui dis : j'étais justement en train de penser à ce panier de basket que tu m'avais installé quand je

---

1. *Good Morning TV*, célèbre émission matinale.

suis entrée dans l'équipe de l'école. Tu te rappelles, tu t'étais trompé dans les mesures et tu l'avais accroché beaucoup trop haut ? Je m'étais tellement entraînée avec qu'après, à l'école, je visais toujours mal et on m'a virée de l'équipe.

Mais il ne semble pas entendre cela non plus.

Alors, je me lance.

Papa, tu as joué au base-ball avec moi, alors que tu détestais ça et que tu aurais préféré que je me mette au cricket. Tu as appris à faire une collection de timbres parce que j'avais envie de savoir. Tu es resté assis des heures dans des hôpitaux sans jamais te plaindre, pas une fois. Tu m'as brossé les cheveux comme l'aurait fait une mère. Tu as abandonné ton travail, tes amis, quatre années de ta vie, pour moi. Sans jamais râler. Presque jamais. Tu m'as laissée avoir Adam. Tu m'as laissée avoir ma liste. J'ai été monstrueuse. En en voulant toujours, toujours plus. Et tu n'as jamais dit : « Ça suffit. Arrête, maintenant ! »

il y a un moment que je voulais dire ça

Cal me regarde attentivement.

« Salut ! Comment tu vas ? »

Je lui réponds d'un clin d'œil.

Il s'assied sur la chaise pour me scruter de plus près.

« Tu ne peux vraiment plus parler ? »

J'essaie de lui répondre que si, bien sûr, je peux parler. Il est bête, ou quoi ?

Il soupire, se lève, va regarder par la fenêtre.

« Est-ce que tu me trouves trop jeune pour avoir une petite amie ? »

Je réponds que oui.

« Parce que j'ai des tas de copains qui en ont une. En fait, ils ne sortent pas ensemble. Pas vraiment. Ils s'envoient juste des messages. Je ne comprendrai jamais rien à l'amour », conclut-il avec un hochement de tête dubitatif.

Mais à mon avis il comprend déjà très bien. Mieux que la plupart des gens.

« Bonjour, Cal, dit Zoey.

— Salut ! répond-il.

— Je suis venue dire au revoir. Enfin, je l'avais déjà fait, je sais, mais j'ai eu envie de recommencer.

— Pourquoi ? demande-t-il. Où est-ce que tu pars ? »

J'aime le poids de la main de Maman dans la mienne.

Elle dit : « Si je pouvais prendre ta place, je le ferais. C'est vrai, tu sais. »

Puis elle dit : « Je voudrais juste pouvoir t'épargner cela. »

Peut-être pense-t-elle que je ne l'entends pas.

Elle dit : « Je pourrais écrire tout un article pour un de ces magazines-réalité, et raconter comme cela a été difficile de vous abandonner. Je ne veux pas que tu imagines que c'était facile. »

quand j'avais douze ans, j'ai regardé une carte d'Écosse et j'ai vu qu'au-delà du Firth il y avait les îles Orcades, et je savais que, de là, on pouvait prendre des bateaux pour s'en aller encore bien plus loin

Instructions pour Maman

N'abandonne pas Cal. Ne t'éloigne pas de lui, ne retourne pas en Écosse, ne pense jamais qu'un homme est plus important. Si tu fais ça, je viendrai te tourmenter. Je déplacerai tes meubles, je te jetterai des choses à la figure, je te ferai si peur que tu deviendras folle. Sois gentille avec Papa. Je ne plaisante pas. Je te surveille.

Elle me donne une gorgée d'eau glacée. Et me rafraîchit doucement le front avec un gant humide.

Et puis elle dit : « Je t'aime. »
Comme trois gouttes de sang tombant sur la neige.

Quarante-cinq

Adam se couche dans son lit de camp. Qui grince. Puis qui s'arrête de grincer.

Je me souviens de lui embrassant mes seins. Il n'y a pas très longtemps. Nous étions dans cette pièce, ensemble dans mon lit, et je l'ai tenu dans le creux de mon bras, il s'est blotti contre moi, j'avais l'impression d'être sa mère.

Il m'a promis de m'accompagner jusqu'au bout. Je lui ai fait promettre. Mais je ne savais pas qu'il passerait la nuit couché près de moi, comme un bon boy-scout. Je ne savais pas que cela me ferait si mal qu'on me touche, au point qu'il ait peur de me prendre la main.

Il devrait être dehors dans la nuit avec une fille bien roulée, aux seins comme des oranges.

Instructions pour Adam
Ne t'occupe de personne d'autre que toi. Va à l'uni-versité, fais-toi plein d'amis et enivre-toi. Oublie les clefs de ta chambre. Ris. Fais-toi des pot-noodles[1] *pour le petit déjeuner. Sèche les cours. Sois insouciant.*

Adam dit : « Bonne nuit, Tessa. »
Bonne nuit, Adam.

1. Nouilles précuites à la chinoise, vendues en pots en carton, et qu'il suffit de jeter dans l'eau bouillante.

« J'ai appelé l'infirmière. Elle dit qu'il faut que nous renforcions la morphine avec de l'Oramorph.

— Il n'y a pas quelqu'un qui va venir ?

— Non, on peut se débrouiller nous-mêmes.

— Elle appelait de nouveau sa mère, pendant que vous étiez au téléphone. »

je suis obsédée par les nuages de fumée s'échappant du tintamarre dissonant des cloches et par les visages abasourdis de tous ces gens comme si on leur arrachait quelque chose

« Je vais m'asseoir près d'elle, Adam. Descends, regarde la télévision ou essaie de dormir un peu.

— J'ai promis de ne pas la quitter. »

C'est comme éteindre toutes les lumières une par une.

un petit crachin mouille le sable et nos jambes nues tandis que Papa met la dernière main à notre château et même sous la pluie Cal et moi continuons à aller chercher de l'eau dans nos seaux pour consolider les douves puis plus tard quand le soleil réapparaît nous plantons des drapeaux sur toutes les tours pour qu'ils flottent au vent puis nous achetons des glaces sur la digue et encore plus tard nous restons assis près de Papa à regarder la marée monter et tous ensemble nous essayons de repousser toute cette eau pour que les habitants du château ne se noient pas

« Vas-y, Adam. Aucun de nous ne peut lui faire du bien en étant épuisé.

— Non, non, je ne la quitte pas. »

quand j'avais quatre ans j'ai failli tomber dans le puits d'une mine d'étain et quand j'avais cinq ans la voiture s'est retournée sur l'autoroute et quand j'avais sept ans on est partis en vacances et le réchaud à gaz de la caravane s'est enflammé et personne n'a rien remarqué

j'ai passé ma vie à mourir.

« Elle a l'air plus calme, maintenant.
— Hmm. »

Je n'entends qu'une petite partie des choses. Les mots tombent dans des crevasses, m'échappent pendant des heures, puis remontent en surface et leur poids écrase ma poitrine.

« Je te suis très reconnaissant.
— De quoi ?
— De tenir bon. Tellement de garçons se seraient déjà enfuis à ta place.
— Je l'aime. »

Quarante-six

« Bonjour, dit Adam. Tu es réveillée. »

Il se penche sur moi, m'humecte la bouche avec une éponge. Il tapote un gant de toilette sur mes lèvres desséchées et les enduit de vaseline.

« Tu as les mains toutes froides. Je vais les prendre dans les miennes pour les réchauffer un peu, d'accord ? »

Je pue. Je sens l'horrible odeur de mes propres pets. J'entends le hideux tic-tac de mon corps qui se consume. Je coule, je fais naufrage dans mon lit.

Numéro quinze, sortir de ce lit, descendre, tout ça n'était qu'une plaisanterie.

Deux cent neuf, épouser Adam.

Trente, aller à la réunion de parents, notre enfant est un génie. Nos trois enfants, d'ailleurs, sont des génies : Chester, Merlin et Daisy.

Cinquante et un, deux, trois. Ouvrir les yeux. Ouvrir ces foutus yeux !

Je ne peux pas. Je tombe.

Quarante-quatre, ne pas tomber. Je ne veux pas tomber. J'ai peur.

Quarante-cinq, ne pas tomber.

Penser à quelque chose. Si je pense au souffle chaud d'Adam entre mes jambes, je ne mourrai pas.

Mais je ne peux m'accrocher à rien.

Comme un arbre qui perd ses feuilles.
J'oublie même ce à quoi j'étais en train de penser.

« Pourquoi est-ce qu'elle fait ce bruit ?

— Ce sont ses poumons. Comme elle ne bouge plus, les fluides ne sont plus évacués.

— C'est terrible.

— C'est moins terrible que le bruit le laisse supposer. »

Ce doit être Cal. J'entends l'anneau d'une canette qu'on ouvre, le pétillement d'un Coca.

« Qu'est-ce que fait ton Papa ? demande Adam.

— Il téléphone. Il dit à Maman de venir.

— Très bien. »

Qu'est-ce qui arrive aux corps morts, Cal ?

Poussière, brillance, pluie.

« Tu crois qu'elle nous entend ?

— Bien sûr.

— Parce que je lui ai dit des trucs.

— Quel genre de trucs ?

— Je ne te le dirai pas. »

à l'origine du système solaire il y a eu le big bang et seulement alors la Terre s'est formée et seulement alors la vie est apparue et quand la pluie et le feu se sont arrêtés alors sont nés les insectes les batraciens les dinosaures les mammifères les oiseaux les primates les hominidés et finalement les hommes

« Tu es sûr que c'est normal qu'elle fasse ce bruit ?

— Je crois, oui.

— Ce n'est plus le même que tout à l'heure.

— Chut, tu m'empêches d'entendre.

— C'est pire. On dirait qu'elle n'arrive même plus à respirer.

— Merde !

— Elle est en train de mourir ?

— Va chercher ton Papa, Cal, vite, cours ! »

un petit oiseau transporte une montagne de sable grain par grain il pique un grain chaque million d'années et quand toute la montagne a déménagé l'oiseau la reprend grain par grain pour la remettre à sa place c'est cela l'éternité un temps qui n'en finit pas quand on est mort

Peut-être que je reviendrai sous la forme de quelqu'un d'autre.

Je serai la fille aux cheveux fous qu'Adam rencontre dès sa première semaine à l'université. « Salut ! Toi aussi, tu as choisi l'horticulture ? »

« Je suis là, Tess. Tout près de toi. Je te tiens la main. Adam est là aussi, assis de l'autre côté du lit. Cal aussi. Maman est en route, elle sera là dans une minute. Nous t'aimons tous, Tessa. Nous sommes tous là, avec toi. »

« Je déteste ce bruit. On dirait qu'elle a mal.

— Elle n'a pas mal, Cal. Elle est inconsciente. Elle ne souffre pas.

— Adam dit qu'elle nous entend. Comment peut-elle nous entendre si elle est inconsciente ?

— C'est comme quand on dort, excepté qu'elle sait que nous sommes là. Assieds-toi près de moi, Cal, tout va bien. Viens t'asseoir sur mes genoux. Elle est en paix, ne t'inquiète pas.

— Elle n'a pas l'air en paix. Elle fait un bruit de bouilloire cassée. »

Je me retire en moi. Leurs voix ne sont plus qu'un murmure d'eau qui coule.

Les moments s'enchaînent.

Des avions percutent les buildings. Des cadavres volent dans les airs. Métros et bus explosent. Des radiations émanent des trottoirs. Le soleil n'est plus qu'une étroite tache noire. La race humaine est exterminée. Ce sont les cafards qui mènent le monde.

N'importe quoi pourrait arriver maintenant.

Angel Delight sur une plage.
Tintement d'une fourchette contre un bol.
Mouettes. Vagues.

« Tout va bien, Tessa, tu peux partir. Nous t'aimons.
Tu peux partir maintenant.

— Pourquoi tu dis ça ?

— Parce qu'elle a peut-être besoin d'une permission
pour mourir, Cal.

— Je ne veux pas qu'elle meure. Je ne lui donne pas
la permission, moi. »

Disons oui alors
Oui à n'importe quoi pour juste un jour de plus.

« Tu devrais peut-être lui dire au revoir, Cal.

— Non.

— C'est peut-être important.

— Ça risque de la faire mourir.

— Rien de ce que tu diras ne peut la faire mourir.
Elle veut savoir que tu l'aimes. »

Encore un moment. Juste un. Je peux tenir un moment
de plus.

Dans l'allée, un papier de bonbon s'envole dans le
vent.

« Vas-y, Cal.

— Je me sens idiot.

— Aucun d'entre nous n'écoute. Approche-toi et
chuchote-lui à l'oreille. »

Mon nom tout autour d'un rond-point.

Des sèches délavées sur une plage.

Un oiseau mort sur le gazon.

Des millions d'asticots affolés par la lumière du
soleil.

« Au revoir, Tess. Viens me hanter si tu as envie. Ça ne fait rien. »

Un citron et une vache font un hold-up.
Une cuiller maintient une souris sous l'eau.
Trois petites bulles d'air s'échappent, l'une après l'autre.

Six bonshommes de neige en coton hydrophile.
Six serviettes pliées en forme de lys.
Sept pierres, toutes de couleurs différentes, reliées par une chaîne d'argent.

Il y a du soleil dans ma tasse de thé.
Zoey regarde obstinément par la fenêtre, c'est moi qui conduis, nous sortons de la ville. Le ciel s'assombrit de plus en plus.

Les laisser partir.

Adam souffle sa fumée vers la ville, au fond de la vallée. Dit : « N'importe quoi pourrait arriver là, en bas, ici on ne le saurait même pas. »

Adam me caresse la tête, le visage, il embrasse mes larmes.
Nous sommes comblés.

Les laisser tous partir.

Le froissement d'ailes d'un oiseau qui traverse le jardin au ras de l'herbe. Puis rien. Plus rien. Un nuage passe. De nouveau plus rien. Un rai de lumière traverse la fenêtre, tombe sur moi. En moi.

Moments.

S'enchaînant tous vers celui-là.

Remerciements

Merci aux premiers et meilleurs des lecteurs : Megan Dunn, Brian Keaney, Anne Douglas et Nicola Williams.

Pour sa générosité (d'esprit et d'espace), merci à Anne McShane.

Pour ses recherches perspicaces, merci à Andrew St. John.

Merci à mes amis écrivains du *Centerprise Literature Development Project* pour leur inlassable soutien et leurs encouragements : Nathalie Abi-Ezzi, Steve Cook, Sarah Lerner, Eva Lewin, Anna Owen, Stef Pixner, Jacob Ross et Spike Warwick.

Et merci à Catherine Clarke, pour sa confiance.